U0109511

古典詩歌研究彙刊

第二八輯

龔鵬程 主編

第 9 冊

蘇軾詩析論
——分期及其代表作

江 惜 美 著

國家圖書館出版品預行編目資料

蘇軾詩析論——分期及其代表作／江惜美 著 -- 初版 -- 新北
市：花木蘭文化事業有限公司，2020〔民109〕
序2+ 目 2+254 面；17×24 公分
（古典詩歌研究彙刊 第二八輯；第 9 冊）
ISBN 978-986-518-206-9（精裝）
1.（宋）蘇軾 2. 宋詩 3. 詩評
820.91   109010850

ISBN-978-986-518-206-9

9 789865 182069

古典詩歌研究彙刊
第二八輯　第 九 冊   ISBN：978-986-518-206-9

蘇軾詩析論
——分期及其代表作

作　　者　江惜美
主　　編　龔鵬程
總 編 輯　杜潔祥
副總編輯　楊嘉樂
編　　輯　許郁翎、張雅淋　美術編輯　陳逸婷
出　　版　花木蘭文化事業有限公司
發 行 人　高小娟
聯絡地址　235 新北市中和區中安街七二號十三樓
　　　　　電話：02-2923-1455 ／傳真：02-2923-1452
網　　址　http://www.huamulan.tw 信箱 hml810518@gmail.com
印　　刷　普羅文化出版廣告事業
初　　版　2020 年 9 月
全書字數　143153 字
定　　價　第二八輯共 10 冊（精裝）新台幣 18,000 元　　版權所有・請勿翻印

蘇軾詩析論
——分期及其代表作

江惜美　著

作者簡介

江惜美，台北市人。私立東吳大學中文研究所畢業，獲文學博士。曾任教臺北市金華國小、國語實小、中正高中，後轉任台北市立師院語文系（今臺北市立大學）擔任教授，現任私立銘傳大學華語文教學系專任教授。

民國八十二年，當選台北市立師院學術類傑出校友。所著《蘇軾文學批評研究》、《國語文教學論集》獲國科會甲種獎助。《編序教學在國小中年級作文上之應用》獲國科會專案獎助、《高互動作文教學》獲教育部專案獎助。曾多次應僑務委員會邀請，赴美國、加拿大、澳洲、紐西蘭、中南美洲、南非、歐洲、印尼、菲律賓與馬來西亞、泰國、越南、汶萊、韓國等地，擔任「華語巡迴」講座，並獲僑務委員會頒發志工「教學優良獎」。

在教育界四十三年，對輔導學生盡心盡力，曾擔任過市立師院輔導組主任、銘傳大學華語文教學系系主任。著有《鼓勵孩子一百招》、《小學語文教學論叢》、《國語文教學論集》、《作文答問》、《編序教學在國小中年級作文上之應用》、《學好語文一百招》、《智慧生活一百招》、《華語文教學研究》、《華語文漢字教學研究》、《華語文教材與教學設計》、《烏臺詩案研究》、《蘇軾詩學理論及其實踐》、《蘇軾文學批評研究》、《蘇軾詩詞專題論集》、《蘇軾文藝美學研究》、《蘇軾詩詞評論研究》、《絃誦集——古典文學分論》等書，並有《高互動作文教學》光碟。本書即為副教授升等教授之論文。

提　　要

本文旨在分析蘇軾創作時心路歷程的轉折，以及其各時期的代表作。蘇軾詩人稱「北宋第一人」，其政治生涯大起大落，蘇軾曾自言：「問汝平生功業：黃州、惠州、儋州。」蘇軾歷任州郡無數，何以這三州成為他的功業所在？本文試將蘇軾詩分為六期：奔放、諷諭、沉潛、凝定、圓融和精深期，並舉其代表作以證。

蘇軾詩與其政治生涯有密不可分的關係。王文誥《蘇文忠公詩編註集成》在〈蘇海識餘〉中提到蘇詩有三變八期，王水照在〈蘇軾創作的發展階段〉依其主要經歷，分為七期。本文依蘇軾的自然年序與詩風演變，分為六期，並羅列代表作加以說明。蘇軾的作品分期，並非可截然劃分，以「諷諭期」而言，非僅出現於神宗熙寧二年到神宗元豐二年。英宗治平二年蘇軾有〈謝蘇自之惠酒〉，已是諷諭之作。只是若論大量諷諭且足資代表者，則屬蘇軾在熙寧二年之後十年間，則無庸置疑，因此將這十年定為「諷諭期」，以印證此時蘇軾的詩風。其他各期則依此類推，取其代表作說明之。

詩的分期向來不易，前人在論及蘇詩時，雖提出分期的看法，但未能舉代表作品說明，本文有鑒於此，於羅列蘇詩篇目時，一併說明以何詩為分界，原因為何，而後於各期詩風探究時詳細說明。第一期說明蘇詩各期代表作之準則，第二章到第七章分別探討六期蘇詩的特色，並舉其詩作說明，第八章總結蘇詩的特色。本文共得出七十六首代表作，於文末列表說明，俾後學者能按圖索驥，明白蘇軾一生政治生涯的起伏，並從中體會蘇軾詩文創作的歷程，得出其詩風特色──「清雄」。後學者若能仔細覽讀，當能對蘇詩有整體的認知，且明白蘇詩何以為後世所宗。

序

　　蘇東坡是我國歷代詩人中，宋代的代表作家。他的詩經過了幾次明顯的轉變，呈現出「清雄」的特徵。這幾次明顯的轉變，和他的政治生涯有密不可分的關係，如果不瞭解他創作時心路歷程的轉折，很難明白他多樣化的詩風是怎樣形成的。

　　自從撰寫《烏臺詩案研究》、《蘇軾詩學理論及其實踐》，以及《蘇軾文學批評研究》以來，一直有個心願，要探究蘇詩分期代表作，希望能提供研究蘇詩的學者，理解他的詩風。於是，公餘之暇，心無旁騖，著手撰述，這本書才得以順利寫成。

　　本書除緒論、結論外，其餘各章將蘇詩概分為六大階段，第一章呈現蘇軾詩全貌，說明選擇代表作的原則，然後依「奔放期」、「諷諭期」、「沈潛期」、「凝定期」、「圓融期」、「精深期」，逐期區別其範圍，深入分析，舉其代表作來證明每一期的特色，最後總結研究成果，列表說明，以供查考。

　　蘇詩浩瀚，在他兩千多首詩裡，要找出各期代表作，並非易事；但是，他的生命歷程十分鮮明，經歷了北宋黨爭，嘗遍了貶謫滋味，將滿腔熱血，都貫注在詩文創作裡，所以這本書選擇的詩篇，應可以代表他各個時期的心境。

　　研究蘇詩是我一生的志趣，這本書的完成，將是我學術研究一個良好的里程碑，更希望它能成為所有愛好蘇詩者的經典之作。

　　　　　　　　中華民國八十六年五月江惜美識於臺北市立師院

目

次

凡　例

一、本書除緒論、結論外，其餘每章各分若干小節，末附主要參考書目，總計約二十三萬字。

二、本書針對蘇詩研究，他如古文、詞、賦、書畫等，不在撰述範圍內，故略而不論。

三、本書僅就筆者認為「蘇詩的各期代表作」加以分析，無關的詩詞概不列入。

四、本書是依照蘇軾創作的先後順序，探討他的代表作，得出各期詩的風格，以及其詩歌創作的精神。

五、本書引用的詩，力求採自原典；引詩部分，以清人王文誥、馮應榴輯注《蘇軾詩集》為準，文以宋人郎曄《經進東坡文集事略》為主，蘇軾生平及其詩作分期以王文誥《蘇文忠公詩編註集成‧總案》為據，又凡引文，必註明出處。

六、本書徵引大陸學者論著時，在文中注明「大陸」〇〇〇，作為區別。

七、本書用白話文寫成，力求深入淺出。其中附註部分，以（　）標明，在每節結束後，分別注明出處，或另作補充說明。

緒　論

　　蘇詩的分期，是研究蘇詩風格很重要的工作。自從清人王文誥在
《蘇文忠公詩編註集成・蘇海識餘》說明了蘇詩的分期，學者們大抵
認同他的說法。大陸王水照也注意到分期的重要性，所以在〈蘇軾創
作的發展階段〉一文中，也有精闢的見解；但是，他們只是敘述分期
的原則，並沒有列舉代表作品說明，所以當我在撰寫《蘇軾詩學理論
及其實踐》的時候，就注意到這個問題，認為有必要再加以研究，得
出比較確切的分期。

　　王文誥在〈蘇海識餘〉中，說到蘇詩大抵有三變八期。他說：「嘉
祐四年己亥，公家居，作〈怪石詩〉凡三十二韻，詩雖五七言相間，
全用老蘇家法，正如一林怪石為山水崩注，皆歷落滾卸而下，兀突滿
前，莫名瑰異，此其詩之最先者也。」〔註1〕換言之，這是東坡的第
一期詩。東坡寫〈怪石詩〉那一年，是仁宗嘉祐四年（西元一○五九
年），東坡二十四歲。嘉祐二年，他考中進士，剛要踏上仕途，結果
母親程夫人去世，所以在嘉祐四年除服，寫了這首詩〔註2〕。詩中敘
述家中疏竹軒有一顆怪石，東坡認為它沒有什麼用途，想把它丟掉，
沒想到怪石托夢辯解，說它是世間少有的異石，足以名留千古，而且

〔註1〕參見王文誥《蘇文忠公詩編註集成・蘇海識餘》冊六，識餘卷一，
　　　　頁3708。
〔註2〕參見《蘇軾詩集》，卷四八，〈詠怪石〉註，查慎行認為乃（東坡）
　　　　先生丁成國太夫人憂，居蜀時作。

有節操，沒有人能蔑視它。東坡聽了很訝異，所以寫這篇詩歌詠它。這首詩用五、七雜言體寫成，有「以文為詩」的傾向，尤其反複申辯，大發議論，有策論的氣勢，難怪王文誥說東坡沿襲老蘇「豪邁不拘、縱橫自恣」的家法。

接著，王文誥又說：「殆復作〈送宋君用遊輦下詩〉凡三十五韻，其中申縮轉折，極有騰挪，蓋已變老蘇之法矣！到鳳翔首作〈石鼓歌〉，已出昌黎之上，不可壓也。」這是王文誥所說的東坡第二期詩。〈送宋君用遊輦下〉和〈詠怪石〉約作於同時，宋君用是什麼人？現已失考，我們只知道蘇東坡在丁母憂時，往來眉山、青神，宋君用進京之前，特來告別，東坡寫了這首詩送他。詩中大意是說：君用揮金如土，使得家產耗盡，饑寒交迫，所以有進京的打算。東坡告訴他「窮達有時」，勉勵他東山再起。這首詩以五古寫成，筆意曲折，所以王文誥認為東坡已從老蘇家法中變化出來了。一直到嘉祐六年十二月寫〈石鼓歌〉，東坡的五古已超出韓愈，總算能自成一家。

然後，王文誥說明了蘇詩六期三變的軌跡。他說：「自此以後，熙寧還朝一變，倅杭守密，正其縱筆時也。及入徐湖，漸改轍矣！元豐謫黃一變，至元祐召還又改轍矣！紹聖謫惠州一變，及渡海全入化境，其意愈隱，不可窮也。」言下之意，倅杭守密是第三期，徐、湖二州是第四期，謫守黃州是第五期，元祐召還是第六期，謫守惠州是第七期，渡海以後是第八期，而詩風的轉變有三次，第一次是熙寧還朝，第二次是謫守黃州，第三次是謫守惠州。

大陸王水照在〈蘇軾創作的發展階段〉中，則是認為：與其按自然年序，將東坡詩加以分期，不如依據東坡的主要經歷，按初入仕宦以及兩次「在朝——外任——貶居」而分為七段如下：

一、 嘉祐、治平間的初入仕途時期，是蘇軾創作的發軔期。

二、 兩次在朝任職時期，是蘇軾創作的歉收期。

三、 熙寧、元豐和元祐、紹聖的兩次外任時期，是蘇軾創作的發展期。

　　四、元豐黃州和紹聖、元符嶺海的兩次長達十多年的謫居時
　　　　期，是蘇軾創作的變化期、豐收期。

　　五、惠州、儋州的貶謫生活是黃州生活的繼續，蘇軾的思想和
　　　　創作也是黃州時期的繼續和發展〔註3〕。

他針對蘇軾所有創作，作一整體的分期，也很有參考的價值。他們的
分期，都言之成理、持之有故；但是，仔細分析，會發現東坡同是作
官，在杭、密、徐、湖和元祐返朝，就有極大的不同；同樣被貶謫，
當他被貶到黃州時，說不出「參橫斗轉欲三更，苦雨終風也解晴。雲
散月明誰點綴，天容海色本澄清」〔註4〕，而謫居嶺海，也不會說出
「雨中有淚亦悽愴，月下無人更清淑」〔註5〕這樣自怨自艾的話，所
以蘇詩的分期，如果能兼顧到自然年序和詩風的演變，羅列代表作加
以說明，應當更能全面看出它的特色。

　　歷來學者研究蘇軾生平，也都作了分期的工作。例如：大陸曾棗
莊《蘇軾評傳》，將東坡一生分為六期。第一期為蘇軾家世和少年時
代，第二期為仁宗、英宗朝的蘇軾，第三期為神宗朝的蘇軾，第四期
為元祐更化時期的蘇軾，第五期為紹述時期的蘇軾，第六期為北歸和
病逝〔註6〕，這是根據政治升沈分期，論及詩文思想層面。又如：大
陸王士博〈蘇軾詩論〉，分蘇詩為早期、杭密徐湖、在黃州汝州、元
祐時期、晚期，共計五期〔註7〕，前四期很切合蘇詩創作的形式和內
容，但謫守惠州和海南，理應有所區分。因此，我綜覽諸家之說，認
為蘇詩應分為六期，那就是：

　　一、奔放期（初歷仕宦）仁宗嘉祐四年→神宗熙寧二年（西元

〔註3〕參見大陸王水照著《蘇軾論稿·蘇軾創作的發展階段》，萬卷樓發
　　　　行，頁3～29。
〔註4〕參見《蘇軾詩集》，卷四三，頁2366。
〔註5〕同註4，卷二〇，頁1036。
〔註6〕參見大陸曾棗莊《蘇軾評傳》，四川人民出版社，頁1至235。
〔註7〕參見大陸王士博〈蘇軾詩論〉，《吉林大學社會科學學報》，民國七十
　　　　年第一期，頁13～29。

一○五九→一○六九年）

二、諷諭期（烏臺詩禍）神宗熙寧二年→神宗元豐二年（西元
一○六九→一○七九年）

三、沈潛期（黃州貶謫）神宗元豐二年→元豐八年（西元一○
七九→一○八五年）

四、凝定期（元祐回朝）神宗元豐八年→哲宗紹聖元年（西元
一○八五→一○九四年）

五、圓融期（復貶惠州）哲宗紹聖元年→哲宗紹聖四年（西元
一○九四→一○九七年）

六、精探期（遠謫海南）哲宗紹聖四年→徽宗靖國元年（西元
一○九七→一一○一年）

這六期畫分的界限是：熙寧二年二月返朝，為第一、二期的分界；元
豐二年十二月被貶黃州，為二、三期的分界；元豐八年五月知登州，
為三、四期的分界；元祐八年九月出知定州，為第四、五期的分界；
紹聖四年五月責授瓊州，為第五、六期的分界。茲列表如下，以明其
異同：

東坡詩分期對照表

期　別	曾棗莊	王士博	筆　者
第一期	蘇軾的家世和少年時代 1歲·仁宗景祐三年 （西元一○三六年） ↓ 20歲·仁宗至和二年 （西元一○五五年）	早期 24歲·仁宗嘉祐四年 （西元一○五九年） ↓ 33歲·神宗熙寧元年 （西元一○六八年）	奔放期（初歷仕宦） 24歲·仁宗嘉祐四年 （西元一○五九年） ↓ 34歲·神宗熙寧二年 （西元一○六九年）
第二期	仁宗、英宗朝的蘇軾： 反對守舊力求革新 21歲·仁宗嘉祐元年 （西元一○五六年） ↓ 33歲·神宗熙寧元年 （西元一○六八年）	杭密徐湖 34歲·神宗熙寧二年 （西元一○六九年） ↓ 43歲·神宗元豐元年 （西元一○七八年）	諷諭期（烏臺詩禍） 34歲·神宗熙寧二年 （西元一○六九年） ↓ 44歲·神宗元豐二年 （西元一○七九年）

第三期	神宗朝的蘇軾：反對王安石的變法 33 歲‧神宗熙寧元年（西元一〇六八年） ↓ 51 歲‧神宗元豐八年（西元一〇八五年）	在黃州汝州 44 歲‧神宗元豐二年（西元一〇七九年） ↓ 51 歲‧神宗元豐八年（西元一〇八五年）	沈潛期（黃州貶謫） 44 歲‧神宗元豐二年（一〇七九年） ↓ 51 歲‧神宗元豐八年（西元一〇八五年）
第四期	元祐更化時期的蘇軾：在新舊兩黨夾擊中 51 歲‧哲宗元祐元年（西元一〇八五年） ↓ 58 歲‧哲宗元祐八年（西元一〇九三年）	元祐時期 51 歲‧神宗元豐八年（西元一〇八五年） ↓ 58 歲‧哲宗元祐八年（西元一〇九三年）	凝定期（元祐回朝） 51 歲‧神宗元豐八年（西元一〇八五年） ↓ 59 歲‧哲宗紹聖元年（西元一〇九四年）
第五期	紹述時期的蘇軾：從出知重難邊境到遠謫海南 58 歲‧哲宗元祐八年（西元一〇九三年） ↓ 65 歲‧哲宗元符三年（西元一一〇〇年）	晚期 59 歲‧哲宗紹聖元年（西元一〇九四年） ↓ 66 歲‧徽宗靖國元年（西元一一〇一年）	圓融期（復貶惠州） 59 歲‧哲宗紹聖元年（西元一〇九四年） ↓ 62 歲‧哲宗紹聖四年（西元一〇九七年）
第六期	北歸和病逝 65 歲‧哲宗元符三年（西元一一〇〇年） ↓ 66 歲‧徽宗靖國元年（西元一一〇一年）		精深期（遠謫海南） 62 歲‧哲宗紹聖四年（西元一〇九七年） ↓ 66 歲‧徽宗靖國元年（西元一一〇一年）

以下各章，按照這個脈絡，針對東坡政治升沈和各期代表詩篇論析，歸納蘇詩各期的詩風特色。

第一章　蘇軾詩及其代表作

第一節　蘇軾詩概況

　　蘇軾（西元一〇三六年至一一〇一年）字子瞻，眉州眉山人。生於宋仁宗景祐三年十二月十九日，卒於徽宗建中靖國元年七月二十八日，年六十六歲。軾幼時穎悟，對於古今成敗，能指其大要。二十一歲（西元一〇五七）試禮部，對策入三等，簽書鳳翔府判官，召直史館。熙寧中，王安石創行新法，軾政治理念和安石不同，自請外任，歷杭州通判，轉密州、徐州、湖州太守，因「烏臺詩案」，貶黃州團練副使安置，築室於東坡，自號「東坡居士」。

　　元祐中，軾累官翰林學士兼侍讀，旋以龍圖閣學士知杭州，在杭州築三十里長堤，遍植楊柳，杭人名為「蘇公堤」。召為翰林承旨，歷端明殿翰林侍讀兩學士，出知惠州。紹聖二年（西元一〇九六），累貶瓊州別駕，赦還，提舉玉局觀，復朝奉郎。徽宗時卒於常州，諡文忠。軾為人灑脫，既善文，尤善詩詞、書畫，著有《東坡集》一百一十卷，《東坡詞》一卷，《易傳》、《論語說》、《仇池筆記》、《東坡志林》、《蘇沈良方》、《漁樵閒話》、《物類相感志》等，並載《四庫全書總目提要》中，而他的詩文以雄健豪放見稱，是一個傑出的文學家。

　　北宋詩壇由於歐陽修、梅堯臣的倡導，論詩主張「平淡」〔註1〕，蘇軾以他橫溢的才華，突破了唐詩的樊籬，使宋詩獨立萬表。他繼承了歐陽修、梅堯臣的踏實作風，成就更超越歐、梅。當他主持文壇的時候，提拔了黃庭堅、秦觀、張耒、晁補之，江西詩派的詩人更把黃庭堅配蘇軾，稱為「蘇黃」，足見他對江西詩派的影響。他如陸游《劍南詩稿》、范成大《石湖集》、楊萬里的山水詩，辛棄疾的豪放詞，都受了他的影響。金朝的元好問、明朝的公安派、竟陵派，更是極力推崇蘇詩，給予最高的讚譽。到了清代，研究蘇詩的專家和評論家，在校注方面有不少專著，如：查慎行、王文誥、馮應榴、趙翼、紀昀、翁方綱，即是負有盛名的詩人或學者。蘇詩何以有這樣大的影響力呢？

　　蘇軾是北宋詩人創作最豐富的人。他現存完整的二千三百多首詩，在北宋無人出其右，雖然他的一生中古文、辭賦、奏議、詞作也有相當好的表現；但是，終其一生，從年少到年老，創作得最持久的，就是「詩」了，所以研究蘇詩，可以讓我們明白他一生的政治升沉、創作轉變，間接看出他怎樣影響著北宋詩壇，這是研究蘇詩很重要的一點。

　　其次，蘇詩的真實記錄生活，也是不可忽視的一個重點。蘇軾作詩的動機，剛開始是「有為而作」，希望能改變唐宋頹靡的詩風，而後是「託事以諷」，藉著詩，他可以為民代言，針砭朝政，接著是以詩寄寓心志，以詩題詠書畫，以詩記載生活，以詩抒發感慨。讀他的詩，可以感受到詩是他勸喻的利器，痛苦的告白，所以要瞭解他的為人，不能不讀他的詩。

　　眾所周知，蘇軾是一個愛國詩人。他的〈湯村開運鹽河〉、〈吳中

〔註1〕參見歐陽修《六一詩話》：「聖俞嘗語余曰：『詩家雖率意，而造語亦難，若意新語工，得前人所未道者，斯為善也。必能狀難寫之景，如在目前；含不盡之意，見於言外，然後為至矣！』」所謂「平淡」蓋指「閒遠古淡」，亦即聖俞所說「作者得於心，覽者會以意，殆難指陳以言也！」此即東坡論陶詩「精能之至，乃造平淡」之意。

田婦歎〉、〈寄劉孝叔〉、〈荔支歎〉，在在表現出對人們疾苦的關懷。整部的《烏臺詩案》，更看出他的理想抱負，恨不能改革時弊，以顯其澄清天下的心志，雖然事與願違，但他的愛國之心昭然如日月，可以喚醒全民的國魂，這正是蘇詩積極救世的理念，感動了後世詩人文士的主因。

當然，蘇詩還有藝術上極高的價值，以至於後人探究不絕，希望能從中學得作詩的理論和方法，這也是蘇詩能歷久彌新的主因。他的〈和子由澠池懷舊〉的「人生到處知何似，應似飛鴻踏雪泥」，〈飲湖上初晴後雨〉的〈若把西湖比西子，濃粧淡抹總相宜〉，〈題西林壁〉的「不見廬山真面目，只緣身在此山中」，〈惠崇春江晚景〉的「竹外桃花三兩枝，春江水暖鴨先知」，譬喻得既貼切又傳神，說盡了幽微的人情世故，這都是由於他藝術造詣高深，才能有這麼傑出的表現。我們從他的詩學理論和實際的探討中，就可以得知他具備文人的審美觀，成功的表達了美感經驗。

不僅止於他譬喻、聯想的新奇巧妙，其實，在蘇詩中還有許多創格。他的〈戲子由〉，雜謔雜笑，充分流露不為時用的悲哀；他的〈寓居定惠院之東，雜花滿山，土人不知貴也〉，人我雙寫，風姿高秀，可說是詠物詩的別調；還有〈書鄢陵王主簿所畫折枝〉，闡明形似和神似的相關性，更是發人深省，獨樹一格。有了這些創格，無怪乎可以一掃晚唐頹靡的詩風，而使宋詩與唐詩並峙在中國文學史中，至今不墜。

他的詩既多且難注解，陸游曾說東坡先生之詩，援據閎博，指趣深遠，如蘇詩言：「五畝漸成終老計，九重新掃舊巢痕」，「九重」暗用李義山典，蓋指韓琦、曾公亮於建中初，盡收元祐諸人，獨軾、轍兩兄弟不見用，暗寓仕途之難。又「新掃舊巢痕」，意謂軾謫黃州，削去史館的職務已久，而史館也已廢，用事嚴謹，若不是熟悉蘇軾生平，很難注解〔註2〕。注釋蘇詩的人，較早有趙次公、程縯

〔註 2〕參見《渭南集》，卷一五〈施司諫註東坡詩序〉。

等四家注，然後有南宋中期，題名王十朋編纂的百家分類注，清代注蘇詩最有名的是馮應榴和王文誥。王文誥編纂了《蘇文忠公詩編註集成》，對於蘇軾一生的行事，有很深刻瞭解，所以注詩的次第也較為可信。

本文中所引的詩，蓋採王文誥、馮應榴輯注的《蘇軾詩集》。《蘇軾詩集》以《蘇文忠公詩編注集成》為點校本，對於蘇軾的生平以及詩篇編次，均較翔實而可靠，是目前最完善的蘇詩注本。

第二節　蘇詩各期代表作的準則

蘇軾詩約兩千三百多首，本書何以採擇其中七十六首為代表？蓋蘇詩之分期，歷來學者看法不一，有以政治分期者，如清之王文誥，現今大陸學者曾棗莊、王水照先生；有以生平分期者，如大陸王士博先生，而筆者試從蘇軾二千三百多首詩，分為六期：

（一）奔放期：仁宗嘉祐四年至神宗熙寧二年（二十四歲至三十四歲），有詩約二百二十四首。

（二）諷諭期：神宗熙寧二年至神宗元豐二年（三十四歲到四十四歲），有詩約七百八十八首。

（三）沈潛期：神宗元豐二年至神宗元豐八年（四十四歲到五十一歲），有詩約三百四十三首。

（四）凝定期：神宗元豐八年至哲宗紹聖元年（五十一歲到五十九歲），有詩約五百九十一首。

（五）圓融期：哲宗紹聖元年至哲宗紹聖四年（五十九歲到六十二歲），有詩約一百九十四首。

（六）精深期：哲宗紹聖四年至徽宗靖國元年（六十二歲到六十六歲），有詩約二百二十五首。

茲將其各期詩目均列出，說明採擇為代表作的標準，而分年編次如下：

（一）奔放期──初歷仕宦

仁宗嘉祐四年十月至十二月（計四十首）

郭綸

初發嘉州

犍為王氏書樓

過宜賓見夷中亂山

夜泊牛口

牛口見月

戎州

舟中聽大人彈琴

泊南井口期任遵聖長官，道晚不及見，復來過安樂山，聞山上木葉有
　　文，如道士篆符，云，此山乃張道陵所寓，二首

渝州寄王道矩

江上看山

涪州得山胡次子由韻

留題仙都觀

仙都山鹿

江上值雪，效歐陽體，限不以鹽玉鶴鷺絮蝶飛舞之類為比，仍不使皓
　　白潔素等字，次子由韻

屈原塔

望夫臺

竹枝歌并引

過木櫪觀

八陣磧

諸葛鹽井

白帝廟入峽

巫山

巫山廟上下數十里，有烏鳶無數，取食於行舟之上，舟人以神之故，
　　亦不敢害

神女廟

過巴東縣不泊聞頗有萊公遺跡

昭君村

新灘

新灘阻風

黃牛廟

蝦蟆背

出峽

遊三游洞

游洞之日，有亭吏乞詩，既為留三絕句於洞之石壁，明日至峽州，吏
　　又至，意若未足，乃復以此詩授之

寄題清溪寺

留題峽州甘泉寺

夷陵縣歐陽永叔至喜堂

案：〈入峽〉和〈出峽〉是東坡與弟轍隨父洵還朝，見沿途美景所寫
　　成的。這一次行程六十日，蘇軾第一次離開家鄉，將山川的秀美
　　寫在《南行集》裡。這兩首五言古詩寫的手法不同，可以看出東
　　坡極力求新求變的創作精神。

仁宗嘉祐五年正月至十二月（計三十三首）

息壤詩并敘

渚宮

荊州十首

荊門惠泉

次韻答荊門張都官維見和惠泉詩

浰陽早發

夜行觀星

漢水

襄陽古樂府三首野鷹來　上堵吟　襄陽樂

峴山

萬山

隆中

竹葉酒

鯿魚

食雉

新渠詩并敘

許州西湖

雙鳧觀

潁大夫廟

阮籍嘯臺

大雪獨留尉氏，有客入驛，呼與飲，至醉，詰旦客南去，竟不知其誰

朱亥墓

案：〈渚宮〉是東坡早期詠史詩的力作，以七古寫古今興廢、物是人
　　非的感慨，蒼涼而勁切，這也是東坡初歷仕宦對功名的體認。由
　　於他能從古今英雄的風雅，重塑自己的理想，所以可做為早期詩
　　的代表。

仁宗嘉祐六年正月至十二月（計十二首）

次韻水官詩

辛丑十一月十九日，既與子由別於鄭州西門之外，馬上賦詩一篇寄之

和子由澠池懷舊

次韻劉京兆石林亭之作，石本唐苑中物，流散民間，劉購得之

鳳翔八觀并敘　石鼓歌　詛楚文　王維吳道子畫維摩像，唐楊惠之塑，在天柱
　　寺　東湖　真興寺閣　李氏園　秦穆公墓

案：鳳翔八觀中，〈石鼓歌〉和〈王維吳道子畫〉都是膾炙人口的名
　篇。前者以七古寫成，無論布局、氣勢，都一氣呵成，可看出他
　駕馭文字的能力；後者採五七雜言，比較王維、吳道子畫風的高
　下，初步勾勒出他對藝術的看法，應是重「神似」而不能只重「形
　似」，所以無論造字遣詞，還是布局分段，綱舉目張，融情於理，
　可說是早期詩風的痕跡。

仁宗嘉祐七年正月至十二月（計五十二首）

次韻子由除日見寄

新葺小園二首

壬寅二月，有詔令郡吏分往屬縣減決囚禁。自十三日受命出府，至
　寶雞、虢、郿、盩厔四縣。既畢事，因朝謁太平宮，而宿於南溪溪
　堂，遂並南山而西，至樓觀、大秦寺、延生觀、仙遊潭。十九日乃
　歸，作詩五百言，以記凡所經歷者寄子由

太白山下早行，至橫渠鎮，書崇壽院壁

留題延生觀後山上小堂

留題仙游潭中興寺，寺東有玉女洞，洞南有馬融讀書石室，過潭而
　南，山石益奇，潭上有橋，畏其險，不敢渡

樓觀

郿塢

磻溪石

石鼻城

次韻子由岐下詩并引　北亭　橫池　短橋　軒窗　曲檻　雙池　荷葉　魚
　牡丹　桃花　李　杏　梨　棗　櫻桃　石榴　樗　槐　檜　松　柳

真興寺閣禱雨

攓雲篇并引

讀開元天寶遺事三首

壬寅重九，不預會，獨游普門寺僧閣，有懷子由

太白詞并敍

九月二十日微雪，懷子由弟二首

與李彭年同送崔岐歸二曲，馬上口占

病中聞子由得告不赴商州三首

病中，大雪數日，未嘗起，觀號令趙薦以詩相屬，戲用其韻答之

歲晚，相與饋問，為饋歲；酒食相邀呼，為別歲；至除夜達旦不眠，
　　為守歲。蜀之風俗如是。余官於岐下，歲暮思歸而不可得，故為此
　　三詩以寄子由饋歲　別歲　守歲

<h2 style="text-align:center">仁宗嘉祐八年正月至十二月（計三十首）</h2>

和子由踏青

和子由蠶市

客位假寐

和劉長安題薛周逸老亭，周善飲酒，未七十而致仕

中隱堂詩并敍

題寶雞縣斯飛閣

重游終南，子由以詩見寄，次韻

和子由寒食

記所見開元寺吳道子畫佛滅度，以答子由，題畫文殊、普賢

妒佳月

次韻子由以詩見報編禮公，借雷琴，記舊曲七月二十四日，以久不
　　雨，出禱磻溪。是日宿虢縣。二十五日晚，自虢縣渡渭，宿於僧
　　舍曾閣。閣故曾氏所建也。夜久不寐，見壁間有前縣令趙薦留名，
　　有懷其人

二十六日五更起行，至磻溪，天未明

是日至磻溪，將往陽平，憩於麻田青峰寺之下院翠麓亭

二十七日，自陽平至斜谷，宿於南山中蟠龍寺

是日至下馬磧，憩於北山僧舍。有閣曰懷賢，南直斜谷，西臨五丈

原，諸葛孔明所從出師也。

和子由聞子瞻將如終南太平宮溪堂讀書

將往終南和子由見寄

讀道藏

南溪有會景亭，處眾亭之間，無所見，甚不稱名。予欲遷之少西，臨
　　斷岸，西向可以遠望，而力未暇，特為製名曰招隱。仍為詩以告來
　　者，庶幾遷之

扶風天和寺

十二月十四日，夜，微雪，明日早，往南溪小酌，至晚

九月中曾題二小詩於南溪竹上，既而忘之，昨日再游，見而錄之

南溪之南竹林中，新構一茅堂，予以其處最為深邃，故名之曰避世堂

溪堂留題

英宗治平元年正月至十二月（計四十五首）

次韻子由種菜久旱不生

自清平鎮遊樓觀、五郡、大秦、延生、仙遊，往返四日，得十一詩，
　　寄子由同作樓觀五郡　授經臺　大秦寺　仙遊潭　南寺　北寺　馬融石室
　　玉女洞　愛玉女洞中水，既致兩瓶，恐後復取，而為使者見紿，因破竹為契，
　　使寺僧藏其一，以為往來之信，戲謂之調水符　自仙遊回至黑水，見居民姚
　　氏山亭，高絕可愛，復憩其上。

二月十六日，與張、李二君游南溪，醉後，相與解衣濯足，因詠韓公
　　〈山石〉之篇，慨然知其所以樂而忘其在數百年之外也。次其韻。

大老寺竹間閣子

周公廟，廟在岐山西北七八里，廟後百許步，有泉依山，湧冽異常，
　　國史所謂「潤德泉世亂則竭」者也

和子由記園中草木十一首

次韻和子由聞予善射

次韻子由論書

次韻和子由欲得驪山澄泥硯

竹䤄

渼陂魚

凌虛臺

和子由苦寒見寄

司竹監燒葦園，因召都巡檢柴貽勗左藏，以其徒會獵園下

亡伯提刑郎中挽詩二首，甲辰十二月八日鳳翔官舍書

和子由木山引水二首

寄題興州晁太守新開古東池

和董傳留別

驪山三絕句

華陰寄子由

英宗治平二年正月至十二月（計三首）

夜直祕閣呈王敏甫

謝蘇自之惠酒

入館

案：〈謝蘇自之惠酒〉是東坡諷諭詩的先聲。由於他返朝，本想有一
　　番作為，沒想到韓琦以他太年輕的緣故，阻止英宗延攬他入閣，
　　年少氣盛的東坡真是滿腔悲憤，於是藉蘇惠之送酒的這件事，發
　　抒無奈之情。這首詩用典純熟，說理透闢，正可代表他年輕時才
　　氣橫溢的一面。

英宗治平三年正月至神宗熙寧元年十二月（計一首）

贈蔡茂先

神宗熙寧二年正月至十二月（計四首）

送任伋通判黃州兼寄其兄孜

秀州僧本瑩靜照堂

石蒼舒醉墨堂

王頤赴建州錢監求詩及草書

案：〈石蒼舒醉墨堂〉針對石蒼舒收藏他的字，反復申論，語氣頗多
　　戲謔的意味，這正是東坡本性流露的好作品。其中「我書造意本
　　無法，點畫信手煩推求」，正表明了他苦學的精神，加上以七古
　　的體裁，再三致意，可說氣勢不凡，足為一、二期詩的分界。

（二）諷諭期──烏臺詩禍

神宗熙寧三年正月至十二月（計十二首）

次韻楊褒早春

次韻柳子玉見寄

送錢藻出守婺州得英字

送劉攽倅海陵

送曾子固倅越得燕字

綠筠亭

送安惇秀才失解西歸

送呂希道知和州

送文與可出守陵州

次韻王誨夜坐

送蔡冠卿知饒州

宋叔達家聽琵琶

案：〈送劉攽倅海陵〉是東坡知道劉攽因反對新法，竟遭罷黜，加上
　　葉祖洽迎合新法，呂惠卿竟提拔葉氏，他滿腔怒氣，發為自嘲的
　　言詞，在送別劉攽時，說出了心中的感慨。詩中藉阮嗣宗的不問
　　政事，否定了讀書的用處，其實是對當政者不滿的控訴，所以可
　　為諷諭期的代表作。

神宗熙寧四年正月至十二月（計五十二首）

次韻子由初到陳州二首

送劉道原歸覲南康

出都來陳，所乘船上有題小詩八首，不知何人有感於余心者，聊為和
　之

次韻子由柳湖感物

次韻張安道讀杜詩

送張安道赴南都留臺

傅堯俞濟源草堂

陸龍圖詵挽詞

胡完夫母周夫人挽詞

次韻柳子玉過陳絕糧二首

陪歐陽公燕西湖

歐陽少師令賦所蓄石屏

潁州初別子由二首

十月二日將至渦口五里所遇風留宿

出潁口初見淮山，是日至壽州

壽州李定少卿出餞城東龍潭上

濠州七絕塗山　彭祖廟　逍遙臺　觀魚臺　虞姬墓　四望亭　浮山洞

泗州僧伽塔

龜山

發洪澤中途遇大風復還

十月十六日記所見

廣陵會三同舍，各以其字為韻，仍邀同賦劉貢父　孫巨源　劉莘老

游金山寺

自金山放船至焦山

甘露寺

初到杭州寄子由二絕

次韻柳子玉二首地爐　紙帳

臘日遊孤山，訪惠勤、惠思二僧

李杞寺丞見和前篇，復用元韻答之

再和

遊靈隱寺，得來詩，復用前韻

戲子由

案：〈送劉道原歸覲南康〉、〈廣陵會三同舍，各以其字為韻，仍邀同
　　賦〉三首，以及〈戲子由〉共五首詩，都牽涉到批評新法，所以
　　可以作為這一期詩的代表。東坡擅長以用典的手法，來突顯反對
　　新法者的高風亮節，例如：借晏嬰、孔融、汲黯等人來贊美劉道
　　原。對於同僚不能直道而行，他也會不假辭色，例如：將孫巨源
　　比擬成山巨源；但是，真正有所感慨時，往往寫在送子由的詩中。
　　〈戲子由〉在戲謔中，就表達了不學律法的悲哀，間接的諷刺了
　　不顧百姓死活的官吏們。

神宗熙寧五年正月至十二月（計一百零一首）

越州張中舍壽樂堂

姚屯田挽詞

送岑著作雨中明慶賞牡丹

吉祥寺賞牡丹

吉祥寺僧求閣名

和劉道原見寄

和劉道原詠史

和劉道原寄張師民

送張職方吉甫赴閩漕六和寺中作

和子由柳湖久涸，忽有水，開元寺山茶舊無花，今歲盛開二首

雨中遊天竺靈感觀音院

和蔡準郎中見邀遊西湖三首

六月二十七日望湖樓醉書五絕

七月一日出城舟中苦熱

宿餘杭法喜寺，寺後綠野堂，望吳興諸山，懷孫莘老學士

宿臨安淨土寺

自淨土寺步至功臣寺

遊徑山

自徑山回，得呂察推詩，用其韻招之，宿湖上

宿望湖樓再和

夜泛西湖五絕

求焦千之惠山泉詩

答任師中次韻

沈諫議召遊湖，不赴，明日得雙蓮於北山下，作一絕持獻沈，既見和，
　　又別作一首，因用其韻

和歐陽少師會老堂次韻

和歐陽少師寄趙少師次韻

監試呈諸試官

望海樓晚景五絕

試院煎茶

孫莘老求墨妙亭詩

李公擇求黃鶴樓詩，因記舊所聞於馮當世者

八月十日夜看月有懷子由并崔度賢良

催試官考較戲作

八月十七日，復登望海樓，自和前篇，是日榜出，余與試官兩人復留，
　　五首

和沈立之留別二首

和陳述古拒霜花

梵天寺見僧守詮小詩清婉可愛，次韻

聽賢師琴

秋懷二首

哭歐陽公，孤山僧惠思示小詩，次韻

次韻孔文仲推官見贈

朱壽昌郎中，少不知母所在，刺血寫經，求之五十年，去歲得之蜀
　　中。以詩賀之

湯村開運鹽河雨中督役

是日宿水陸寺，寄北山清順僧二首

鹽官部役戲呈同事兼寄述古

鹽官絕句四首南寺千佛閣　北寺悟空禪師塔　塔前古檜　僧爽白雞

六和寺沖師閘山溪為水軒

冬至日獨遊吉祥寺

後十餘日復至

戲贈

和人求筆跡

將之湖州戲贈莘老

送張軒民寺丞赴省試

再用前韻寄莘老

畫魚歌

鴉種麥行

和致仕張郎中春晝

和邵同年戲贈賈收秀才三首

吳中田婦歎

遊道場山何山

莘老葺天慶觀小園，有亭北向，道士山宗說乞名與詩

贈孫莘老七絕

至秀州，贈錢端公安道，并寄其弟惠山老

秀州報本禪院鄉僧文長老方丈

王復秀才所居雙檜二首

案：〈遊徑山〉、〈湯村開運鹽河雨中督役〉和〈吳中田婦歎〉，在「烏
　　臺詩集」中述及。〈遊徑山〉是代表東坡遊山玩水之中，常影射
　　新法是政治的主流，暗諭時政的不可為。〈湯村開運鹽河雨中督
　　役〉和〈吳中田婦歎〉，則是反應民苦的詩史，前者因開運鹽河，
　　心生悲憫百姓勞苦，希望朝廷體恤民情；後者反映農村生活苦況，
　　希望朝廷停止推動新法。這三首詩從不同角度反映了他對新法的
　　不滿，因此選擇它們為代表作。

神宗熙寧六年正月至十二月（計一百三十四首）

元日次韻張先子野見和七夕寄莘老之作

正月九日，有美堂飲，醉歸徑睡，五鼓方醒，不復能眠，起閱文書，
　　得鮮于子駿所寄〈雜興〉，作〈古意〉一首答之

次韻答章傳道見贈

法惠寺橫翠閣

祥符寺九曲觀燈

上元過祥符僧可久房，蕭然無燈火

正月二十一日病後，述古邀往城外尋春

有以官法酒見餉者，因用前韻，求述古為移廚飲湖上

飲湖上初晴後雨二首

往富陽新城，李節推先行三日，留風水洞見待

風水洞二首和李節推

獨游富陽普照寺

自普照遊二庵

富陽妙庭觀董雙成故宅，發地得丹鼎，覆以銅盤，承以琉璃盆，盆既
　　破碎，丹亦為人爭奪持去，今獨盤鼎在耳，二首

新城道中二首

山村五絕

癸丑春分後雪

湖上夜歸

同曾元恕遊龍山，呂穆仲不至

寒食未明至湖上，太守未來，兩縣令先在

次韻孫莘老見贈，時莘老移廬州，因以別之

贈別

次韻代留別

月兔茶

薄命佳人

吉祥寺花將落而述古不至

述古聞之，明日即至，坐上復用前韻同賦

李鈐轄座上分題戴花

於潛令刁同年野翁亭

於潛僧綠筠軒

於潛女

自昌化雙溪館下步尋溪源，至治平寺，二首

與臨安令宗人同年劇飲

寶山晝睡

僧清順新作垂雲亭

五月十日，與呂仲甫，周邠、僧惠勤、惠思、清順、可久、惟肅、義
　　詮同泛湖遊北山

會客有美堂，周邠長官與數僧同泛湖往北山，湖中聞堂上歌笑聲，以
　　詩見寄，因和二首，時周有服

席上代人贈別三首

唐道人言，天目山上俯視雷雨，每大雷電，但聞雲中如嬰兒聲，殊不
　　聞雷電也

追和子由去歲試舉人洛下所寄九首暴雨初晴樓上晚景

過廣愛寺　見三學演師，觀楊惠之塑寶山、朱瑤畫文殊、普賢

韓子華石淙莊

贈上天竺辯才師

立秋日禱雨，宿靈隱寺，同周、徐二令

病中獨遊淨慈，謁本長老，周長官以詩見寄，仍邀遊靈隱，因次韻答之

病中遊祖塔院

虎跑泉

佛日山榮長老方丈五絕

弔天竺海月辯師三首

孤山二詠并引　柏堂　竹閣

與述古自有美堂乘月夜歸

有美堂暴雨

八月十五日看潮五絕

東陽水樂亭

與周長官、李秀才游徑山，二君先以詩見寄，次其韻二首

臨安三絕將軍樹　錦溪　石鏡

登玲瓏山

宿九仙山

陌上花三首并引

遊東西巖

宿海會寺

徑山道中次韻答周長官兼贈蘇寺丞

汪覃秀才久留山中，以詩見寄，次其韻

再遊徑山

洞霄宮

初自徑山歸，述古召飲介亭，以病先起

明日重九，亦以病不赴述古會，再用前韻

九日，尋臻闍黎，遂泛小舟至勤師院，二首

九日，舟中望見有美堂上魯少卿飲，以詩戲之，二首

遊諸佛舍，一日飲釅茶七盞，戲書勤師壁

九日，湖上尋周、李二君，不見，君亦見尋於湖上，以詩見寄，明
　　日，乃次其韻

送杭州杜、戚、陳三掾罷官歸鄉

元翰少卿寵惠谷簾水一器，龍團二枚，仍以新詩為貺，歎味不已，次
　　韻奉和

次韻周長官壽星院同餞魯少卿

次韻述古過周長官夜飲

述古以詩見責屢不赴會，復次前韻

胡穆秀才遺古銅器，似鼎而小，上有兩柱，可以覆而不蹷，以為鼎則
　　不足，疑其飲器也。胡有詩，答之。

賀陳述古弟章生子

贈治易僧智周

張子野年八十五，尚聞買妾，述古令作詩

書雙竹湛師房二首

寶山新開徑

和述古冬日牡丹四首

和柳子玉喜雪次韻仍呈述古

觀子玉郎中草聖

李頎秀才善畫山，以兩軸見寄，仍有詩，次韻答之

雪後至臨平，與柳子玉同至僧舍，見陳尉烈

夜至永樂文長老院，文時臥病退院和

錢安道寄惠建茶

錢安道席上飲歌者道服

惠山謁錢道人，烹小龍團，登絕頂，望太湖

除夜野宿常州城外二首

神宗熙寧七年正月至十二月（計九十二首）

元日過丹陽，明日立春，寄魯元翰

古纏頭曲

刁同年草堂

刁景純賞瑞香花，憶先朝侍宴，次韻

同柳子玉遊鶴林、招隱、醉歸，呈景純

景純見和，復次韻贈之，二首

柳子玉亦見和，因以送之，兼寄其兄子璋道人

子玉家宴，用前韻見寄，復答之

景純復以二篇，一言其亡兄與伯父同年之契，一言今者唱酬之意，仍
　　次其韻

柳氏二外甥求筆跡二首

成都進士杜暹伯升，出家，明法通，往來吳中

子玉以詩見邀，同刁丈游金山

金山寺與柳子玉飲，大醉，臥寶覺禪榻，夜分方醒，書其壁

送柳子玉赴靈仙

監洞霄宮俞康直郎中所居四詠退圃　逸堂　遯軒　遠樓

遊鶴林、招隱二首

書普慈長老壁

刁景純席上和謝生二首

和蘇州太守王規父侍太夫人觀燈之什，余時以道原見訪，滯留京口，
　　不及赴此會，二首

書焦山綸長老壁

留別金山寶覺、圓通二長老

常、潤道中，有懷錢塘，寄述古五首

常州太平寺觀牡丹

遊太平寺淨土院，觀牡丹中有淡黃一朵，特奇，為作小詩

杭州牡丹開時，僕猶在常、潤，周令作詩見寄，次其韻，復次一首送
　　赴闕

無錫道中賦水車

虎丘寺

劉孝叔會虎丘，時王規父齋素祈雨，不至，二首

蘇州閭丘、江君二家，雨中飲酒，二首

次韻沈長官三首

戲書吳江三賢畫像三首

過永樂文長老已卒

安平泉

贈張刁二老

去年秋，偶遊寶山上方，入一小院，閴然無人。有一僧，隱几低頭讀
　　書。與之語，漠然不甚對。問其鄰之僧。曰：「此雲闍黎也，不出
　　十五年矣。」今年六月，自常、潤還，復至其家，則死葬數月矣。
　　作詩題其壁

聽僧昭素琴

僧惠勤初罷僧職

遊靈隱高峰塔

八月十七日，天竺山送桂花，分贈元素

海會寺清心堂

捕蝗，至浮雲嶺，山行疲乖，有懷子由弟二首

青牛嶺高絕處，有小寺，人跡罕到

新城陳氏園，次晁補之韻

梅聖俞詩集中有毛長官者，今於潛令國華也。聖俞沒十五年，而君猶
　　為令，補蝗至其邑，作詩戲之

與毛令方尉游西菩寺二首

李行中秀才醉眠亭三首

贈寫真何充秀才

回先生過湖州東林沈氏，飲醉，以石榴皮書其家東老庵之壁云：「西
　　鄰已富憂不足，東老雖貧樂有餘。白酒釀來因好客，黃金散盡為收
　　書。」西蜀和仲，聞而次其韻三首。東老沈氏之老自謂也，湖人因

以名之。其子偕作詩，有可觀者。

單同年求德興俞氏聚遠樓詩三首

潤州甘露寺彈箏

平山堂次王居卿祠部韻

次韻陳海州書懷

次韻陳海州乘槎亭

次韻孫職方蒼梧山

次韻孫巨源、寄漣水李、盛二著作，并以見寄五絕

王莽

董卓

虎兒

鐵溝行贈喬太博

雪後書北臺壁二首

謝人見和前篇二首

除夜病中贈段屯田

神宗熙寧八年正月至十二月（計四十八首）

喬太博見和復次韻答之

二公再和亦再答之

蘇州姚氏三瑞堂莫笑銀杯小答喬太博

送段屯田分得干字

和段屯田荊林館

出城送客，不及，步至溪上，二首

遊盧山，次韻章傳道

盧田五詠盧敖洞　飲酒臺　聖燈巖　三泉　障日峰

次韻章傳道喜雨

謝郡人田賀二生獻花

惜花

和頓教授見寄，用除夜韻

和子由四首韓太祝送游太山　送春　首夏官舍即事　送李供備席上和李詩

西齋

小兒

寄劉孝叔

孔長源挽詞二首

寄呂穆仲寺丞

余主簿母挽詞

答陳述古二首

陳安道樂全堂

張文裕挽詞

懷西湖寄晁美叔同年

次韻劉貢父、李公擇見寄二首

祭常山回小獵

和梅戶曹會獵鐵溝

劉貢父見余歌詞數首，以詩見戲，聊次其韻

和章七出守湖州二首

和張子野見寄三絕句見題壁　竹閣　見憶

送趙寺丞寄陳海州

和蔣夔寄茶

光祿庵二首

案：〈寄劉孝叔〉是東坡從神宗熙寧二年到元豐二年間，諷諭新法最嚴厲的一首詩。詩中對朝廷實施新法以來，百姓的苦況，一一說明，藉這首詩和劉孝叔共勉。通篇看起來，有他對新法的極度不滿，可以說是諷諭得十分深切的一首詩。

神宗熙寧九年正月至十二月（計六十五首）

立春日，病中邀安國，仍請率禹功同來。僕雖不能飲，當請成伯主

　　會，某當杖策倚几於其間，觀諸公醉笑，以撥滯悶也。二首

答李邦直

和文與可洋州園池三十首湖橋　橫湖　書軒　冰池　竹塢　荻蒲　蓼嶼
　　望雲樓　天漢臺　待月臺　二樂榭　灚泉亭　吏隱亭　霜筠亭　無言亭　露
　　香亭　涵虛亭　溪光亭　過溪亭　披錦亭　禊亭　菡萏亭　荼蘼洞　篔簹谷
　　寒蘆港　野人廬　此君庵　金橙徑　南園　北園

寄題刁景純藏春塢

玉盤盂并引

和潞公超然臺次韻

聞喬太博換左藏知欽州，以詩招飲

喬將行，烹鵝鹿出刀劍以飲客，以詩戲之

奉和成伯兼戲禹功

寄黎眉州

和趙郎中捕蝗見寄次韻

登常山絕頂廣麗亭

薄薄酒二首并引

同年王中甫挽詞

七月五日二首

趙郎中見和，戲復答之

和魯人孔周翰題詩二首并引

送碧香酒與趙明叔教授

趙既見和復次韻答之

趙郎中往莒縣，逾月而歸，復以一壺遺之，仍用前韻

蘇潛聖挽詞

和晁同年九日見寄

送喬施州

次韻周邠寄〈雁蕩山圖〉二首

雪夜獨宿柏仙庵

和孔郎中荊林馬上見寄

別東武流杯

留別霅泉

留別釋伽院牡丹呈趙倅

董儲郎中嘗知眉州，與先人遊，過安丘，訪其故居，見其子希甫，留
　詩屋壁

神宗熙寧十年正月至十二月（計六十九首）

除夜大雪，留濰州，元日早晴，遂行，中途雪復作

大雪，青州道上，有懷東武園亭，寄交代孔周翰

至濟南，李公擇以詩相迎，次其韻二首

和孔君亮郎中見贈

送范景仁游洛中

次韻景仁留別

書韓幹〈牧馬圖〉

京師哭任遵聖

送魯元翰少卿知衛州

次韻子由送蔣夔赴代州學官

宿州次韻劉涇

徐州送交代仲達少卿

和孔密州五絕見邸家園留題　春步西園見寄　東欄梨花　和流杯石上草書小
　詩　堂後白牡丹

和趙郎中見戲二首

司馬君實獨樂園

和李邦直沂山祈雨有應

次韻子由與顏長道同遊百步洪，相地築亭種柳

與梁先、舒煥泛舟，得臨、釀二首

次韻李邦直感舊

次韻答邦直、子由五首

送顏復兼寄王鞏

蝎虎

子由將赴南都，與余會宿於逍遙堂，作兩絕句，讀之殆不可為懷，因
　　和其詩以自解。余觀子由，自少曠達，天資近道，又得至人養生長
　　年之訣，而余亦竊聞其一二。以為今者宦遊相別之日淺，而異時退
　　休相從之日長，既以自解，且以慰子由云

留題石經院三首

過雲龍山人張天驥

贈王仲素寺丞

陽關詞三首贈張繼愿　答李公擇　中秋月

和孔周翰二絕再觀邸園留題　觀靜觀堂效韋蘇州詩

答任師中、家漢公

初別子由

次韻呂梁仲屯田

王鞏屢約重九見訪，既而不至，以詩送將官梁交且見寄，次韻答之。
　　交頗文雅，不類武人，家有侍者，甚惠麗

九日邀仲屯田，為大水所隔，以詩見寄，次其韻

臺頭寺雨中送李邦直赴史館，分韻得憶字、人字，兼寄孫巨源二首

代書答梁先

送楊奉禮

河復并敘

登望雩亭

韓幹馬十四匹

有言郡東北荊山下，可以溝畎積水，因與吳正字，王戶曹同相往視，
　　以地多亂石，不果。還，遊聖女山，山有石室，如墓而無棺郭，或
　　云宋司馬桓魋墓。二子有詩，次其韻，二首

贈寫御容妙善師

哭刁景純

答呂梁仲屯田

答孔周翰求書與詩

顏樂亭詩并敘

神宗元豐元年正月至十二月（計一百一十三首）

送李公恕赴闕

張寺丞益齋

春菜

送鄭戶曹

〈虔州八境圖〉八首并引

讀孟郊詩二首

章質夫寄惠〈崔徽真〉

訪張山人得山中字二首

送孔郎中赴陝郊

與梁左藏會飲傅國博家

寒食日答李公擇三絕次韻

約公擇飲是日大風

坐上賦戴花得天字

夜飲次韻畢推官

芙蓉城并敘

續麗人行并引

聞李公擇飲傅國博家大醉二首

傅子美召李公擇飲，偶以病不及往，公擇有詩，次韻

觀子美病中作，嗟歎不足，因次韻

起伏龍行并敘

聞公擇過雲龍張山人，輒往從之，公擇有詩，戲用其韻

送李公擇

送筍芍藥與公擇二首

和孫莘老次韻

游張山人園

杜介熙熙堂

次韻答劉涇

攜妓樂遊張山人園

種德亭并敘

文與可有詩見寄云，待將一段鵝溪絹，掃取寒梢萬尺長。次韻答之

聞辯才法師復歸上天竺，以詩戲聞

和子由送將官梁左藏仲通

次韻秦觀秀才見贈，秦與孫莘老、李公擇甚熟，將入京應舉

僕囊於長安陳漢卿家，見吳道子畫佛，碎爛可惜。其後十餘年，復見
　　之於鮮于子駿家，則已裝背完好。子駿以見遺，作詩謝之

雨中過舒教授

次韻舒教授寄李公擇

送鄭戶曹

次韻黃魯直見贈古風二首

次韻答舒教授觀余所藏墨

送鄭戶曹賦席上果得櫻子

送胡掾

密州宋國博以詩見紀在郡雜詠，次韻答之

答范純甫

次韻答王定國

和鮮于子駿〈鄆州新堂月夜〉二首

送將官梁左藏父赴莫州

答仲屯田次韻

次韻子由送趙叱歸觀錢塘，遂赴永嘉

中秋月寄子由三首

中秋見月和子由

答王鞏

次韻王定國馬上見寄

與頓起，孫勉泛舟，探韻得未字

次韻答頓起二首

九日黃樓作

太虛以黃樓賦見寄，作詩為謝

九日次韻王鞏

送頓起

送孫勉

李思訓畫〈長江絕島圖〉

張安道見示近詩

近韻王鞏顏復同泛舟

次韻張十七九日贈子由

次韻王鞏獨眠

登雲龍山

題雲龍草堂石磐

次韻王鞏留別

次韻僧潛見贈

次韻潛師放魚

滕縣時同年西園

次韻王廷老和張十七九日見寄二首

鹿鳴宴

與舒教授、張山人、參寥師同游戲馬臺，書西軒壁，兼簡顏長道二首

夜過舒堯文戲作

十月十五日觀月黃樓，席上次韻

答王定民

次韻王廷老退居見寄

百步洪二首并敍

次韻顏長道送傅倅

雲龍山觀燒得雲字

祈雪霧豬泉，出城馬上作，贈舒堯文

次韻舒堯文祈雪霧豬泉

和田國博喜雪

宋復古畫〈瀟湘晚景圖〉三首

贈狄崇班季子

石炭并引

與參寥師行園中，得黃耳蕈

次韻參寥師寄秦太虛三絕句，時秦君舉進士不得

送參寥師

神宗元豐二年正月至十二月（計一百零二首）

人日獵城南，會者十人，以「身輕一鳥過，槍急萬人呼」為韻，得鳥
　字

將官雷勝得過字，代作

和參寥見寄

臺頭寺步月得人字

臺頭寺送宋希元

種松得徠字

游桓山，會有十人，以「春水滿四澤，夏雲多奇峰」為韻，得澤字

戴道士得四字代作

往在東武，與人往反作粲字韻詩四首，今黃魯直亦次韻見寄，復和答
　之

月夜與客飲杏花下

送蜀人張師厚赴殿試二首

雪齋

以雙刀遺子由，子由有詩，次其韻

作書寄王晉卿，忽憶前年寒食北城之遊，走筆為此詩

次韻田國博部夫南京見寄二絕

再次韻答田國博部夫還二首

田國博見示石炭詩，有「鑄劍斬佞臣」之句，次韻答之

答郡中同僚賀雨

留別叔通、元弼、坦夫

罷徐州，往南京，馬上走筆寄子由五首

書泗州孫景山西軒

過泗上喜見張嘉父二首

過淮三首贈景山兼寄子由

舟中夜起

余去金山五年而復至，次舊詩韻，贈寶覺長老

大風留金山兩日

遊惠山并敘

贈惠山僧惠表

贈錢道人

與秦太虛、參寥會於松江，而關彥長，徐安中適至，分韻得風字二首

次韻答參寥

次韻關令送魚

次韻秦太虛見戲耳聾

端午遍游諸寺得禪字

送劉寺丞赴餘姚

雪上訪道人不遇

李公擇過高郵，見施大夫與孫莘老賞花詩，憶與僕去歲會於彭門折花
　　饋筍故事，作詩二十四韻見戲，依韻奉答，亦以戲公擇云

王鞏清虛堂

和孫同年卞山龍洞禱晴

乘舟過賈收水閣，收不在，見其子，三首

次韻孫秘丞見贈

與客遊道場何山，得鳥字

僕去杭五年，吳中仍歲大飢役，故人往往逝去，聞湖上僧舍不復往日
　　繁麗，獨淨慈本長老學益盛，作此詩寄之

送表忠觀錢道士歸杭并引

舶趠風并引

丁公默送蝤蛑

送孫著作赴考城，兼寄錢醇老、李邦直，二君於孫處有書見及

泛舟城南，會者五人，分韻賦詩，得「人皆苦炎」字四首

與王郎夜飲井水

次韻李公擇梅花

送淵師歸徑山

次韻周開祖長官見寄

林子中以詩寄文與可及余，與可既歿，追和其韻

與王郎昆仲及兒子邁，遶城觀荷花，登峴山亭，晚入飛英寺，分韻得
　　「月明星稀」四字

次韻章子厚飛英留題

城南縣尉水亭得長字

與胡祠部遊法華山

又次前韻贈賈耘老

趙閱道高齋

送俞節推

次韻答孫侔

重寄

次韻和劉貢父登黃樓見寄并寄子由二首

吳江岸

予以事繫御史臺獄，獄吏稍見侵，自度不能堪，死獄中，不得一別子

　由，故作二詩授獄卒梁成，以遺子由，二首

己未十月十五日，獄中恭聞太皇太后不豫，有赦，作詩

十月二十日，恭聞太皇太后升遐，以軾罪人，不許成服，欲哭則不
　敢，欲泣則不可，故作挽詞二章

御史臺榆、槐、竹、柏四首 榆　槐　竹　柏

十二月二十八日，蒙恩責授檢校水部員外郎黃州團練副史，復用前韻
　二首

（三）沈潛期——黃州貶謫

神宗元豐三年正月至十二月（計五十六首）

陳州與文郎逸民飲別，攜手河堤上，作此詩

子由自南都來陳三日而別

正月十八日蔡州道上遇雪，次子由韻二首

過新息留示鄉人任師中

過淮

書麐公詩後 并引

游淨居寺 并敘

梅花二首

萬松亭 并敘

戲作種松

張先生 并敘

陳季常所蓄〈朱陳村嫁娶圖〉二首

少年時，嘗過一村院，見壁上有詩云：「夜涼疑有雨，院靜似無僧」
　不知何人詩也，宿黃州禪智寺，寺僧皆不在，夜半雨作，偶記此詩，
　故作一絕

初到黃州

定惠院寓居月夜偶出

次韻前篇

安國寺浴

安國寺尋春

寓居定惠院之東，雜花滿山，有海棠一株，土人不知貴也

次韻樂著作野步

王齊萬秀才寓居武昌縣劉郎洑，正與伍洲相對，伍子胥奔吳所從渡江
也

二月二十六日，雨中熟睡，至晚，強起出門，還作此詩，意思殊昏昏
也

雨晴後，步至四望亭下魚池上，遂自乾明寺東岡上歸，二首

雨中看牡丹三首

次韻樂著作天慶觀醮

杜沂游武昌，以酴醿花菩薩泉見餉，二首

五禽言五首并敘

石芝并引

遊武昌寒溪西山寺

武昌銅劍歌并引

今年正月十四日，與子由別於陳州，五月，子由復至齊安，以詩迎之
曉至巴河口迎子由

遷居臨皋亭

與子由同游寒溪西山

次韻答子由

陳季常自岐亭見訪，郡中及舊州諸豪爭欲邀致之，戲作陳孟公詩一首

定惠院顒師為余竹下開嘯軒

和何長官六言次韻五首

觀張師正所蓄辰砂

次韻子由病酒肺疾發

鐵拄杖并敘

案：〈寓居定惠院之東，雜花滿山，有海棠一株，土人不知貴也〉是

　　東坡因詩被禍，貶謫到黃州後，看到海棠，聯想到自己不被見賞，因此藉物抒情，表達內心的落寞。這時的東坡詩，再不像以前的肆無忌憚，而深怕因詩惹禍，所以它藉物詠歎，表達被閒置後的心境，由於詩中寄托寓意，別是一格，因此可為這期詩的代表。

神宗元豐四年正月至十二月（計四十七首）

正月二十日，往岐亭，郡人潘、古、郭三人，送余於女王城東禪莊院

岐亭道上見梅花，戲贈季常

東坡八首并敘

武昌酌菩薩泉送王子立

任師中挽詞

樂全先生生日，以鐵拄杖為壽，二首

與潘三失解後飲酒

太守徐君猷，通守孟亨之，皆不飲酒，以詩戲之

聞捷

聞洮西捷報

杭州故人信至齊安

送牛尾貍與徐使君

四時詞四首

姪安節遠來夜坐三首

雪後到乾明寺遂宿

冬至日贈安節

伯父〈送先人下第歸蜀〉詩云：人稀野店休安枕，路入靈關穩跨驢。

　　安節將去，為誦此句，因以為韻，作小詩十四首送之

次韻陳四雪中賞梅

記夢回文二首并敘

三朵花并敘

案：〈東坡〉八首是蘇軾在黃州因生活困窘，興起自食其力，墾闢「東
　　坡」的念頭。這八首詩完整的記錄了開墾東坡的經過，從開荒、
　　規畫、灌溉、種稻、種麥，一直到種果樹，可說是一部辛勤的開
　　墾史，最後描述他在黃州的交遊情形，尤其對馬夢得深深信賴他
　　的這一點，更有所感。從這一組詩，我們可以得知他被貶謫後的
　　生活模式，因此它可做為這期詩的代表。

神宗元豐五年正月至十二月（計三十九首）

正月二十日，與潘、郭二生出郊尋春，忽記去年是日同至女王城作
　　詩，乃和前韻
是日，偶至野人汪氏之居，有神降於其室，自稱天人李全，字德通。
　　善篆字，用筆奇妙，而字不可識，云，天篆也。與予言，有所會者。
　　復作一篇，仍用前韻
浚井
紅梅三首
次韻子由寄題孔平仲草庵
二蟲
陳季常見過三首
謝人惠雲巾方舄二首
寒食雨二首
徐使君分新火
次韻答元素并引
蜜酒歌并敘
又一首答二猶子與王郎見和
謝陳季常惠一揞巾
贈黃山人
問大冶長老乞桃花茶栽東坡
西山戲題武昌王居士并引

次韻孔毅父久旱已而甚雨三首

魚蠻子

夜坐與邁聯句

次韻和王鞏六首

弔李臺卿 并敘

曹既見和復次韻

弔徐德占 并引

李委吹笛 并引

蜀僧明操思歸書龍丘子壁

案:〈紅梅〉三首是東坡詠物詩的上乘之作,將紅梅比喻成一位美人,
　　說她有姣好的面貌,也有高潔的品德,實際上是物我雙寫,寫自
　　己被閒置在這裡應該是暫時的,只要時機許可,可以有一番作為。
　　這是蘇軾貶謫以來,對自己的心志已有具體方向的告白,可作這
　　期詩的代表。

神宗元豐六年正月至十二月 (計三十四首)

正月三日點燈會客

六年正月二十日,復出東門,仍用前韻

次韻孔毅父集古人句見贈五首

食甘

大寒步至東坡贈巢三

元修菜 并敘

日日出東門

寄周安孺茶

南堂五首

次韻子由種杉竹

孔毅父妻挽詞

初秋寄子由

和黃魯直食筍次韻
聞子由為郡僚所捃，恐當去官
次韻王鞏南遷初歸二首
孔毅父以詩戒飲酒，問買田，且乞墨竹，次其韻
子由作二頌，誦石臺長老問公，手寫《蓮經》，字如黑蟻，且誦萬遍，
　脅不至席二十餘年，予亦作二首
鄧忠臣母周氏挽詞
和蔡景繁海州石室
喜王定國北歸第五橋
徐君猷挽詞
橄欖
東坡
生日，王郎以詩見慶，次其韻，并寄茶二十一片

案：〈寄周安孺茶〉和〈東坡〉，一為五古長篇，一為七言絕句。前者有東坡對茶的獨特看法，從茶的命名源起，寫到他識茶、品茶，以及對製茶經過的體認，可見貶謫黃州的生活裡，他仍是不斷的學習，對萬物抱著欣賞的態度。後者以短短的四句，展現他不屈的志節，活道出他遇到困境毫不退縮的精神，自是黃州詩的名篇。

神宗元豐七年正月至十二月（計一百一十六首）

和秦太虛梅花
再和潛師
海棠
次韻曹九章見贈
上巳日，與二三子攜酒出游，隨所見輒作數句，明日集之為詩，故辭
　無倫次
劉監倉家煎米粉作餅子，余云為甚酥。潘邠老家造逡巡酒，余飲之，

云，莫作醋，錯著水來否？後數日，攜家飲郊外，因作小詩戲劉公，
求之

贈楊耆并引

別黃州

和參寥

過江夜行武昌山上，聞黃州鼓角

岐亭五首并敘

初入廬山三首

世傳徐凝〈瀑布〉詩云：一條界破青山色，至為塵陋。又偽作樂天詩
稱美此句，有「賽不得」之語。樂天雖涉淺易，然豈至是哉，乃戲
作一絕。

圓通禪院，先君舊遊也。四月二十四日晚，至，宿焉。明日，先君祭
日也，乃手寫寶積獻蓋頌佛一偈，以贈長老僊公。僊公撫掌笑曰：
「昨夜夢寶蓋飛下，著處輒出火，豈此祥乎！」乃作是詩。院有蜀
僧宣，逮事訥長老，識先君云。

子由在筠作〈東軒記〉，或戲之為東軒長老。其婿曹煥往筠，余作一
絕句送曹以戲子由。曹過廬山，以示圓通慎長老。慎欣然，亦作一
絕，送客出門，歸入室，趺坐化去。子由聞之，乃作二絕，一以答
余，一以答慎。明年余過圓通，始得其詳，乃追次慎韻

余過溫泉，壁上有詩云：直待眾生總無垢，我方清冷混常流。問人，
云，長老可遵作。遵已退居圓通，亦作一絕。

書李公擇白石山房

廬山二勝并敘　開先漱玉亭　棲賢三峽橋

贈東林總長老

題西林壁

自興國往筠，宿石田驛南二十五里野人舍

過建昌李野夫公擇故居

將至筠，先寄遲、适，遠三猶子

端午游真如，遲、适，遠從，子由在酒局

別子由三首兼別遲

初別子由至奉新作

白塔鋪歇馬

同年程筠德林求先墳二詩思成堂　歸真亭

陶驥子駿佚老堂二首

和李太白并敘

次韻道潛留別

郭祥正家，醉畫竹石壁上，郭作詩為謝，且遺二古銅劍

龍尾硯歌并引

張近幾仲有龍尾子石硯，以銅劍易之

張作詩送硯反劍，乃和其詩，卒以劍歸之

去歲九月二十七日，在黃州，生子遯，小名幹兒，頎然穎異。至今年
　　七月二十八日，病亡於金陵，作二詩哭之。

葉濤致遠見和二詩，復次其韻

次荊公韻四絕

張庖民挽詞

次韻葉致遠見贈

次韻致遠

次韻段縫見贈

次韻杭人裴維甫

題孫思邈真

戲作鮰魚一絕

次韻答寶覺

同王勝之遊蔣山

至真州再和二首

眉子石硯歌贈胡誾

贈袁陟

次韻蔣穎叔

次韻滕元發、許仲塗、秦少游

以玉帶施元長老，元以衲裙相報，次韻二首

送金山鄉僧歸蜀開堂

送沈逵赴廣南

豆粥

秦少游夢發殯而葬之者，云是劉發之柩，是歲發首薦。秦以詩賀之，劉涇亦作，因次其韻

金山夢中作

次韻周穜惠石銚

贈潘谷

蒜山松林中可卜居，余欲僦其地，地屬金山，故作此詩與金山元長老

蘇子容母陳太夫人挽詞

王中甫哀辭并敘

廣陵後園題扇子

徐大正閑軒

元豐七年十一月十三日，與幾先自竹西來訪慶老，不見，獨與徐君卿供奉，蟾知客東閣道話久之

別擇公

邵伯梵行寺山茶

高郵陳直躬處士畫雁二首

蔡景繁官舍小閣

和王斿二首

和田仲宣見贈

次韻王定國南遷回見寄

贈梁道人

龜山辯才師

次韻張琬

泗州南山監倉蕭淵東軒二首

雍秀才畫草蟲八物促織　蟬　蝦蟆　蜣蜋　天水牛　蝎虎　蝸牛　鬼蝶

泗州除夜雪中黃師是送酥酒二首

章錢二君見和，復次復答之，二首

案：〈海棠〉和〈題西林壁〉，一是詠物詩，一是哲理詩，同是蘇軾貶
　　謫黃州的名篇。這一期的詩，大抵藉物起興，寄托微旨，〈海棠〉
　　正是這一類詩的代表，而〈題西林壁〉是蘇軾在藝術方面的感發，
　　其中富含深刻的人生哲理，足以發人深省，因此可代表這一期詩
　　風。

神宗元豐八年正月至二月、哲宗元豐八年二月至六月（計五十一首）

正月一日，雪中過淮謁客回，作二首

書劉君射堂

孫莘老寄墨四首

留題蘭皋亭

和人見贈

和王勝之三首

南都妙峰亭

記夢并敍

寄蘄簟與蒲傳正

寄怪石石斛與魯元翰

漁父四首

春日

贈眼醫王彥若

李憲仲哀詞并敍

王伯敭所藏趙昌花四首梅花　黃葵　芙蓉　山茶

神宗皇帝挽詞三首

與歐育等六人飲酒

觀杭州鈐轄歐育刀劍戰袍

寄吳德仁兼簡陳季常

題王逸少帖

書林逋詩後

和仲伯達

過文覺顯公房

雲師無著自金陵來，見余廣陵，且遺余〈支遁鷹馬圖〉。將歸，以詩
　　送之，且還其畫

歸宜興，留題竹西寺三首

與孟震同遊常州僧舍三首

常州太平寺法華院薔薇亭醉題

贈常州報恩長老二首

次韻答賈耘老

墨花并敘

送竹几與謝秀才

贈章默并敘

案：元豐八年六月復朝奉郎起知登州軍州事，為第三、四期詩之分
　　界。〈春日〉描寫謫黃州五年來，已漸適應優閒的生活，也覺得
　　可以隨遇而安了。這首詩可以為黃州詩做一個總結。從剛被貶謫
　　的驚恐中，到築東坡，自號「東坡居士」，以至於〈春日〉詩的
　　閒適自若，蘇軾已從創作中獲得了精神上的安慰。

（四）凝定期──元祐回朝

哲宗元豐八年六月至十二月（計四十八首）

次韻許遵

溪陰堂

送穆越州

小飲公瑾舟中

金山妙高臺

贈杜介并敘

余將赴文登，過廣陵，而擇老移住石塔，相送竹西亭下，留詩為別

贈葛葦

贈王寂

次韻孫莘老斗野亭寄子由，在邵伯堰

送楊傑并敘

楊康公有石，狀如醉道士，為賦此詩

迨作〈淮口遇風詩〉，戲用其韻

次韻送徐大正

次韻徐積

元豐七年，有詔京東、淮南築高麗亭館，密、海二州，騷然有逃亡者。

　明年，軾過之，歎其壯麗，留一絕云

懷仁飲陳德任新作占山亭二絕

過密州次韻趙明叔、喬禹功

再過常山和昔年留別詩

再過超然臺贈太守霍翔

雜詩

遺直坊并敘

鰒魚行

登州孫氏萬松堂

登州海市并敘

奉和陳賢良

留別登州舉人

過萊州望雪後望三山

書文與可墨竹并敘

次韻趙令鑠

次韻王定國得潁倅二首

次韻趙令鑠惠酒

送范純粹守慶州

次韻王震

次韻王定國謝韓子華過飲

次韻馬元賓

惠崇春江晚景二首

次韻周邠

次韻胡完夫

次韻錢穆父

次韻完夫再贈之什，某已卜居毘陵，與完夫有廬里之約云

次韻穆父舍人再贈之什

次韻答李端叔

次韻答滿思復

滿戴蒙赴成都玉局觀，將老焉

案：〈惠崇春江晚景〉二首是題畫詩，也是這一期重要的作品。由於
　　這一期詩泰半是次韻，贈答和題畫詩，而題畫詩寫得最好，所以
　　選擇這兩首詩做為代表。蘇軾的題畫詩，正如他贊美王維「詩中
　　有畫，畫中有詩」一般，我們可以從他所寫的這兩首詩，看出他
　　的藝術鑑賞能力。

哲宗元祐元年正月至十二月（計三十九首）

正月八日招王子高飲

和王晉卿并引

次韻王覿正言喜雪

元祐元年二月八日，朝退，獨在起居院讀《漢書・儒林傳》，感申公
　　故事，作小詩一絕

送陳睦州之潭州

用前韻答西掖諸公見和

再次韻答完夫穆父

和蔣發運

送表弟程六知楚州

和人假山

送王伯敭守虢

道者院池上作

次韻子由送千之姪

題文與可墨竹并敘

次韻錢舍人病起

次韻和王鞏

用王鞏韻贈其姪震

用王鞏韻，送其姪震知蔡州

用舊韻送魯元翰知洺州

次韻朱光庭初夏

次韻朱光庭喜雨

奉敕祭西太一和韓川韻四首

西太一見王荊公舊詩，偶次其韻二首

次韻子由送陳侗知陝州

送賈訥倅眉二首

送程建用

次韻李修孺留別二首

次韻黃魯直赤目

武昌西山并敘

西山詩和者三十餘人，再用前韻為謝

狄詠石屏

雪林硯屏率魯直同賦

虢國夫人夜游圖

哲宗元祐二年正月至十二月（計八十一首）

和周正孺墜馬傷手

戲周正孺二絕

潘推官母李氏挽詞

玉堂栽花，周正孺有詩，次韻

杜介送魚

送杜介歸揚州

和黃魯直燒香二首

再和二首

送楊孟容

見子由與孔常父唱和詩，輒次其韻。余昔在館中，同舍出入，輒相聚
　　飲酒賦詩。近歲不復講，故終篇及之，庶幾諸公稍復其舊，亦太平
　　盛事也

黃魯直以詩餽雙井茶，次韻為謝

趙令晏崔白大圖幅徑三丈

次韻張昌言給事省宿

次韻三舍人省上

送錢承制赴廣西路分都監

次韻曾子開從駕二首

再和二首

次韻劉貢父省上

再和

送顧子敦奉使河朔

次韻子由送家退翁知懷安軍

諸公餞子敦，軾以病不往，復次前韻

走筆謝呂行甫惠子魚

送呂行甫司門倅河陽

和張昌言喜雨

次韻劉貢父西省種竹

偶與客飲，孔常父見訪，方設席延請，忽上馬馳去，已而有詩，戲用
其韻答之

次韻子由書李伯時所藏韓幹馬

次韻劉貢父獨直省中

軾以去歲春夏，侍立邇英，而秋冬之交，子由相繼入侍，次韻絕句四
首，各述所懷

送宋構朝散知彭州迎侍二親

郭熙畫秋山平遠

次韻張昌言喜雨

金門寺中見李西臺與二錢惟演、易唱和四絕句，戲用其韻跋之

和穆父新涼

書晁補之所藏與可畫竹三首

戲用晁補之韻

題皇親畫扇

書李世南所畫秋景二首

書鄢陵王主簿所畫折枝二首

和張耒高麗松扇

故李誠之待制六丈挽詞

次韻孔常父送張天覺河東提刑

送張天覺得山字

贈李道士并敘

次韻張舜民自御史出倅虢州留別

次韻王定國倅揚州

次韻米黻二王書跋尾二首

次韻宋肇惠澄心紙二首

郭熙畫秋山平遠二首

送歐陽辯監澶州酒

九月十五日，邇英講《論語》，終篇，贈執政講讀史官燕於東宮。又
　　遣中使就賜御書詩各一首，臣軾得〈紫薇花絕句〉，其詞云：絲綸
　　閣下文書靜，鐘鼓樓中刻漏長。獨坐黃昏誰是伴？紫薇花對紫薇
　　郎。翼日，各以表謝，又進詩一篇，臣軾詩云

昨見韓丞相，言王定國今日玉堂獨坐，有懷其人

謝王澤州寄長松兼簡張天覺二首

次韻劉貢父所和韓康公憶持國二首

上韓持國

次韻劉貢父叔姪扈駕

次韻韓康公置酒見留

次韻王都尉偶得耳疾

送喬仝寄賀君六首并敘

送家安國教授歸成都

案：〈送顧子敦奉使河朔〉是這一期唱和詩的代表，同時也是蘇軾曠
　　達個性的反應，這可以從他詩中詼諧的用語看出來。至於題畫詩
　　〈郭熙畫秋山平遠〉、〈書晁補之所與可畫竹〉三首和〈書鄢陵王
　　主簿所畫折枝〉二首，正可以說明他的題畫詩既多且好，這是前
　　幾期和後幾期詩所沒有的。

哲宗元祐三年正月至十二月（計六十六首）

和子由除夜元日省宿致齋三首

韓康公坐上侍兒求書扇上二首

次韻答張天覺二首

次韻黃魯直畫馬試院中作

余與李廌方叔相知久矣，領貢舉事，而李不得第，愧甚，作詩送之

和宋肇遊西池次韻

僕領貢舉未出，錢穆父雪中作詩見及，三月二十日，同遊金明池，始
　　見其詩，次韻為答

韓康公挽詞三首

書艾宣畫四首竹鶴　黃精鹿　杏花白鷳　蓮龜

次韻子由五月一日同轉對

柏石圖詩并敘

謝宋漢傑惠李承宴墨

慶源宣義王丈，以累舉得官，為洪雅主簿，雅州戶掾。遇吏民如家
　　人，人安樂之。既謝事，居眉之青神瑞草橋，放懷自得。有書來求
　　紅帶，既已遺之，且作詩為戲，請黃魯直、秦少游各為賦一首，為
　　老人光華

次韻許沖元送成都高士敦鈐轄

次前韻送程六表弟

送周正孺知東川

次前韻再送周正孺

虛飄飄

碣石庵戲贈湛庵主

和王晉卿題李伯時畫馬

送錢穆父出守越州絕句二首

戲書李伯時畫御馬好頭赤

送程七表弟知泗州

送曹輔赴閩漕

次韻王郎子立風雨有感

次韻黃魯直嘲小德。小德，魯直子，其母微，故其詩云：解著《潛夫
　　論》，不妨無外家

書〈黃庭內景經〉尾并敘

送蹇道士歸廬山

次韻黃魯直戲贈

書林次中所得李伯時〈歸去來〉、〈陽關〉二圖後

臥病逾月，請郡不許，復直玉堂。十一月一日鎖院，是日苦寒，詔賜

宮燭法酒，書呈同院送周朝議守漢州

木山并敘

送千乘、千能兩姪還鄉

題李伯時畫〈趙景仁琴鶴圖〉二首

書王定國所藏〈煙江疊嶂圖〉

王晉卿作〈煙江疊嶂圖〉，僕賦詩十四韻，晉卿和之，語特奇麗。因
　復次韻，不獨紀其詩畫之美，亦為道其出處契闊之故，而終之以不
　忘在莒之戒，亦朋友忠愛之義也

和吳安持使者迎駕

次韻王定國會飲清虛堂

興龍節侍宴前一日，微雪，與子由同訪王定國，小飲清虛堂。定國出
　數詩，皆佳，而五言尤奇。子由又言：昔與孫巨源同過定國，感念
　存沒，悲歡久之。夜歸，稍醒，各賦一篇，明日朝中以示定國也

王晉卿所藏〈著色山〉二首

和黃魯直效進士作二首歲寒知松柏　款塞來享

夜直玉堂，攜李之儀端叔詩百餘首，讀至夜半，書其後

次韻王定國得晉卿酒相留夜飲

范純仁和賜酒燭詩復次韻謝之

次韻劉貢父春日賜幡勝

再和

葉公秉、王仲至見和，次韻答之

再和

案：書王定國所藏〈煙江疊嶂圖〉是一首藉畫抒情的題畫詩。王定國
　與蘇軾私交甚篤，當蘇軾看到這幅圖畫得有如仙境一般，不禁想
　起在杭州的日子。由於黨爭的關係，使他興起了回歸自然的念
　頭，可說是這一期矛盾思想的呈現。

哲宗元祐四年正月至十二月（計四十二首）

和王晉卿送梅花次韻

次韻王晉卿惠花栽，栽所寓張退傅第中

次韻王晉卿上元侍宴端門

王鄭州挽詞

書王定國所藏王晉卿畫〈著色山〉二首

呈定國

寄傲軒

送呂昌朝知嘉州

次韻黃魯直寄題郭明父府推潁州西齋二首

次韻秦少章和錢蒙仲

次韻錢越州

同秦仲二子雨中游寶山

去杭州十五年，復游西湖，用歐陽察判韻

與莫同年雨中飲湖上

送子由使契丹

次韻答劉景文左藏

坐上復借韻送岩嵐軍通判葉朝奉

始於文登海上，得白石數升，如茨實，可作枕。聞梅丈嗜石，故以遺
　　其子子明學士，子明有詩，次韻

次韻錢越州見寄

文登蓬萊閣下，石壁千丈，為海浪所戰，時有碎裂，淘灑歲久，皆圓
　　熟可愛，土人謂此彈子渦也。取數百枚，以養石菖蒲，且作詩遺垂
　　慈堂老人

次韻毛滂法曹感雨

送鄧宗古還鄉

參寥上人初得智果院，會者十六人，分韻賦詩，軾得心字

哭王子立，次兒子迨韻三首

異鵲并敘

次韻詹適宣德小飲巽亭

東川清絲寄魯冀州，戲贈

怡然以垂雲新茶見餉，報以大龍團，仍戲作小詩

次韻王忠玉游虎丘

寄蔡子華

和錢四寄其弟龢

故周茂叔先生濂溪

次周燾韻并敘

送南屏謙師并引

次韻子由使契丹至涿州見寄四首

案：〈送子由使契丹〉是蘇軾送別弟弟轍的一首詩。元祐年間，太皇
　　太后主政，起用舊黨人士，尤其對蘇軾兄弟，更加恩遇，因此，
　　他們兩兄弟也全心全意的輔弼朝政，這首詩表達了他們始終報效
　　朝廷的志節。

哲宗元祐五年正月至十二月（計六十二首）

臥病彌月，聞垂雲花開，順闍黎以詩見招，次韻答之

雪後，便欲與同僚尋春，一病彌月，雜花都盡，獨牡丹在爾，劉景文
　　左藏和順闍黎詩見贈，次韻答之

仲天貺、王元直自眉山來，見余錢塘，留半歲，既行，作絕句五首送
　　之

次韻劉景文、周次元寒食同遊西湖

連日與王忠玉、張全翁遊西湖，訪北山清順、道潛二詩僧，登垂雲亭，
　　飲參寥泉，最後過唐州陳使君夜飲，忠玉有詩，次韻答之

新茶送簽判程朝奉，以餉其母，有詩相謝，次韻答之

次韻林子中、王彥祖唱酬

壽星院寒碧軒

書劉景文左藏所藏王子敬帖

書劉景文所藏宗少文〈一筆畫〉

次韻送張山人歸彭城

真覺院有洛花，花時不暇往，四月十八日，與劉景文同往賞枇杷

又和景文韻

西湖壽星院此君軒

觀臺

遊中峰杯泉

贈善相程傑

次韻林子中蒜山亭見寄

再和并答楊次公

次韻劉景文送錢蒙仲三首

菩提寺南漪堂杜鵑花

寒具

題楊次公春蘭

題楊次公蕙

次韻曹輔寄壑源試焙新芽

次韻袁公濟謝芎椒

次韻楊次公惠徑山龍井水

次京師韻送表弟程懿叔赴夔州運判

次韻劉景文登介亭

袁公濟和劉景文登介亭詩，復次韻答之

介亭餞楊傑次公

葉教授和溽字韻詩，復次韻為戲，記龍井之游

次韻林子中見寄

安州老人食蜜歌

次韻錢穆父紫薇花二首

送張嘉州

絕句

九日袁公濟有詩，次其韻

次韻蘇伯固主簿重九

和公濟飲湖上

次韻景文山堂聽箏三首

贈劉景文

送李陶通直赴清溪

辯才老師退居龍井，不復出入。余往見之。嘗出，至風篁嶺。左右驚
　　曰：「遠公復過虎溪矣！」辯才笑曰：「杜子美不云乎，與子成二老，
　　來往亦風流。」因作亭嶺上，名曰過溪，亦曰二老，謹次辯才賦詩
　　一首

問淵明

偶於龍井辯才處得歙硯，甚奇，作小詩

送程之郡僉判赴闕

寄題梅宣義園亭

滕達道挽詞二首

元祐五年十二月十二日，同景文、義伯、聖途、次元、伯固、蒙仲遊
　　七寶寺，題竹上

熙寧中，軾通守此郡。除夜，直都廳，囚繫皆滿，日暮不得返舍，因
　　題一詩於壁，今二十年矣。衰病之餘，復忝郡寄，再經除夜，庭事
　　蕭然，三圄皆空。蓋同僚之力，非拙巧所致。因和前篇，呈公濟、
　　子侔二通守前詩　今詩

案：〈贈劉景文〉是蘇軾七絕中的名篇。這首詩表面上看是寫景詩，
　　實際上是他志節的表白。元祐年間的黨爭，使他不得不為了大局，
　　出守杭州，劉景文在他杭州太守任內，與他交往甚歡，所以他寫
　　這首詩送給景文。由於這首詩可以代表他這段日子的心境，所以
　　錄為代表作。

哲宗元祐六年正月至十二月（計一百一十二首）

次韻楊公濟奉議梅花十首

謝關景仁送紅梅栽二首

次韻劉景文路分上元

遊寶雲寺，得唐彥猷為杭州日送客舟中手書一絕句云：「山雨霏微不
　　滿空，畫船來往疾輕鴻。誰知獨臥朱簾裏，一榻無塵四面風。」明
　　日，送彥猷之子坰赴鄂州，舟中遇微雨，感歎前事，因和其韻，作
　　兩首送之，且歸其書唐氏

送江公著知吉州

聞錢道士與越守穆父飲酒，送二壺

再和楊公濟梅花十絕

次韻曹子方運判雪中同遊西湖

次韻仲殊雪中遊西湖二首

次韻參寥詠雪

與葉淳老、侯敦夫、張秉道同相視新河，秉道有詩，次韻二首

梭筍并敘

送小本禪師赴法雲

次韻曹子方龍山真覺院瑞香花

書〈渾令公宴魚朝恩圖〉

次韻劉景文西湖席上

次前韻答馬忠玉

予去杭十六年而復來，留二年而去。平生自覺出處老少，龘似樂天，
　　雖才名相遠，而安分寡求，亦庶幾焉。三月六日，來別南北山諸道
　　人，而下天竺惠淨師以醜石贈行，作三絕句

和林子中待制

次韻答黃安中兼簡林子中

留別蹇道士拱辰

元祐六年六月，自杭州召還，汶公館我於東堂，閱舊詩卷，次諸公韻

三首

破琴詩并敘

書破琴詩後并敘

次韻子由書王晉卿畫山水一首，而晉卿和二首

次韻子由書王晉卿畫山水二首

又書王晉卿畫四首山陰陳跡　雪溪乘興　四明狂客　西塞風雨

題王晉卿畫後

聽武道士彈賀若

感舊詩并敘

西湖秋涸，東池魚窘甚，因會客，呼網師遷之西池，為一笑之樂，夜
　　歸，被酒不能寐，戲作放魚一首

復次放魚韻，答趙承議、陳教授

九月十五日，觀月聽琴西湖示坐客

復次韻謝趙景貺、陳履常見和，兼簡歐陽叔弼兄弟

送歐陽主簿赴官韋城四首

泛潁

六觀堂老人草書

次韻劉景文見寄

贈朱遜之并引

次韻趙景貺督兩歐陽詩，破陳酒戒

叔弼云，履常不飲，故不作詩，勸履常飲

臂痛謁告，作三絕句示四君子

到潁未幾，公帑已竭，齋廚索然，戲作

景貺、履常履有詩，督叔弼、季默唱和，已許諾矣，復以此句挑之

贈月長老

次韻答錢穆父，穆父以僕得汝陰，用杭越酬唱韻作詩見寄

韓退之〈孟郊墓銘〉云：以昌其詩。舉此問王定國，當昌其身耶，抑
　　昌其詩也？來詩下語未契，作此答之

送歐陽推官赴華州監酒

十月十四日以病在告，獨酌

獨酌試藥玉滑盞，有懷諸君子。明日望夜，月庭佳景不可失，作詩招
　　之

歐陽季默以油煙墨二丸見餉，各長寸許，戲作小詩

明日復以大魚為饋，重二十斤，且求詩，故復戲之

和趙景貺栽檜

葉待制求先墳永慕亭詩

與趙、陳同過歐陽叔弼新治小齋，戲作

聚星堂雪并引

歐陽叔弼見訪，誦陶淵明事，歎其絕識，既去，感慨不已，而賦此詩

喜劉景文至

禱雨張龍公，既應，劉景文有詩，次韻

劉景文家藏樂天〈身心問答〉三首，戲書一絕其後

西湖戲作一絕

送歐陽季默赴闕

用前韻作雪詩留景文

和劉景文見寄

和劉景文雪

次前韻送劉景文

以屏山贈歐陽叔弼

新渡寺席上，次趙景貺、陳履常韻，送歐陽叔弼。比來諸君唱和，叔
　　弼但袖手旁睨而已，臨別，忽出一篇，頗有淵明風致，坐皆驚歎

次韻趙景貺春思，且懷吳越山水

次韻陳履常張公龍潭

小飲西湖，懷歐陽叔弼兄弟，贈趙景貺、陳履常

臘梅一首贈趙景貺

送王竦朝散赴闕

次韻致政張朝奉，仍招晚飲

閻立本〈職貢圖〉

次韻王滁州見寄

趙景貺以詩求東齋榜銘，昨日聞都下寄酒來，戲和其韻，求分一壺作
　　潤筆也

洞庭春色并引

送路都曹并引

生日，蒙劉景文以古畫松鶴為壽，且貺佳篇，次韻為謝

次韻陳履常雪中

二鮮于君以詩文見寄，作詩為謝

案：〈泛潁〉反映蘇軾出守潁州，對政局傾軋的感慨。在這首詩中，
　　可以發現他愛民如子的胸懷，以及對世事的豁達，同時，在描寫
　　水中影的這一幕，可看出他的詩富含哲理。

哲宗元祐七年正月至九月（計九十三首）

次韻趙德麟雪中惜梅且餉柑酒三首

和陳傳道雪中觀燈

閱世堂詩贈任仲微

新渡寺送任仲微

送運判朱朝奉入蜀

病中夜讀朱博士詩

趙德麟餞飲湖上，舟中對月

和趙德麟送陳傳道

上巳日，與二子迨、過遊塗山，荊山，記所見

次韻晁无咎學士相迎

淮上早發

次韻徐仲車

次韻林子中春日新堤書事見寄

送陳伯修察院附闕

送張嘉父長官

軾在潁州，與趙德麟同治西湖，未成，改揚州。三月十六日，湖成，
　德麟有詩見懷，次其韻

次韻德麟西湖新成見懷絕句

再次韻德麟新開西湖

到官病倦，未嘗會客，毛正仲惠茶，乃以端午小集石塔，戲作一詩為
　謝

雙石并敘

和陶飲酒二十首

次韻范淳甫送秦少章

聞林夫當徙靈隱寺寓居，戲作靈隱前一首

次韻蘇伯固遊蜀岡，送李孝博奉使嶺表

送晁美叔發運右司年兄赴闕

太夫人以无咎生日置酒留余，夜歸，書小詩賀上

石塔寺并引

王文玉挽詞

山光寺送客回，送芝上人韻

送芝上人遊廬山

送程德林赴真州

古別離送蘇伯固

谷林堂

余少年頗知種松，手植數萬株，皆中梁柱矣。都梁山中見杜輿秀才，
　求學其法，戲贈二首

行宿、泗間，見徐州張天驥，次舊韻

次韻劉景文贈傅羲秀才

在彭城日，與定國為九日黃樓之會。今復以是日，相遇於宋。凡十五
　年，憂樂出處，有不可勝言者。而定國學道有得，百念灰冷，而顏

　　益壯，顧余衰病，心形俱瘁，感之作詩

九日次定國韻

召還至都門先寄子由

次韻定國見寄

次韻蔣穎叔、錢穆父從駕景靈宮二首

憶江南寄純如五首

軾近以月石硯屏獻子功中曹，公復以涵星硯獻純父侍講，子功有詩，
　　純父未也，復以月石風林屏贈之，謹和子功詩，并求純父數句

次韻范純父涵星硯月石風林屏詩

次韻錢穆父會飲

次韻穆父尚書侍祠郊丘，瞻望天光，退而相慶，引滿醉吟

郊祀慶成詩

次韻王仲至喜雪御筵

次韻奉和錢穆父、蔣穎叔、王仲至詩四首見和西湖月下聽琴　見和仇池
　　玉津園　藉田

頃年楊康功使高麗，還，奏乞立海神廟於板橋，僕嫌其地湫隘，移書
　　使遷之文登，因古廟而新之，楊竟不從。不知定國何從見此書，作
　　詩稱道不已。僕不能記其云何也，次韻答之。

沐浴啟聖僧舍，與趙德麟邂逅

余舊在錢塘，同蘇伯固開西湖，今方請越，戲謂伯固，可復來開鏡湖
　　耶？伯固有詩，因次韻

僕所藏仇池石，希代之寶也，王晉卿以小詩借觀，意在於奪，僕不敢
　　不借，然以此詩先之

次天字韻答岑巖起

次韻蔣穎叔二首扈從景靈宮　凝祥池

和叔盎畫馬

王晉卿示詩，欲奪海石，錢穆父、王仲至、蔣穎叔皆次韻。穆、至二
　　公以為不可許，獨穎叔不然。今日穎叔見訪，親睹此石之妙，遂悔

前語。僕以為晉卿豈可終閉不與者，若能以韓幹二散馬易之者，蓋
　　可許也。復次前韻

軾欲以石易畫，晉卿難之，穆父欲兼取二物，穎叔欲焚畫碎石，乃復
　　次前韻，并解二詩之意

程德孺惠海中柏石，兼辱佳篇，輒復和謝

次秦少游韻贈姚安世

次丹元姚先生韻二首

哲宗元祐八年正月至十二月（計四十八首）

次韻秦少游、王仲至元日立春三首

次韻王晉卿奉詔押高麗宴射

上元侍飲樓上三首呈同列

戲答王都尉傳柑

送蔣穎叔帥熙河并引

再送二首

次韻穎叔觀燈

次韻錢穆父、王仲至同賞田曹梅花

送襄陽從事李友諒歸錢塘

次韻吳傳正枯木歌

送黃師是赴兩浙憲

送范中濟經略侍郎，分韻賦詩，以「元戎十乘以啟先行」為韻，軾得
　　先字，且贈以魚枕杯四，馬箠一

書晁說之〈考牧圖〉後

呂與叔學士挽詞

丹元子示詩，飄飄然有謫仙風氣，吳傳正繼作，復次其韻

次韻王定國書丹元子寧極齋

王仲至侍郎見惠椶栝，種之禮曹北垣下，今百餘日矣，蔚然有生意，
　　喜而作詩

次韻錢穆父馬上寄蔣穎叔二首

表弟程得孺生日

七年九月，自廣陵召還，復館於浴室東堂，八年六月，乞會稽，將去，
　　汝公乞詩，乃復用前韻三首

吳子野將出家，贈以扇山枕屏

大行太皇太后高氏挽詞

贈王覿

東府雨中別子由

謝運使仲適座上送王敏仲北使

和錢穆父送別并求頓遞酒

書丹元子所不〈李太白真〉

次韻曾仲錫承議食蜜漬生荔支

再次韻曾仲錫荔支

次韻滕大夫三首雪浪石　同前　沉香石

石芝并引

鶴歎

劉醜廝詩

題〈毛女真〉

次韻子由清汶老龍珠丹

次韻子由書清汶老所傳〈秦湘二女圖〉

紫團參寄王定國

寄餾合刷瓶與子由

次韻劉燾撫勾蜜漬荔支

送曾仲錫通判如京師

案：哲宗元祐八年九月，蘇軾出知定州，為第四期、第五期的分界。

　　〈東南雨中別子由〉是蘇軾前往定州前所寫的一首詩。這時他的
　　心情是難過而痛楚的，因為哲宗皇帝拒絕他上殿辭行，因此他有
　　感這幾年政局的紛亂，發為感慨，而寄情於詩中。

（五）圓融期──復貶惠州

哲宗元祐九年（紹聖元年）元月至十二月

（計七十首）

立春日小集戲李端叔

次韻曾仲錫元日見寄

子由生日，以檀香觀音像及新合印香銀篆盤為壽

次韻李端叔送保倅翟安常赴闕，兼寄子由

中山松醪寄雄州守王引進

次韻李端叔謝送牛戩〈鴛鴦竹石圖〉

次韻聰上人見寄

次韻王雄州還朝留別

三月二十日多葉杏盛開

三月二十日開園三首

次韻王雄州送侍其涇州

臨城道中作并引

過湯陰市，得豌豆大麥粥，示三兒子

黃河

子由新修汝州龍興寺吳畫壁

過杞贈馬夢得

過高郵寄孫君孚

僕所至，未嘗出游，過長蘆，聞復禪師病甚，不可不一問。既見，則
　　有間矣。明日阻風，復留，見之。作三絕句，呈聞復，並請轉呈參
　　寥子，各賦數首

六月七日泊金陵，阻風，得鍾山泉公書，寄詩為謝

贈清涼寺和長老

予前後守倅餘杭，凡五年。夏秋之間，蒸熱不可過，獨中和堂東南頰，
　　下瞰海門，洞視萬里，三伏常蕭然也。紹聖元年六月，舟行赴嶺外，

　　熱甚。忽憶此處，而作是詩

慈湖夾阻風五首

壺中九華詩并引

過廬山下并引

望湖亭

江西一首

秧馬歌

八月七日，初入贛，過惶恐灘

鬱孤臺

廉泉

塵外亭

天竺寺并引

過大庾嶺

宿建封寺，曉登盡善亭，望韶石三首

月華寺

南華寺

碧落洞

峽山寺

舟行至清遠縣，見顧秀才，極談惠州風物之美

廣州蒲澗寺

贈蒲澗信長老

發廣州

浴日亭

遊羅浮山一首示兒子過

十月二日初到惠州

寓居合江樓

試筆

無題

朝雲詩并引

寄虎兒

十一月二十六日，松風亭下，梅花盛開二首

再用前韻

新釀桂酒

惠守詹君見和，復次韻

花落復次前韻

白水山佛跡巖

詠湯泉

江郊并引

詹守攜酒見過，用前韻作詩，聊復和之

案：〈八月七日，初入贛，過惶恐灘〉、〈舟行至清遠縣，見顧秀才，
　　極談惠州風物之美〉、〈十月二日初到惠州〉、〈十一月二十六日，
　　松風亭下，梅花盛開二首〉、〈再用前韻〉這幾首詩，是蘇軾前往
　　惠州前，以及到惠州後，心境的轉折。從這幾首詩看得出他未到
　　之前的惶恐，已到之後的隨遇而安。無論在造語遣詞上，都已臻
　　於圓融之境。

哲宗紹聖二年元月至十二月（計六十首）

寄鄧道士并引

上元夜

正月二十四日，與兒子過、賴仙芝、王原秀才、僧曇穎、行全、道士
　　何宗一同遊羅浮道院及棲禪精舍，過作詩，和其韻，寄邁、迨一首

正月二十六日，偶與數客野步嘉祐僧舍東南野人家，雜花盛開，扣門
　　求觀。主人林氏嫗出應，白髮青裙，少寡，獨居三十年矣。感歎之
　　餘，作詩記之。

龍尾石硯寄猶子遠

惠州近城數小山，類蜀道。春，與進士許毅野步，會意處，飲之且醉，

作詩以記。適參寥專使欲歸，使持此以示西湖之上諸友，庶使知予未嘗一日忘湖山也

二月十九日，攜白酒、鱸魚過詹使君，食槐葉冷淘

和陶歸園田居六首并引

次韻正輔表兄江行見桃花

追餞正輔表兄至博羅，賦詩為別

再用前韻

游博羅香積寺并引

戲和正輔一字韻

次韻定慧欽長老見寄八首并引

贈王子直秀才

江漲用過韻

連雨江漲二首

四月十一日初食荔支

桃榔杖寄張文潛一首，詩初聞黃魯直遷黔南、范淳父九疑也

真一酒并引

次韻程正輔遊碧落洞

荔支歌

六月二十日，酒醒步月，理髮而寢

和子由次月中梳頭韻

和陶讀山海經并引

和陶貧士七首并引

江月五首并引

聞正輔表兄將至，以詩迎之

和陶己酉歲九月九日并引

正輔既見和，復次前韻，慰鼓盆，勸學佛

同正輔表兄游白水山

次韻正輔同游白水山

與正輔遊香積寺

答周循州

食檳榔

送惠州押監

送佛面杖與羅浮長老

十一月九日，夜夢與人論神仙道術，因作一詩八句。既覺，頗記其語，
　錄呈子由弟。後四句不甚明了，今足成之耳

章質夫送酒六壺，書至而酒不達，戲作小詩問之

小圃五詠人參　地黃　枸杞　甘菊　薏苡

雨後行菜圃

殘臘獨出二首

案：〈荔支歎〉、〈和陶貧士七首〉和〈章質夫送酒六壺，書至而酒不
　達，戲作小詩問之〉分別代表蘇軾對政治、出處和這一時期的生
　活。從〈荔支歎〉裡，可見他報效朝廷的心，絲毫不因貶謫而稍
　歇，而這時它盡和陶詩，也明白閒淡自如的可貴。

哲宗紹聖三年元月至十二月（計四十三首）

新年五首

和陶詠二疏

和陶詠三良

和陶詠荊軻

二月八日，與黃燾僧曇穎過逍遙堂，何道士宗一問疾

次韻高要令劉湜峽山寺見寄

贈曇秀

和郭功甫韻送芝道人游隱靜

和陶移居二首并引

食荔支二首并引

寄高令

遷居并引

和陶桃花源并引

和子由盆中石菖蒲忽生九花

兩橋詩并引　東新橋　西新橋

擷菜并引

悼朝雲并引

縱筆

丙子重九二首

和陶乞食

和陶和胡西曹示顧賊曹

次韻子由所居六詠

海上道人傳以神守氣訣

贈陳守道

辨道歌

吳子野絕粒不睡，過作詩戲之，芝上人、陸道士皆和，予亦次其韻

白鶴峰新居欲成，夜過西鄰翟秀才，二首

和陶酬劉柴桑

和陶歲暮作和張常侍并引

哲宗紹聖四年元月至四月（計二十一首）

白鶴山新居，鑿井四十尺，遇磐石，石盡，乃得泉

和陶時運四首并引

次韻惠循二守相會

又次韻二守許過新居

又次韻二守同訪新居

循守臨行，出小鬟復用前韻

和陶答龐參軍六首并引

種菜

三月二十九日二首

案：〈和陶歲暮作和張常侍〉是這一期和陶詩的代表。這時的蘇軾面
　　臨貧窘境地，卻仍心胸豁達，尤其在詩文形式、內容上已臻圓熟。

（六）精深期──遠謫海南

哲宗紹聖四年五月至十二月（計六十首）

吾謫海南，子由雷州，被命即行，了不相知，至梧，乃聞其尚在藤也。
　　旦夕當追及，作此詩示之

和陶止酒并引

行瓊、儋間，肩輿坐睡。夢中得句云：千山動鱗甲，萬谷酣笙鐘。覺
　　而遇清風急雨，戲作此數句

次前韻寄子由

儋耳山

和陶還舊居夢歸惠州白鶴山居作

夜夢并引

和陶連雨獨飲二首并引

和陶示周掾祖謝遊城東學舍作

糴米

和陶勸農六首并引

聞子由瘦

客俎經句無肉，又子由勸不讀書，蕭然清坐，乃無一事

和陶赴假江陵夜行

和陶九日閑居并引

和陶擬古九首

和陶東方有一士

次韻子由三首東亭　東樓　椰子冠

和陶停雲四首并引

和陶怨詩示龐鄧

和陶雜詩十一首

次韻子由月季花再生

和陶田舍始春懷古二首并引

和陶贈羊長史并引

入寺

獨覺

十二月十七日夜坐達曉，寄子由

謫居三適三首旦起理髮　午窗坐睡　夜臥濯足

案：哲宗紹聖四年五月，蘇軾謫居瓊州，為第五期、第六期的分界。

　　〈吾謫海南，子由雷州，被命即行，了不相知，至梧，乃聞其尚
　　在藤也。旦夕當追及，作此詩示之〉、〈行瓊、儋間，肩輿坐睡。
　　夢中得句云：千山動鱗甲，萬谷酣笙鐘。覺而遇清風急雨，戲作
　　此數句〉和〈和陶連雨獨飲〉二首等詩，表現了蘇軾被貶到儋州
　　時，達觀的思想。從詩中用語的精到，可知這一期詩已達精深華
　　妙之境。

哲宗紹聖五年（元符元年）元月至十二月（計十八首）

上元夜過赴儋守召，獨坐有感

次韻子由浴罷

借前韻賀子由生第四孫斗老

過於海舶，得邁寄書、酒。作詩，遠和之，皆粲然可觀。子由有詩相
　　慶也，因用其韻賦一篇，并寄諸子姪

和陶形贈影

和陶影答形

和陶神釋

和陶使都經錢溪

海南人不作寒食，而以上巳上冢。余攜一瓢酒，尋諸生，皆出矣。獨

老符秀才在，因與飲，至醉。符蓋儋人之安貧守靜者也

去歲，與子野游逍遙堂。日欲沒，因並西山叩羅浮道院，至，已二鼓
　　矣。遂宿於西堂。今歲索居儋耳，子野復來，相見，作詩贈之

觀棋并引

和陶和劉柴桑

新居

遷居之夕，聞鄰舍兒誦書，欣然而作

宥老楮

和陶西田穫早稻并引

和陶下潠田舍穫

過子忽出新意，以山芋作玉糝羹，色香味皆奇絕。天上酥陀則不可知，
　　人間決無此味也

和陶戴主簿

案：〈和陶和劉柴桑〉是蘇軾和陶詩中的佳作，從這一首詩可看出海
　　南百姓對他的敬愛。這時朝雲已死，所以他以淵明自適的精神，
　　為他的生活重心，寫來不怨不怒，自是佳篇。

元符二年元月至十二月（計十七首）

和陶游斜川

子由生日

以黃子木拄杖為子由生日之壽

和陶與殷晉安別

贈鄭清叟秀才

被酒獨行，遍至子雲威徽先覺四黎之舍，三首

倦夜

用過韻，冬至與諸生飲酒

和陶王撫軍座送客

和陶答龐參軍

縱筆三首

夜燒松明火

貧家淨掃地

案：〈和南游斜川〉代表這時期蘇軾的心境。他飲酒忘憂，度過貶謫
　　的歲月，更以淵明為問，傳達和兒子相處愉快的心情。

哲宗元符三年元月至十二月（計八十三首）

庚辰歲人日作，時聞黃河已復北流，老臣舊數論此，今斯言乃驗，二
　　首

庚辰歲正月十二日，天門冬酒熟，予自漉之，且漉且嘗，遂以大醉，
　　二首

追和戊寅歲上元

五色雀并引

題過所畫枯木竹石三首

安期生并引

答海上翁

和陶郭主簿二首并引

司命宮楊道士息軒

贈李兕彥威秀才

葛延之贈龜冠

次韻子由贈吳子野先生二絕句

和陶始經曲阿

歸去來集字十首并引

真一酒歌并引

汲江煎茶

別海南黎民表

儋耳

余來儋耳，得吠狗，曰烏觜，甚猛而馴，隨予遷合浦，過澄邁，泅而

　　濟，路人皆驚，戲為作此詩

澄邁驛通潮閣二首

泂酌亭并引

六月二十日夜渡海

自雷適廉，宿於興廉村淨行院

雨夜宿淨行院

廉州龍眼，質味殊絕，可敵荔支

梅聖俞之客歐陽晦夫，使工畫茅庵，己居其中，一琴橫床而已，曹子
　　方作詩四韻，僕和之云

歐陽晦夫惠琴枕

琴枕

合浦愈上人，以詩名嶺外，將訪道南岳，留詩壁上云：閑伴孤雲自在
　　飛。東坡居士過其精舍，戲和其韻

歐陽晦夫遺皆羅琴枕，戲作此詩謝之

留別廉守

瓶笙并引

次韻王鬱林

藤州江上夜起對月，贈邵道士

徐元用使君與其子端常邀僕與小兒過同游東山浮金堂，戲做此詩

送鮮于都曹歸蜀灌口舊居

送邵道士彥肅還都嶠

書韓幹二馬

將至廣州，用過韻，寄邁、迨二子

和孫叔靜兄弟李端叔唱和

往年，宿瓜步，夢中得小絕，錄示謝民師

廣倅蕭大夫借前韻見贈，復和答之，二首

周教授索枸杞，因以詩贈，錄呈廣倅蕭大夫

跋王進叔所藏畫五首徐熙杏花　趙昌四季（芍藥　躑躅　寒菊　山茶）

韋偃牧馬圖

廣州何道士眾妙堂

和黃秀才鑑空閣

題靈峰四壁

何公橋

次韻鄭介夫二首

次韻韶守狄大夫見贈二首

昔在九江，與蘇伯固唱和。其略曰：「我夢扁舟浮震澤，雪浪橫空千
　　頃白。覺來滿眼是廬山，倚天無數開青壁。」蓋實夢也。昨日，又
　　夢伯固手持乳香嬰兒示予，覺而思之，蓋南華賜物也。豈復與伯固
　　相見於此耶？今得來書，知已在南華相待數日矣。感歎不已，故先
　　寄此詩

追和沈遼贈南華詩

曹溪夜觀《傳燈錄》，燈花落一僧字上，口占

次韻韶倅李通直二首

狄韶州煮蔓菁蘆菔羹

題馮通直明月湖詩後

李伯時畫其弟亮工〈舊隱宅圖〉

畫堂嶼

案：〈儋耳〉、〈澄邁驛通潮閣〉二首和〈六月二十日夜渡海〉是蘇軾
　　復貶海南時的名篇。這四首詩雖然篇幅不長，但用語精深，對偶
　　精巧，可說佳篇。

徽宗靖國元年元月至十二月（計四十七首）

東坡居士過龍光，求大竹作肩輿，得兩竿。南華珪首座，方受請為此
　　山長老。乃留一偈院中，須其至，授之，以為他時語錄中第一問

贈嶺上老人

贈嶺上梅

余昔過嶺而南，題詩龍泉鐘上，今復過而北，次前韻

過嶺二首

留題顯聖寺

予初謫嶺南，過田氏水閣，東南一峰，豐下銳上，俚人謂之雞籠山，
　　予更名獨秀峰。今復過之，戲留一絕

鬱孤臺

虔守霍大夫、監郡許朝奉見和，復次前韻

贈虔州術士謝晉臣

虔州景德寺榮師湛然堂

次韻陽行先

乞數珠贈南禪湜老

再用數珠韻贈湜老

和猶子遲贈孫志舉

南禪長老和詩不已，故作〈六蟲篇〉答之

明日，南禪和詩不到，故重賦數珠篇以督之，二首

用前韻再和霍大夫

用前韻再和許朝奉

用前韻再和孫志舉

崔文學甲攜文見過，蕭然有出塵之姿，問之，則孫介夫之甥也，故復
　　用前韻，賦一篇，示志舉

畫車二首

寄題潭州徐氏春暉亭

次韻江晦叔二首

次韻江晦叔兼呈器之

寒食與器之遊南塔寺寂照堂

絕句

器之好談禪，不喜遊山，山中筍出，戲語器之可同參玉版長老，作
　　此詩

王子直去歲送子由北歸，往返百舍，今又相逢贛上，戲用舊韻，作詩
　留別

戲贈虔州慈雲寺鑑老

虔州呂倚承事，年八十三，讀書作詩不已，好收古今帖，貧甚，至食
　不足

永和清都觀道士，童顏脈瑧髮，問其年，生於丙子，蓋與予同，求此
　詩

贈詩僧道通

張競辰永康所居萬卷堂

劉壯輿長官是是堂

予昔作〈壺中九華〉詩，其後八年，復過湖口，則石已為好事者取去，
　乃和前韻以自解云

次韻郭功甫觀予畫雪雀有感二首

次韻法芝舉舊詩一首

次舊韻贈清涼長老

戲贈孫公素

睡起，聞米元章冒熱到東園送麥門冬飲子

夢中作寄朱行中

答徑山琳長老

案：〈贈嶺上老人〉和〈過嶺〉二首，是蘇軾對他一生回顧的總評。
　　對於他能夠北返，他深感安慰，同時認為這一生了無憾恨，可以
　　無愧於天地。

第三節　結　論

　　我根據王文誥、馮應榴的《蘇軾詩集》卷一到卷四十五，逐條
詳列其詩題，所得詩篇為兩千三百多首，數量不可謂不龐大，為了釐
清這六朝的分界，更耗費了許多心力，最主要的目的，是希望為蘇詩
做一個總整理，同時，說明為什麼我唯獨要選出其中的這幾首作為

代表。

　　我細細品味蘇詩浩瀚的詩篇，知道他人生歷程多變，詩風也隨著不同，呈現出多樣的面貌，而我苦心探索其脈絡，知道他的趨向，得以區分為六期，並從中玩索其內容和形式，挑選其中突出的，以作為代表。

　　選詩很不容易，選蘇詩尤其不容易，因為他的詩篇眾多，必須綜觀約取，才能選出適當的作品；反之，不免有遺珠之憾，見笑於方家。正因為他的作品眾多，所以可以比較異同，析分表裏，從中選出具有代表性的作品，以做探究，而知其所以然。

　　這本書選錄各期的代表作，是頻年細讀之得，不時筆記所獲，所以如果與名家選錄的相同，實在是心同理同，也不刻意迴避；若有所不同，或許是愚者千慮之得，希望能「雖不中，亦不遠矣」。

第二章　蘇詩奔放期作品探究

第一節　蘇詩奔放期的範圍

　　東坡年少時，創作了許多議論滔滔的作品。這些作品，是他初歷仕宦縱筆期的嘗試，筆者〈東坡詩分期初探〉將它定為「奔放期」。

　　東坡以博學宏才，致力於詩的創作，年少時已有各體詩作出現。例如：詠史、感懷、唱和、寫景以及題畫詩。一經點染，即有不同風貌，展現年少倜儻的英氣。究其因，涉獵經史百家，潛心詩學技藝，又能融入一己創見，所以能有佳篇。

　　蘇詩自仁宗嘉祐四年，至神宗熙寧二年止，共有詩作二百二十四首〔註1〕。他的代表作為〈入峽〉、〈出峽〉、〈渚宮〉、〈鳳翔八觀——石鼓歌〉、〈王維吳道子畫〉、〈石蒼舒醉墨堂〉、〈謝蘇自之惠酒〉等，值得我們加以探究。

　　本文打算從這些代表作中，一一論述，讓我們藉著探究內容，進一步瞭解年少蘇詩的特色——奔放。

第二節　奔放期代表詩作論析

　　東坡年少時創作的詩，有很明顯鍛鍊的痕跡，這是所有初學詩者必經的歷程。在他早期詩裡，我們可以發現一些特點，那就是：構

〔註1〕參見清王文誥、馮應榴輯注《蘇軾詩集》，卷一到卷六，共二百二十首，加上熙寧二年四首，共二百二十四首，學海出版社。

思奇特、善於議論。這些特質是他奔放詩風的雛形。

下列各篇正符合這一特色：〈入峽〉、〈出峽〉是寫景詩，〈渚宮〉、〈鳳翔八觀——石鼓歌〉是詠史詩，〈謝蘇自之惠酒〉、〈石蒼舒醉墨堂〉是唱和詩，〈王維吳道子畫〉是感懷詩，無論那一類詩，他都能採取特寫法，加以突顯，因此充滿了獨特性。現在依照順序的先後，讓我們一一的探究。

入峽（嘉祐四年十月）

自昔懷幽賞，今茲得縱探。長江連楚蜀，萬派瀉東南。
合水來如電，黔波綠似藍。餘流細不數，遠勢競相參。
入峽初無路，連山忽似龕。紫紆收浩渺，蹙縮作淵潭。
風過如呼吸，雲生似吐含。墜崖鳴窣窣，垂蔓綠毿毿。
冷翠多崖竹，孤生有石楠。飛泉亂飄雪，怪石走驚驂。
絕澗知深淺，樵童忽兩三。人煙偶逢郭，沙岸可乘籃。
野戍荒州縣，邦君古子男。放衙鳴晚鼓，留客薦霜柑。
聞道黃精草，叢生綠玉篸。盡應充食飲，不見有彭聃。
氣候冬猶煖，星河夜半涵。遺民悲昶衍，舊俗接魚蠻。
板屋漫無瓦，巖居窄似庵。伐薪常冒險，得米不盈甔。
歎息生何陋，劬勞不自慚。葉舟輕遠泝，大浪固嘗諳。
矍鑠空相視，嘔啞莫與談。蠻荒安可住，幽邃信難耽。
獨愛孤棲鶻，高超百尺嵐。橫飛應自得，遠颺似無貪。
振翮游霄漢，無心顧雀鵪。塵勞世方病，局促我何堪。
盡解林泉好，多為富貴酣。試看飛鳥樂，高遁此心甘。

〔註2〕

這首詩是蘇軾《南行集》中的一首。根據他在〈江行唱和集敘〉裡所敘述，他作詩的理由有三個：一、詠山川之秀美；二、嘆風俗之樸陋；三、思賢人君子之遺跡〔註3〕，這首詩正是歌詠山川秀美的代

〔註2〕參見清王文誥、馮應榴輯注《蘇軾詩集》，卷一，學海書局印行，頁31。下同。

〔註3〕參見宋郎曄《經進東坡文集事略》，卷五十六，世界書局印行，頁922。

表作。

　　這首詩一開頭，寫自己終能一償宿願，來見識長江三峽的秀麗。眼前看到的是：水勢如電，黔波綠藍，無數的支流散布著，彷彿彼此競流一般。

　　接著敘寫入峽的情狀。他說：剛進入峽中，還懷疑是否前邊有路，群山連綿，就像佛龕一樣，而後迂迴繚繞，將水勢收束了些，吞吐之間形成了一個淵潭。風吹過，好像人們的呼吸；雲升起，又像是吐納一般。山崖欲墜，發出窣窣的迴響；垂蔓絲絲，一片翠綠景像。崖邊的翠竹，石邊的楠花，顯得那麼孤單、冷峭，只見飄著雪、濺著水，怪石騰起，處處有澎湃的氣勢。這一切出自一位年輕詩人的筆端，充滿著新鮮與好奇，因此能描摩得這般生動、活潑。

　　就在這樣一種景致下，東坡續寫到：在危險澗谷中，忽見兩三個樵夫走過，可以測知水的深淺。偶而經過城郭，也有些許人家，還看見沙岸邊，有人背負籮筐走過。自離開蜀地到荊楚，經過十一郡、二十六縣，往往投宿在荒涼村落裡，這兒是古時子男之國。耳聽衙裡鳴著傍晚更鼓，眼見霜柑彷彿勸客留宿，聽說服食黃精草可以延年益壽，而這兒正長著叢生的黃精草呢！應當將它們拿來盡情享用的，但他並沒有看到這裡有像彭祖、老聃一樣長壽的人。東坡在敘述中，加入自己的判斷，以說服自己心中認為此處雖好，但未便久居。

　　這時候的天氣，雖是冬天，仍有一絲暖意，夜半星河仍高掛上空。遺民們至今還以孟昶、王衍的命運悲歡著，魚鳧、蠶叢遺留的功業仍在。只見板屋無瓦，巖居狹隘，人民常須冒著生命危險砍伐薪柴，而換得的米又是這樣微薄，面對這樣的慘況，令人升起悲憫之心。

　　東坡因此興感，悲歎自己力量有限，竟無法救助那些困苦的人。小船輕巧，順流遠下，經過無數大浪。他和此地百姓以兩眼相視，卻因言語不通，無法交談。在這蠻荒地區，幽深而綿邈，怎能久居？久居也一定不會快樂的。

　　因此，東坡表明自己喜愛像孤飛的野鵠，能高舉兩翼，直上百尺高空。想像著自由自在的飛著，是多麼自得，遠走高飛又是多麼高潔！倘能振動兩翅，雲遊霄漢，將不再貪戀名利。在市塵中勞苦，乃是人們詬病的，而局促在狹隘的空間，情又何以堪？

　　由峽谷沿路景致，東坡領悟了：既已瞭解林泉的美好，然而卻不能免俗的貪戀富貴，是該看著飛鳥的快樂，而甘心遁隱呀！

　　文學的四要素是感情、思想、形式和想像，一切文學作品都應該涵蓋這些要素〔註4〕。這首詩有東坡對三峽的贊美，對蜀、楚百姓的同情；同時，表現內心對自由的嚮往，然而理智告訴他，三峽之美，同時隱藏著危機；蠻荒雖好，卻不宜久居，而在富貴當前的情勢下，也是不容他遁隱的。因此，理智與感情時時衝突，他只有心存盼望，但願有機會能回歸自由。

　　從這首詩形式看來，是五言古詩。紀昀非常欣賞他的結構和用筆。他說：「刻意鍛鍊，語皆警峭，氣局亦寬然有餘。入結忽借一鳥生波，便覺淫佚詠歎，意味深長，故詩家當爭用筆。」〔註5〕五古的要求是「寓意深遠，託詞溫厚，反復優游，雍容不迫」〔註6〕，東坡這首詩，有極誠摯的感情，布局相當嚴謹，尤其在詩篇末了，發出心中的喟嘆，更見其欲為世用的決心。

　　讀這首詩，讓我們也同時馳騁在東坡的想像中：「風過如呼吸，雲生似吐含」，彷彿也看到眼前「合水來如電，黔波綠似藍」；「冷翠多崖竹，孤生有石楠」，而置身其中，低迴不已，這都是他造語成功之處。

　　年少東坡初次試筆，就有這樣的佳構，可說才華橫溢，收放自如，無怪乎一提起詩筆，也就欲罷不能了！

〔註4〕參見拙著《文學論簡編》，章一，頁1。
〔註5〕參見清王文誥、馮應榴輯注《蘇軾詩集》，卷一，學海書局印行，頁33。
〔註6〕參見元楊載《歷代詩話·詩法家數》，藝文印書館印行，頁470。下同。

出峽（嘉祐四年十一月）

入峽喜巉巖，出峽愛平曠。吾心淡無累，遇境即安暢。
東西徑千里，勝處頗屢訪。幽尋遠無厭，高絕每先上。
前詩尚遺略，不錄久恐忘。憶從巫廟回，中路寒泉漲。
汲歸真可愛，翠碧光滿盎。忽驚巫峽尾，巖腹有穿壙。
仰見天蒼蒼，石室開南向。宣尼古廟宇，叢木作幃帳。
鐵楯橫半空，俯看不計丈。古人誰架構，下有不測浪。
石竇見天囷，瓦棺悲古葬。新灘阻風雪，村落去攜杖。
亦到龍馬溪，茅屋沽酒釀。玉虛悔不至，實為舟人誑。
聞道石最奇，窈窕見怪狀。峽山富奇偉，得一知幾喪。
苦恨不知名，歷歷但想像。今朝脫重險，楚水渺平蕩。
魚多容庖足，風順行意王。追思偶成篇，聊助舟人唱。

〔註7〕

　　這首詩也是《南行集》的其中一首。根據《太平寰宇記》的記載，自三峽取蜀數千里。東坡沿路所見，皆以詩表達。這首詩是記其遺漏，總結三峽這一段行程的實錄。

　　首先，他將入峽、出峽作一個比較，認為入峽時只覺其山勢雄偉，而出峽時又愛視野的平曠，但無論雄奇或平坦，他都能夠無往而不樂。這裡指出了東坡一生中樂易的個性。

　　其次，從遊歷的路線作一番回想：在這段千里遠的路途中，遍訪了名勝古蹟。無論多麼偏遠、多麼高絕，他往往是一馬當先。想起前面所寫的詩篇，只是略記梗概，如果不記載下來，以後恐怕也就慢慢被遺忘了。

　　隨後，東坡將沿途所經名勝，一一做了回顧。自入峽以來，他寫了巫山詩，也記載了巫山廟，而這裡補敘在巫山廟回程，巧遇寒泉水漲，東坡汲取回來，賞其翠碧滿盆。船行到巫峽尾端，聽聞猿鳴，不覺心驚。在山巖邊，峭壁上有夫子洞，抬頭可見天色蒼蒼，洞室正面

〔註7〕參見清王文誥、馮應榴輯注《蘇軾詩集》，卷一，學海書局印行，頁44。

向著南方。此處原是傳說中的孔子廟，有一叢叢樹木做為屏障，看著它架在半空中，下臨不可測的深泉，心想：不知道是什麼人，在這麼危險的地方，建造這座廟宇。石縫中望著天星，可憐此地仍遺留以瓦棺埋葬死者的古禮呢！

接著，船行到新灘，被風雪所阻，於是在新灘停留三日，隨意在村落中行走，竟也認識了村中的老者。東坡同時也到達馬鳴溪，在茅屋中沽酒，品嘗村釀。最後悔的是沒能前往「玉虛洞」，主要是被船夫所騙。聽說那兒的石頭奇特，夢中彷彿見到它的怪狀。三峽是這麼壯觀，見到其中的一個美景，卻遺漏了不少地方，可惜不知道各地的名勝，只有一一想像了！

東坡補敘到這兒，總括這一趟三峽的感想，深感能脫離三峽險境，眼見平曠的楚地，心中充滿了感謝。楚地的魚多，適合客人嘗鮮，風行順暢，使人精神旺盛。追思過往，寫成了一篇篇詩什，姑且供漁夫們傳唱吧！

同寫遊賞三峽的事，這篇詩與〈入峽〉的筆法卻不相同。東坡這一趟，船行千里，共得十一首詩，勢必無法把所有行程交代清楚，所以他採取重點補述的方式，在布局上屬於倒敘手法，這種寫法是相當有創意的。

王文誥認為他這樣的寫法很高明，而註解道：「〈出峽〉詩卻未寫出峽事，一到本題，嘎然竟住，瀠洄掩映，運意玲瓏。」的確，這時的東坡詩，其實是極力求其新變的，年少東坡，才思敏捷，自然是不屑規行矩步的。

這首五言古詩，聯綴幾件事，卻從不同角度敘寫，娓娓道來，頗見情致。宋葛立方引梅聖俞的話說：「作詩需狀難寫之景於目前，含不盡之意於言外。」〔註8〕東坡這首詩正符合了這個標準。

〔註8〕參見宋葛立方《歷代詩話‧韻語陽秋》，頁292。

渚宮（嘉祐五年正月）

渚宮寂寞依古邸，楚地荒茫非故基。三王臺閣已鹵莽，
何況遠問縱橫時。楚王獵罷擊靈鼓，猛士操舟張水嬉。
釣魚不復數魚鼈，大鼎千石烹蛟螭。當時郢人架宮殿，
意思絕妙般與倕。飛樓百尺造湖水，上有燕趙千蛾眉。
臨風揚揚意自得，長使宋玉作楚辭。秦兵西來取鐘簴，
故宮禾黍秋離離。千年壯觀不可復，今之存者蓋已卑。
池空野迴樓閣小，惟有深竹藏狐狸。臺中絳帳誰復見？
臺下野水浮清漪。綠窗朱戶春晝閉，想見深屋彈朱絃。
腐儒亦解愛聲色，何用白首談孔姬。沙泉半涸草堂在，
破窗無紙風颼颼。陳公蹤跡最未遠，七瑞寥落今何之？
百年人事知幾變，直恐荒廢成空陂。誰能為我訪遺蹟，
草間應有湘東碑。〔註9〕

這首七言古詩，是歌詠史事的，東坡也將它收在《南行集》中。嘉祐四年，東坡隨父洵南下泯江，沿長江水路到荊州，途經渚宮〔註10〕，寫下了這篇作品。

首先敘述眼前看到的楚宮，寂寞的立在古郢地，而它並不是舊時楚地的所在。湘東王高氏、後梁高從誨建立了渚宮，已令人駭然，何況要推論到六國時的楚國呢？言下之意，此地已物是人非啦！

其次，承上而論，追溯有關楚地的史實。當時，楚王打獵後，擊著靈鼓，何等意氣風發！只見猛士操舟，在水上嬉戲。他們釣起無數的魚蝦，用大鼎烹食。那時，楚地的人蓋起宮殿，有公輸般巧妙的技術，有倕一般巧妙的雕刻，建造起百尺高樓，映照著湖水，樓中有燕、趙等地來的佳麗。當那時，楚王臨風披襟，得意非凡，任命宋玉撰寫《楚辭》。這一段歷史，大家耳熟能詳，也提醒我們事物興衰的前因。

〔註9〕參見清王文誥、馮應榴輯注《蘇軾詩集》，卷二，學海書局印行，頁60。
〔註10〕參見史良昭《浪跡東坡路》，大陸江蘇古籍出版社，頁7。下同。

　　下段續寫渚宮的變化，筆鋒為之一轉。東坡說：不料秦國軍隊西來，掠奪了楚國的珍寶、美女，渚宮剎那變成了廢墟。千年前建造的宮殿，一旦燒毀了，也無法恢復，現在所看到的渚宮，規模已經小多了。只見空蕩的池子，小小的樓閣，竹林裡深藏著狐狸。敘述到這兒，不禁興起悲涼之意！

　　東坡聯想起有關此地，還有一些典故，足以映襯主題的，那就是馬融的「絳帳臺」。他說：渚宮西南邊，本有馬融絳帳講學的遺址，可是有誰看到呢？臺下水面浮現著清澈的漣漪，綠色窗櫺，朱紅門戶，到了春天，仍是緊密的關著，可以想見深邃屋中，有女子彈弄絲絃的景像。他調侃的說：沒想到迂腐的讀書人，也會喜歡聲色之娛，那又何必窮其一生，談論周公、孔子之道呢！這純粹是因物興感，借題發揮來映襯主旨——物是人非。

　　末段寫到本文題旨，發抒一己對時過境遷的感慨。他說：如今，泥沙淤積，泉水半乾，草堂還在，破敗的窗子透進風來，一片寂寞荒涼；唯有天禧年間陳堯咨出守此處，人們還記得，但像梁元帝這樣寥落的歷史人物，又到哪裡去了呢？於是東坡下一個結論：百年之間，人事的變遷已經很快速，恐怕一荒廢就成了空，有誰能為我一一尋訪，也許草堆之間，可以找到湘東王時代的碑碣呢！

　　全詩三十六句，押支微韻，詠古之中兼有抒懷，是一篇富有意涵的詩篇。東坡詩引古證今，鋪陳史實，手法十分純熟，這應歸功於史學根基雄厚。元楊載《詩法家數》云：「詩不可鑿空強作，待境而生自工。或感古懷今，或傷今思古，或因事說景，或因物寄意。一篇之中，先立大意，起承轉結，三致意焉，則工緻矣！」〔註11〕東坡這首詠史詩，正是如此工緻，年少才情豐贍，豪邁不羈，於七古中一覽無遺。

鳳翔八觀之一——石鼓歌（嘉祐六年十二月）

　　冬十二月歲辛丑，我初從政見魯叟。舊聞石鼓今見之，

〔註11〕參見元楊載《歷代詩話·詩法家數》，藝文印書館印行，頁575。

文字鬱律蛟蛇走。細觀初以指畫肚，欲讀嗟如箝在口。
韓公好古生已遲，我今況又百年後。強尋偏旁推點畫，
時得一二遺八九。我車既攻馬亦同，其魚維鱮貫之柳。
古器縱橫猶識鼎，眾星錯落僅名斗。模糊半已隱瘢胝，
詰曲猶能辨跟肘。娟娟缺月隱雲霧，濯濯嘉禾秀稂莠。
漂流百戰偶然存，獨立千載誰與友。上追軒頡相唯諾，
下揖冰斯同鷇彀。憶昔周宣歌鴻雁，當時籀史變蝌蚪。
厭亂人方思聖賢，中興天為生耆考。東征徐虜闞虓虎，
北伏犬戎隨指嗾。象胥雜遝貢狼鹿，方召聯翩賜圭卣。
遂因鼓鼙思將帥，豈為考擊煩矇瞍？何人作頌比崧高，
萬古斯文齊岣嶁。勳勞至大不矜伐，文武未遠猶忠厚。
欲尋年歲無甲乙，豈有名字記誰某。自從周衰更七國，
竟使秦人有九有。掃除詩書誦法律，投棄俎豆陳鞭杻。
當年何人佐祖龍，上蔡公子牽黃狗。登山刻石頌功烈，
後者無繼前無偶。皆云皇帝巡四國，烹滅強暴救黔首。
六經既已委灰塵，此鼓亦當遭擊掊。傳聞九鼎淪泗上，
欲使萬夫沈水取。暴君縱欲窮人力，神物義不污秦垢。
是時石鼓何處避，無乃天工令鬼守。興亡百變物自閒，
富貴一朝名不朽。細思物理坐歎息，人生安得如汝壽。
〔註12〕

　　東坡在嘉祐六年十二月，簽判陝西鳳翔。〈鳳翔八觀〉敘上說：
「昔司馬子長登會稽、探禹穴，不遠千里，而李太白亦以七澤之觀至
荊州。二子蓋悲世悼俗，自傷不見古人，而欲一覽其遺跡。」因此，
東坡作這首詩的用意，希望想看石鼓而不能看到的人，能借這首詩
瞭解它。

　　〈鳳翔八觀〉是由八首詩組成，有七古和五古兩種體裁。這首七
言古詩，寫得元氣淋漓，氣勢澎湃，是大家公認的名作。它同時也奠
定了東坡在詩壇的名聲。

〔註12〕參見清王文誥、馮應榴輯注《蘇軾詩集》，卷三，學海書局印行，頁
　　　100。

　　唐朝初年，鳳翔天興縣有十座鼓形的石頭，上面刻有文字。每一座鼓形石，刻鑄著十首四言詩；但是，多有殘缺。直到唐憲宗元和年間，鄭餘慶將它置放在孔廟中。北宋仁宗皇祐年間，又補足亡佚了的一座，現藏北宮故宮博物院〔註13〕，這是石鼓的由來。

　　在東坡寫這首詩以前，唐朝的韓愈寫過〈石鼓歌〉，認為這些石鼓是周宣王時代的至寶。韋應物也有〈石鼓歌〉，盛贊石鼓的價值。東坡採用賦的寫法，另闢蹊徑，果然繼韓、韋兩人，流下千古傳誦的佳篇。

　　全詩六十句，分五小節進行。第一小節四句，東坡說辛丑年十二月，他初次從政，經過鳳翔，看見孔子廟中的石鼓。以前只聽說有石鼓文，現在終於可以一睹為快，只見文字線條渾厚，彎彎曲曲的，不容易辨認。這四句寫出看石鼓的因緣；同時，將聽聞中的石鼓文和實際所見，相互印證。

　　第二小節從「細觀」以下十八句，描述所見石鼓古樸、曼妙的情景。經東坡仔細觀看，以指在肚子上推敲半天，竟讀不出石上的文字。於是，他想起韓愈也喜愛石鼓文，自歎所生太遲，何況百年後的他，更是辨認不出啊！勉強從偏旁尋找這些字的點畫，只認得一、二個，遺漏八、九個字。隱約認出「我車既攻，我馬既同」和「其魚維何，維鱮維鯉，何以貫之，維楊與柳」這六句。好比古器物中，他只認得鼎，眾星錯落，他也只叫得出斗星。字跡缺損，模糊得像瘢痕、胼胝，彎彎曲曲的彷彿可辨認出足跟臂肘，而見存的字，又像雲中的缺月，稂莠間的嘉禾，經歷了多次戰，偶然之間留存下來，千年以下誰能和它並存？與〈倉頡〉篇相比，差可並列；與小篆相比，那麼小篆就像小幼鳥了！經東坡一分析，我們大抵知道：石鼓文經多年輾轉，大部分已難辨認，然而它的價值，仍是不可忽視。

　　第三小節用十六句追述了石鼓的由來。從「憶昔」句到「豈有名

〔註13〕參見史良昭《浪跡東坡路》，大陸江蘇古籍出版社，頁22。

字記誰某」，東坡說：石鼓最先是周宣王時，人們贊美他「勞來而安定百姓」。當時太史籀變古文為大篆，人民在厭惡戰爭的情況之下，心思聖賢的到來，周室在宣王時得到中興。他「東征徐虜闞虓虎，北伏犬戎隨指嗾」，外交翻譯官唱著進貢狼與鹿，連接不斷的賜給方叔、召叔美玉、好酒，聽著鼓鼙聲，心裡只想著將帥，那有時間讓奏樂的矇瞍敲擊頌贊呢？是誰寫下贊美宣王的〈嵩高〉詩，使得這石鼓文得以和衡山一樣齊名。宣王功勞美盛，但他不自誇，如文王、武王般忠厚，留下美好的名聲，現在鼓上不紀年、不留名，正是這種精神的體現。東坡將石鼓不紀年、不留名，做了一番合理的解釋，同時也交代了石鼓文的前因後果。

　　第四小節共十八句，寫石鼓能保存至今，是「義不污秦垢」。東坡說：自從周室衰微，使秦併六國，擁有天下，掃除詩書，徒以律法行天下，拋棄了禮義，崇尚暴虐。也許是祖龍的出現，讓李斯得以得勢，秦始皇因此能登山歌功頌德，這是空前絕後的。他們說秦始皇巡行各國，是為了消滅強暴，解救百姓。六經既然遭到焚燒，這座石鼓照理說也應遭破壞才對。傳說秦始皇派人到泗水上撈石鼓，都撈不到，可見暴君雖然窮盡人力，這座石鼓卻是神物，不容被秦污蔑。這一定是天神令鬼物守護，才能保存至今。對於石鼓從周宣王到秦漢，東坡做了詳盡的敘述。

　　最後一小節，以四句作收。由石鼓的來由、經歷，東坡得出一個結論：人事的興衰變化，物是不受影響的，而人的一生那麼有限，正應當立功、立德、立言，以求不朽。細細思量事物自然之理，令人感歎為什麼人不能像石鼓一樣長壽呢？這首詩王文誥先生極欣賞其布局，認為「詩完而氣猶未盡，此其才局天成，不可以力爭也」，看法十分正確。綜論這首詩，可說意到筆隨，結構嚴密；對於史實的應用，可說信手拈來，毫不費力，因此，說它是東坡詩奠基作品，表現他年少奔放的作風，實在很恰當。

王維吳道子畫（嘉祐六年十二月）

何處訪吳畫，普門與開元。開元有東塔，摩詰留手痕。

吾觀畫品中，莫如二子尊。道子實雄放，浩如海波翻。

當其下手風雨快，筆所未到氣已吞。

亭亭雙林間，彩暈浮桑暾。

中有至人談寂滅，悟者悲涕迷者手自捫。蠻君鬼伯千萬萬，

相排競進頭如黿。摩詰本詩老，佩芷襲芳蓀。今觀此壁畫，

亦若其詩清且敦。祇園弟子盡鶴骨，心如死灰不復溫。

門前兩叢竹，雪節異霜根。

交柯亂葉動無數，一一皆可尋其源。

吳生雖妙絕，猶以畫工論。

摩詰得之於象外，有如仙翮謝籠樊。

吾觀二子皆神俊，又於維也斂衽無間言。〔註14〕

這首詩是〈鳳翔八觀〉中的第三首，採五七雜言。東坡年少即好畫，開元寺多古畫，他往往獨自前去觀賞，流連忘返〔註15〕。這首詩一開頭寫鳳翔的開元與普門寺，有王維、吳道子兩個人的佛教畫，王維的畫在開元寺的塔中。在這首詩裡，東坡表達了對王、吳兩人繪畫藝術的觀感。

東坡首先對兩人下一個總評：在繪畫品質方面，二人都具有舉足輕重的地位。吳道子的畫，呈現出雄放的氣勢，當他下筆作畫的時候，一氣呵成，筆未著紙，就能感受到氣勢整個籠罩著畫面。這一幅釋迦臨終說法圖，先是看到兩株娑羅樹間，有一輪光暈圍著釋迦摩尼的頭部四周，釋迦摩尼佛正說著涅盤之道，這時門徒們有的虔誠跪拜，流著眼淚；有的搥胸拔髮，狀極悲痛。門徒們悲痛傷心的樣子，像是蠻鬼一般，他們紛然而整齊的表現出狂熱企盼的樣子，要前來聽聞佛法。這一幅圖畫出釋迦摩尼佛在信徒心中的地位，藉重刻畫

〔註14〕參見清王文誥、馮應榴輯注《蘇軾詩集》，卷三，學海書局印行，頁110。

〔註15〕同註14，〈王維吳道子畫〉，頁27。

信徒對釋迦摩尼佛的虔敬，傳達佛法至妙的訊息，可說形神雙寫，極其傳神。

　　其次一段，描寫王維佛像畫的體現。王維是一位詩人，他的人品、畫作，就像是蘭芷散發出芬芳一般，令人贊佩。現在他所畫的壁畫，也像他所寫的詩一樣形象清新，意味深厚。佛門弟子看來瘦瘠而高潔，心像死灰一般寂然不動，這是東坡看畫後的心得。在畫的實際描寫上，是他著力在門前畫了兩叢竹子，體現了佛家的精神面貌。葉子枝條交錯，但能很清楚的找到根源。這一段描寫王維佛像畫，能畫出深刻的意涵，不僅止於寫景而已！

　　最後，東坡提出自己的看法。吳道子雖然把佛像畫畫得栩栩如生，但充其量只是一個畫匠，王維卻能畫出意外的意象，好比仙翮從樊籠中超脫出來。兩個人都能表達「神俊」的畫風；但是，他對王維可以說是佩服得五體投地了！這段話將兩人的高低，明確的表達出來，無形中也提升了王維在畫史上的地位。

　　東坡在這首詩的布局上，採雙括式，也就是先合述再分述而後合述的方式；同時，七言古詩的體裁，適於議論與抒情，「當其下手風雨快，筆所未到氣已吞」，可說描摩得氣勢渾成，筆力千鈞。紀昀評這首詩：「奇氣縱橫，而句句渾成深穩，道元、摩詰畫品未易低昂，作詩若不如此，則節節板對，不見變化之妙耳！」可說精確地做了註解。

　　王文誥則注重這首詩的意義，認為東坡從王維畫竹，得到很好的啟示，後世有人效法王維，而沒有人學習吳道子，可斷定兩人的高下。東坡自觀賞王維這幅畫後，又與文同相會岐下，畫藝大進，這才是畫作的貢獻。我認為：紀昀就畫論畫，並無不可。兩家所評，可相參並看，無損於對這首詩的美感。

謝蘇自之惠酒（治平二年二月）

高士例須憐麴蘗，此語常聞退之說。我今有說殆不然，
麴蘗未必高士憐。醉者墜車莊生言，全酒未若全於天。

達人本是不虧缺，何暇更求全處全。景山沈迷阮籍傲，
畢卓盜竊劉伶顛。貪狂嗜怪無足取，世俗喜異矜其賢。
杜陵詩客尤可笑，羅列八子參群仙。流涎露頂置不說，
為問底處能逃禪。我今不飲非不飲，心月皎皎常孤圓。
有時客至亦為酌，琴雖未去聊忘絃。吾宗先生有深意，
百里雙罌遠將寄。且言不飲固亦高，舉世皆同吾獨異。
不如同異兩俱冥，得鹿亡羊等嬉戲。決須飲此勿復辭，
何用區區較醒醉。〔註16〕

　　這首詩是東坡從鳳翔還朝在直史館所寫的。英宗治平二年，東坡
自鳳翔罷還，召試祕閣，入三等，得直史館。當時英宗皇帝想召他入
翰林院，宰相韓琦認為於例不合，因此試二論，入三等。他滿懷壯志，
想將所學奉獻出來，卻限於舊例，受到阻撓。正巧蘇自之贈送他一瓶
酒，於是他藉酒抒感，一吐為快。

　　該詩首言韓愈〈贈崔立之〉詩上說「高士例須憐麴糵」，而他的
看法不同，認為：麴糵未必高士憐。他所以有這樣的看法，是因為莊
子曾打了個比方，說那喝醉酒的人摔下車來，雖然會受傷，但卻不會
死，是「神全」的關係。達人原本是不欠缺的，又何必在神全處求天
全呢？言下之意，一個有才華的人是不畏任何考驗的，更無須強求什
麼，分明是借他人酒杯，澆心中塊壘。

　　第二段舉例說明「麴糵未必高士憐」。他舉徐邈做尚書郎時，有
令禁酒，他私飲而醉；阮籍傲然獨特，嗜酒能歌；畢卓常因為飲酒廢
職，甚至因醉酒在夜裡盜酒被捉；劉伶與阮籍、嵇康友好，常攜一壺
酒，吩咐隨從說：「死便埋我」。像這些人貪狂好酒，行為怪異，本不
足取，但世俗喜歡他們奇異的行徑，憐愛他們而認為他們賢能。杜甫
尤其可笑，在〈飲中八仙歌〉裡，寫著八仙好飲酒，遇到麴車口流涎
沫，脫下帽子向王公致敬，醉中往往愛逃禪。這樣說來：愛麴糵的人
難道都是高士嗎？

〔註16〕參見清王文誥、馮應榴輯注《蘇軾詩集》，卷五，學海書局印行，頁
226。

　　第三段說：他現在不喝酒，並不是真的不喝，只是一顆心如孤月一般光圓，看清酒的本質。有時客人來了，他也會設宴飲酒，像淵明一般樂在其中。承蒙蘇自之遠從百里外寄來兩瓶酒，雖然說不喝酒才是高士的作風；但是，他的看法又和世人不同。這一段反複申述，無非是表達自己對飲酒的看法。

　　最後四句作結，東坡說：不如把看法拋在一邊，將夢境與非夢境看做是小孩的嬉戲，他決定喝這些酒，何必在乎是醒是醉呢！表面上看，純粹是因酒起興，事實上是藉酒抒發心中的鬱悶，既然不能入翰林院，那麼，在直史館又有什麼關係呢？

　　這首詩可以看做是東坡「諷喻詩」的先聲。表面上看，以酒為題，記敘兼議論，實際而言，借物興感，抒情兼議論，這首詩一路以莊子的言論發揮，最後復歸於一己的意志，可見全篇有所寄托，不是一般的酬唱詩。

　　東坡這首詩不獨布局井然，而且氣勢奔放，玩索其辭，更見迴轉自如，左抽右旋，無不適意。因此，大陸張毅先生說他的詩歌創作，在前期以豪邁為主，而他的過人之處，在於始終保持著心靈主體瀟灑自如的氣度和曠達的胸懷〔註17〕，正好為這首詩做了貼切的說明。

石蒼舒醉墨堂（神宗熙寧二年二月）

人生識字憂患始，姓名粗記可以休。何用草書誇神速，
開卷惝怳令人愁。我嘗好之每自笑，君有此病何能瘳。
自言其中有至樂，適意不異逍遙遊。近者作堂名醉墨，
如飲美酒消百憂。乃知柳子語不妄，病嗜土炭如珍羞。
君於此藝亦云至，堆牆敗筆如山邱。興來一揮百紙盡，

〔註17〕參見《南開大學學報》，〈蘇軾的創作個性、文化品格及審美取向〉，文中言：「蘇軾的詩歌創作，在前期以豪邁為主，多清雄之氣，後期趨於平淡自然，表情遠曠達之意味。一以貫之的是清澈坦蕩的胸懷和自由灑脫的個性。其過人之處在於：他的人生虛幻和痛苦的體驗比一般人要深微沈重，卻沒有陷入厭世傷感，始終保持著心靈主體瀟灑自如的氣度和曠達的情懷。」

駿馬倏忽踏九州。我書造意本無法，點畫信手煩推求。
胡為議論獨見假，隻字片紙皆藏收。不減鍾張君自足，
下方羅趙我亦優。不須臨池更苦學，完取絹素充衾裯。
〔註18〕

　　熙寧元年，東坡守父喪完畢，離開蜀地，回到京師。第二年正月，途經長安，曾和石蒼舒在韓琦家中會面。這首詩是東坡到汴京以後寄給蒼舒的作品。

　　石蒼舒是長安人，擅長寫行草，人稱他能得「草聖三昧」。東坡自幼喜愛字畫，與父親蘇洵每以收藏字畫為樂事，知道石蒼舒藏有褚遂良〈聖教序〉真跡，取堂名為「醉墨」，因此有這首詩。

　　這首詩開頭兩句，採用反起破題的方式，舉項羽少時學書不成，言「書足以記名姓而已」，說明識字是人生憂患的開始。三、四兩句承上而論，說明石蒼舒的草書變化多端，使人難以辨識，彷彿有誇耀的意味。這一小節從反面立論，表面上意思是草書寫得好有什麼用？實際上是讚美石蒼舒的行草寫得好。

　　五、六兩句是轉折處，東坡人我雙寫，說出自己對書法藝術的見解。東坡曾說：「我雖不善書，曉書莫若我」〔註19〕，對自己的書法深具信心。然後說石氏醉心行草，也是一種癖病。表面上是貶抑他；不過，事實上還是讚賞他。

　　七、八兩句藉莊周〈逍遙〉、〈至樂〉兩篇，讚美石蒼舒草書功力深厚，能得莊子無不適意的精神。九、十兩句正面點出以「醉墨」名堂的用意，以酒可以消百憂，比喻堂可解愁緒，生動貼切。十一、十二兩句又用柳宗元的說法，說明石氏醉心行草的弊病，然後十三以下四句暗用王羲之、智永、懷素等人實例，點明他用力勤勞，造詣很深。表面上是貶意，事實上仍有褒揚的意思。

　　十七以下四句，自言書法不依法度，只是信手點畫，因此必須仔

<hr />

〔註18〕參見清王文誥、馮應榴輯注《蘇軾詩集》，卷六，學海書局印行，頁235。
〔註19〕同註18，卷五，〈次韻子由論書〉，頁209。

細推敲才能辨識，不值得石氏收藏。表面上是自謙，其實頗為自負，然而從正面寫起，恐有吹噓的意味，所以從反面說石蒼舒收藏他的字畫，純屬偏愛。這種寫法，能襯托題旨，而且留有餘味，可說非常高明。

最後四句言石蒼舒的行草，不減鍾繇、張芝，而自以為和羅暉、趙襲相比，應勝一籌。因此石氏不必臨池苦學，而且可以將絹素拿來充作被褥，這兩句是充滿機趣的調侃語。

這篇七言古詩，以議論的方式，夾雜敘事、抒情的筆法寫成，可以看出東坡七古的本領。先是王文誥在東坡一、二句詩後評說：「一起突兀，自是熙寧二年詩。公自謂錢塘詩皆縱筆，誥謂實發端於此詩也，但無此一路詩，即非公之所以為人，而亦不成此集。」指出這首詩是東坡知道「新」、「變」的先聲。

趙克宜也評說：「絕無工句可摘，而氣格老健，不餘不欠，作家本領在此。」〔註20〕道出東坡這首詩能把題意發揮得淋漓盡致，而又沒有廢字，這正是東坡詩的風格特色。

以上七首詩為東坡奔放詩代表作。當然若論東坡詩裡，堪稱名篇的，還不只這幾首。像〈辛丑十一月十九日既子與子由別於鄭州西門之外，馬上賦詩一篇寄之〉和〈和子由澠池懷舊〉，都可說是第一期中的好詩；但是，不如以上各詩突出，因此本文不加論列。

第三節　蘇詩第一期的特色──奔放

首先，我們要釐清的是分期的用意，不是要截然劃分他的作品，亦即全認為第一期「奔放」是他的特色，而第二期他卻沒有氣勢奔放的作品，而是試圖在第一期的詩中，找出足以代表他詩風的作品來。

其次，是分期的認定問題。東坡一生宦海浮沈，他的詩和政治

〔註20〕參見《蘇詩評注彙鈔》，「不餘不欠」，意謂能把題意說透，展現東坡詩豪邁的特色。

生涯脫離不了關係，因此，我的分期是按照他的任官、貶謫做為基準，而第一期和第二期詩的分界，就在熙寧二年王安石行新法時做為分野。

最後提到這一期詩的內容，以寫景居多。主要原因是他隨父親蘇洵南下岷江，沿長江水路到江陵，再北轉京師的這段日子，匯編成《南行集》，這是他第一期詩主要的篇幅，約七十首，然而這些寫景詩，大都是情景雙寫，我們可以從中得知東坡這時期的想法。還有，與其弟子由的唱和詩，也佔了一大部分，約四十一首，可見兄弟兩人情感深厚。

以上七首詩，正符合上列三個條件。從〈入峽〉、〈出峽〉詩中，我們知道年少東坡初次游三峽，內心的悸動與贊歎，而〈渚宮〉、〈石鼓歌〉，表達他對人事變遷的感慨；〈王維吳道子畫〉表明了他對繪畫境界的看法，〈謝蘇自之惠酒〉，純藉酒抒發議論，〈石蒼舒醉墨堂〉則是他對書法藝術的表白。這些詩不是五古就是七古，採取長篇形式，表達他年少奔放的氣勢，研究蘇詩的大家如：紀昀、王文誥、趙克宜等，都認為氣勢不凡，可為東坡詩的代表。

第四節　結語——刻意鍛鍊、氣勢奔放

這一期的東坡詩雖說刻意鍛鍊；但是，論辯的宏偉，恣肆的文風，呈現出年少才情奔放，曲折多采的詩風，確實充滿著鮮明個性，具有大家的氣勢。將東坡第一期詩統計一下，得知其寫景詩九十七首，唱和詩四十六首，詠史詩三十八首，感懷詩三十首，題畫詩三首，詠物詩二十一首，合計二百二十四首。其中創作題材以寫景為主，唱和詩中又以與弟子由為多，至於詠史，大抵見物起興，對人事變遷，感到無奈，因而更有濟世之心，從這裡可大致得知他第一期詩的梗概。

我們從列舉的代表作看來，東坡的才氣在年輕時表現得相當淋漓盡致。他對布局很用心，以至於每一篇都有不同的章法，又都一氣

呵成，毫不板滯。他對造字遣辭也相當下功夫，所以像〈石鼓歌〉這樣的長篇鉅製，也沒有重複的語詞。他用典的功夫更是高明，〈謝蘇自之惠酒〉這一篇，藉好酒者如：稽康、劉伶等為譬，能符合詩情，至於用韻，圓轉自如，以至於像〈入峽〉那樣難押的覃韻字，他也能押得恰到好處。就詩的形式來說，他已掌握了駕馭文字的技巧，具備做一個大家應有的本領了。

又值得注意的是，東坡在這七首詩中有五首是七言古體，兩首是五言古體。七古和五古較少拘束，不像律絕有對偶的羈絆，因此，章法結構以及氣勢節奏，比較能隨心所欲，這和東坡的意氣風發正好相合，所以他的古詩也成了這一期的特色。

因此，無論就東坡第一期詩的內容與形式來看，他的才氣縱橫是不能否認的。從二十四歲開始創作到三十三歲之間，他創作的二百二十四篇詩，已決定了詩風的雛形，這一點也不容我們忽視。

第三章　蘇詩諷諭期作品探究

第一節　蘇詩諷諭期的範圍

　　宋神宗熙寧二年（西元一〇二九年），東坡三十四歲，這一年因王安石行新法，與他的看法不合，他屢次上書，又因對貢舉的看法不一，得罪王安石。熙寧三年，王安石令姻親謝景溫誣東坡居父喪後，往復販賣鹽、瓷器等，結果並無實證，所以他在熙寧四年自請外任，六月通判杭州，開始他的地方官生涯。杭州三年，出知密州當太守。密州三年，改知徐州，到徐州因築堤護城有功，蒙朝廷獎諭。直到元豐二年，移知湖州，因詩裡多諷諭新法，所以御史李定上疏論東坡罪狀，十二月詔令他責授黃州檢校尚書水部員外郎。這一段期間，前後十年，東坡經歷不同風俗民情，將他看到、想到的一些不便民措施寫在詩中，諷諭執政者應體察民情，筆者將它定為「諷諭期」。

　　這一期的詩，可以〈石膏舒醉墨堂〉為分界點。因為他寫這首詩時，正在京師，政治上本有更上一層樓的機會；但是，王安石知道東坡看法和自己不同，處處阻擾。東坡藉這首詩抒情，但並不牽涉政治。一直到熙寧三年，安石將諫官裡和自己政見不合的人，排擠出朝廷，才引起了東坡的震撼。這時候，大量的「諷諭詩」才紛紛出爐，十年裡，創作七百八十八首詩，六十七首諷諭作品，約佔十分之

一〔註1〕。

筆者從這十年的詩篇中，列舉他的代表作品，來說明這一期詩的內容和形式有什麼特別的地方，希望藉著分期來研究東坡詩，更能看出東坡創作的轉變。在這些詩中，我們看到了他懷才不遇的痛苦，也感受到他年少的盛氣，為百姓疾苦，他直言不諱；為忠臣被貶，他義憤填膺，在無法投訴的狀況下，他藉著詩文創作，表達他的看法，因此，作品全是真情流露，沒有絲毫造作；同時，在藝術表現上，更見淋漓盡致，以筆代言。

綜觀他在杭、密、徐、湖四州的詩篇，有懷古、諷時、悼亡、送別、說理、詠史、遊宴、述懷、戲謔、慨歎人生等題材〔註2〕，較少年時期更為豐富，可見閱歷越廣，見識越深，然而就特色而言，自然以諷諭詩為這一期的代表作。

第二節　諷諭期代表詩作論析

熙寧二年，神宗一心圖治，重用安石，一場新、舊法黨爭，就這樣揭開序幕。東坡這時滿腹治國理念，想要報效國家，無奈意見和呂惠卿、王安石等人格格不入；王安石為推行新法，不顧一切的排擠反對者，於是東坡在送別詩中，表達了深刻的不滿。〈送劉攽倅海陵〉、〈送劉道原歸覲南康〉就是在這樣的情形下寫成的。接著，東坡自請補外，通判杭州，在揚州寫下〈廣陵會三同舍〉，此後在遊山玩水之際，表達了內心的不平，〈戲子由〉、〈遊徑山〉可以做為代表。真正觸及反應民苦的詩篇，有〈湯村開運鹽河雨中督役〉、〈吳中田婦歎〉。〈寄劉孝叔〉針對新法弊端，做一番詳細剖析。至於〈飲湖上初晴後

〔註1〕自熙寧二年〈石蒼舒醉墨堂〉為界限，計至元豐二年十二月責授黃州團練副使，共有詩七百八十八首，諷諭詩六十七首，因約言十分之一。

〔註2〕參見王保珍《東坡詞研究》第三章「東坡詞的內涵與特色」，將詞作分成這幾類，詩的特色也近似。

雨〉、〈薄薄酒〉、〈百步洪〉二首，都是這一期的名篇，然與諷諭無關，
故略而不論。

　　筆者《烏臺詩案研究》綜論這一期的詩，在內容上有兩方面：朝
廷用人不當、新法不便民；形式上各體兼備，技巧高妙；特色上托物
寄興，言之有物。當然這樣的言詞，在他的策論、上書中，也大量的
出現，但詩中時有警語，流布廣遠，因此引起當朝的不滿，所以下列
依序論述他這期的代表詩作，來說明這一期諷諭的特色。

送劉攽倅海陵（熙寧三年三月）

君不見阮嗣宗臧否不挂口，莫誇舌在齒牙牢，
是中惟可飲醇酒。
讀書不用多，作詩不須工，海邊無事日日醉，
夢魂不到蓬萊宮。
秋風昨夜入庭樹，蓴絲未老君先去。
君先去，幾時回，劉郎應白髮，桃花開不開？〔註3〕

　　這首詩是東坡送劉攽倅海陵所寫的贈別詩。根據施元之的註解
（以下簡稱施註），說劉攽因王安石行新法，論列新法不便民，被王
安石怒斥，通判泰州〔註4〕，而這時候的東坡，也正因為葉祖洽試策
時，迎合新法，呂惠卿拔擢葉氏這件事，大表不滿。因此他藉著詩篇，
發抒不平之氣。

　　根據施註，說劉攽：「博記能文章，政事侔古循吏，身兼數器，
守道不回。與王介甫為友，介甫得政行新法，貢父時在館閣，貽書
論其不便。……又謂皇甫鎛、裴延齡之聚斂，商鞅、張湯之變法，未
有保終吉者。介甫怒斥，通判泰州。題館壁云：璧門金闕倚天開，
五見宮花落古槐。明日扁舟滄海去，卻從雲氣望蓬萊。」東坡這首
詩就是從詩意再往上發揮，勸劉攽對新法的事，不要聞問，以免得
罪朝廷。

〔註3〕參見《蘇軾詩集》，卷六，學海出版社，頁242。
〔註4〕同註3，詩前施元之註解。

　　詩一開始，用阮籍不理政事相勸勉，希望劉攽不要論列新法得失，同時舉張儀的自誇舌在齒牙牢為鑑戒，願他從今後只管喝酒，以保自身。這自然是一種反語，事實上，東坡認為身為大臣，國事當然是要管的；但是，近法人士並沒有聽直言的雅量，所以就算關心時政，也不會被接納的，那就不如耳不聞、口不言，來個相應不理了。

　　其次，東坡認為那些被王安石提拔的人，像呂惠卿、曾布等人，讀書不多，作詩不工，照樣可以居高官、掌要事，那麼，我們何不學他們：不必讀太多的書，不必作精妙的詩，被貶到海陵，正好賞海邊美景，沒事的時候，喝個酩酊大醉，這樣自然不會想到在朝中爭議的事。這些話是牢騷滿腹，只有劉貢父知道東坡暗喻著時事不可為，若真的以為他勸朋友不理國事，那可就會錯意了！

　　東坡在發抒感慨以後，才說到彼此的情誼。他說昨兒個晚上又吹起秋風，正是蓴絲最美味的時候，沒想你會先離開家鄉。離開家鄉的你，什麼時候才會回來呢？當你回來的時候，桃花會不會為你開放呢？這幾句是轉化晉人張翰的「因見秋風起，乃思吳中菰菜蓴羹鱸魚膾」，以及唐劉禹錫詩：「玄都觀裏桃千樹，盡是劉郎去後栽」、「種桃道士歸何處，前度劉郎今又來」，來表達對朋友的不捨。既充滿詼諧，又不失真情，是一首有特色的送別詩。

　　這首詩是七言古詩，以長短句形式為主。就內容來說，是一首諷諭詩，主要是以反諷的手法，表達詩人對新法人士的不滿。根據《東都事略》的記載，劉攽「為人博學守道，以故流離困躓，然不修威儀，喜諧謔，雜以嘲誚，每自比劉向也。」〔註5〕因此東坡在詩裡提到「劉郎」，原是雙關語的運用。形式上既是以長短自如的五七雜言抒感，內容上又極盡用典的能事，表面上是勸朋友日日飲酒，不理政事；實際上卻是打抱不平，滿腔懊惱，可說曲盡幽微，耐人尋味。

〔註 5〕參見《東都事略》，四庫全書本，卷七六。

送劉道原歸覲南康（熙寧四年六月）

晏嬰不滿六尺長，高節萬仞陵首陽。青衫白髮不自歎，
富貴在天那得忙。十年閉戶樂幽獨，百金購書收散亡。
褐來東觀弄丹墨，聊借舊史誅姦強。孔融不肯下曹操，
汲黯本自輕張湯。雖無尺箠與寸刃，口吻排擊含風霜。
自言靜中閱世俗，有似不飲觀酒狂。衣巾狼藉又屢舞，
旁人大笑供千場。交朋翩翩去略盡，惟吾與子猶徬徨。
世人共棄君獨厚，豈敢自愛恐子傷。朝來告別驚何速，
歸意已逐征鴻翔。匡廬先生古君子，掛冠兩紀鬢未蒼。
定將文度置膝上，喜動鄰里烹豬羊。君歸為我道名姓，
幅巾他日容登堂。〔註6〕

東坡寫這首詩的時候，正是與他政治見解相同的人，被一一罷黜
後。這期間，他上書議學校貢舉，神宗頗為嘉許，王安石卻引以為憂；
他又連上兩封萬言書，因考試開封進士，命題論「專斷」的成敗，影
射王安石的專斷，使王安石更加生氣，叫謝景溫誣告他。東坡眼看新
法勢在必行，而王安石已得勢，因此，在朝中已經不可能有作為，只
好自請外任。六月通判杭州的命令已經下達，正好遇上歐陽修退休，
劉恕將往南康為監酒，他藉詩抒懷，贊揚劉恕的直言，也將新法人士
諷刺了一下。

劉恕，字道原，江西筠州人。施注說：「道原少穎悟，書過目即
誦。既第，篤好史學。上下數千載間，可坐而問。博學強識，求書不
遠數百里，身就之讀且抄，殆忘寢食。」可見劉恕是北宋難得的史學
人才。司馬光在編纂《資治通鑑》前，劉恕已自編通鑑前篇，因此也
被司馬光召為《資治通鑑》編纂的幕僚。他同時也是個個性耿介的人，
本來和王安石舊識，安石執政時，想引他實條例司，他拒絕了，並對
安石說：「天子付公大政，宜恢張堯舜之道，不應以利為先。」在當
時，不知有多少人想攀援王安石，但劉恕敢直陳新法不符合民心的地

〔註6〕參見《蘇軾詩集》，卷六，學海出版社，頁258。

方，以至於當面說安石的不是，這正是「直道而行」的表現。這首詩，也是針對王安石而寫的。

東坡對於史學，也是相當精通的，所以這首詩用典來暗喻劉恕、安石，正切中實情。詩一開始，以晏嬰的高節來讚美劉恕，說他「志念深遠」就和晏嬰一樣；「義不食周粟」，寧可採薇而食，就像伯夷一樣。平生不謀衣食，學道忘憂，以至於青布衫、白頭髮，也從不怨歎；將富貴看得像浮雲一般，因此不忮不求。這是東坡對劉恕的特寫手法，施注上說他：「家至無以養，而不以一毫取於人，冬無寒具，司馬公遺衣襦，亦封還之。」可見他安貧樂道，不謀衣食的志節，不是一般人做得到的，而一句「富貴在天那得忙」，也是針對王安石急於進行新法而發的。

接著，東坡說他十年苦讀，雖然幽居獨處，也毫無怨言；將所有的錢都拿去購買散佚的圖書，可說是好學不倦。這些書買來了，在館閣中詳細閱覽，以至於司馬光召為局僚，能運用來口誅筆伐，不畏豪強。這一段是讚美他博學強識，能被羅致編纂《資治通鑑》。

東坡在讚歎之後，筆鋒一轉，說劉恕直言安石的錯誤，就像孔融不肯屈服曹操，以至於和安石不合，然後又將他比做是汲黯，不屑安石以刀筆入人於罪，這兩句譬喻，是相當貼切的。東坡的看法是他雖然沒刀和錘，可以為國誅除強暴；但是，只要一開口，字字都挾帶著風霜，銳不可當。王文誥說：「此五句明借修史事，以詆介甫。」看法十分正確，也只有明白東坡心中悲憤的人，才能瞭解這個弦外之音。

發抒了不平以後，東坡把筆鋒轉向了自己。東坡說：他冷眼旁觀這些世俗的人，好比沒喝酒，卻看到有人喝酒發狂；他們衣巾狼藉，長袖善舞，只是讓旁人看了大笑千場罷了。這裡有東坡血淚的控訴，卻以極冷靜的口吻寫出，讓我們不覺得露骨。最主要是他借用飲酒來比喻，所以能隱藏諷刺的感覺。

同時，東坡也說出了心中的感慨。他說：眼看著朋友一個個被

貶，只賸下他和劉恕兩個人，而他們兩個人也都要離開朝廷了。世人遺棄了他們，只有劉恕對他仍是這麼厚愛，特地來和他道別，而他哪裡敢自以為重，只是怕劉恕因此受到傷害啊！這些話都是東坡真正想說的。根據《宋史·本紀》記載：熙寧二年六月，御史中丞呂誨罷知鄧州。八月，侍御史劉琦貶監處州鹽酒務，御史裏行錢顗貶監衢州鹽稅，同知諫院范純仁知河中府，侍御史知雜事劉述貶知江州。十月，同中書門下平章事富弼罷，判亳州。三年正月，判尚書省張方平罷，知陳州。三月，右正言孫覺貶知廣德軍。四月，御史中丞呂公著貶知潁州，參知政事趙抃罷知杭州，右正言李常貶通判滑州。九月，翰林學士司馬光，罷知永興軍。四年六月，歐陽修以太子少師致仕，富弼坐格青苗法，徙判汝州〔註7〕。這一連串的貶謫中，東坡和劉恕可說是最後的兩個人，所以他會有這樣的感慨。這次劉恕來告別，時間是這樣的倉卒，可以想見的是回鄉卻不知是什麼時候呢！

　　最後，轉為和劉恕話家常，先說劉恕與劉凝之一樣，都是剛直不屈的人，也都是君子人也；幸好掛冠求去的劉恕還年輕，此去一定能享天倫之樂，也許還會有佳音傳來，到時候一定要告訴他孩子的姓名，容他登門祝賀，前去拜訪。東坡與劉恕的私交很好，可以從這裡得知一二。

　　如果我們參照日後東坡寫給劉恕的詩，像〈和劉道原見寄〉、〈和劉道原詠史〉、〈和劉道原寄張師民〉等詩，就會發現東坡總是藉典故來抨擊新法，尤其是寫給劉道原的詩，幾乎都和時事有關；東坡在心中是把劉恕當成知己的啊！

　　這首詩是東坡在熙寧二年返朝以後，想在政治上有所作為，卻又希望落空的心境下寫成的。他目睹王安石對友人的排擠，以及對自己的迫害，其實有著深切的傷痛，所以把安石比做曹操、張湯，把劉恕比做晏嬰、伯夷、孔融、汲黯等，都含有褒貶的意思，因此可以作為諷喻新法人士的代表作。

〔註7〕參見《宋史》，卷一四、一五，鼎文書局，頁271～280。

廣陵會三同舍，各以其字為韻，仍邀同賦劉貢父
（熙寧四年十月）

> 去年送劉郎，醉語已驚眾。如今各飄泊，筆硯誰能弄？
> 我命不在天，羿彀未必中。作詩聊遣意，老大慵譏諷。
> 夫子少年時，雄辯輕子貢。爾來再傷弓，戢翼念前痛。
> 廣陵三日飲，相對怳如夢。況逢賢主人，白酒潑春甕。
> 竹西已揮手，灣口猶屢送。羨子去安閒，吾邦正喧闐。

〔註8〕

　　這首詩是承〈送劉攽倅海陵〉而寫的。熙寧三年三月，東坡送別劉攽，一轉眼已是熙寧四年十月，所以詩一開頭說「去年送劉郎」，又因為那首詩充滿譏諷，所以說「醉語已驚眾」。現在東坡在杭州，劉攽在揚州，都遠離家鄉，在外飄泊，就算想弄筆嘲諷，也不可能了！言下之意，不在其位，不謀其政，已無意過問政治；但是，對一個有理想、有抱負的人來說，可能嗎？

　　於是東坡轉為安慰自己：這一切是命，不被賞識是天意，就算后羿射日，也有射不中的時候。閒來無事寫寫詩，只是排遣憂悶而已，如今已懶得嘲諷了。表面上，是暫時放下民生國事；實際上，仍是盼望有發揮長才的一天，這樣寫也許心裡可以好受一些。

　　既是與友賦詩，當然必須談談朋友。東坡說：你年輕的時候，論辯的口才相當好，就算子貢也不能與你相比。近來你被罷黜，又被王安石排斥，好比傷弓之鳥，到現在應該仍能感受那種痛苦吧？這一段話實際上也是他自己的感覺。

　　現在東坡因自請外任，途經揚州，得以和劉攽、孫洙、劉摯三個人相會，這是事先沒有想到的事，所以他說；在廣陵作三日宴飲，彷彿夢境一般。又因為他們是在錢公輔座上相會，喝著美酒，所以他說：「廣陵三日飲，相對怳如夢。況逢賢主人，白酒潑春甕。」這四句綰合到這次的聚會。

〔註 8〕參見《蘇軾詩集》，卷六，學海出版社，頁 295。

　　最後，東坡說這次聚會，我們將要揮手道別，在竹西亭、茱萸灣依依不捨。我羨慕你身在揚州，不像杭州初行新法，很多事不便民。最後這兩句，說出他心裡對新法有所不滿，因此在《烏臺詩案》裡，被指為有諷刺的意思〔註9〕。

　　整首詩歸結到「吾邦正喧闐」，頗有時勢難勝的感歎。如果能瞭解東坡被安石排擠的前因後果，也就能明白為什麼他對新法不滿，在離宴飲酒時，不自覺的透露出無奈之情了。

孫巨源

三年客京輦，憔悴難具論。揮汗紅塵中，但隨馬蹄翻。
人情貴往返，不報生禍根。坐今平生友，終歲不及門。
南來實清曠，但恨無與言。不謂廣陵城，得逢劉與孫。
異趣不兩立，譬如王孫猿。吾儕久相聚，恐見疑排報。
我褊類中散，子通真巨源。絕交固未敢，且復東南奔。

〔註10〕

　　根據施注：「孫巨源，名洙，廣陵人。未冠，擢進士第。歐陽公、吳文肅應制科進策，指陳政體，韓忠獻讀之，歎息曰：『今之賈誼也。』在諫院時，王介甫行新法，多逐諫官御史，巨源心知不可，而鬱鬱不能有所言，但懇乞補外。知海州。」可見在京師的時候，孫巨源和東坡同在館閣任諫官。新法施行之初，不滿新法的人紛紛進言，唯獨孫巨源沒說話，大夥兒對他很不諒解；不過，孫巨源不失是一個君子，所以自請補外，以行動來表示抗議新法。

　　東坡這首詩先是發抒感慨，他說：熙寧二年到現在，已接近三年了，在京城做客的這段日子裡，有許多不足為外人道的事情。紅塵中揮汗如雨，汲汲營營，忙得連歇息的時間也沒有。這是概括近三年在

〔註9〕《烏臺詩案》記載「熙寧四年十月內，赴杭州通判，到揚州。有劉
　　　　攽并館職孫洙、劉摯皆在本州，偶然相聚數日，別後作詩三首，各
　　　　用逐人字為韻。內寄攽詩『羨子去安閒，吾邦正喧闐』，言杭州監司
　　　　所聚，初行新法，事多不便也。」
〔註10〕參見《蘇軾詩集》，卷六，學海出版社，頁297。

京師的情形。

　　其次，就孫巨源鬱鬱不言，以至於受人誤解，東坡的看法是：人情最可貴的是禮尚往來，如果不能做到這樣，很容易生出禍端。坐視不管朋友的事，會讓朋友不敢登門造訪，以至於疏遠。這次宴席上，東坡、劉攽、劉摯都因為坐論新法而被罷黜，只有孫巨源情況不一樣，所以東坡毫不諱言的說出自己的想法。

　　接著，東坡說：這次他南來心情清明；遺憾的是沒人可以和他說說知心的話，沒想到來到廣陵，能夠碰見他們三個人。這四句是說明他看到老朋友，心中很高興。

　　東坡認為孫巨源選擇不說新法是非，只以行動表示反對，而二劉和他是直言不諱，以至於貶謫，做法不同，勢不兩立，這情形就好比柳宗元〈憎王孫文〉說的：好像王孫躁囂和猿的靜常，是水火不容的。意謂就道義上來講，巨源似乎不應該這樣。東坡進一步說他們很久才相聚一次，唯恐會被人排擠、報復。意思是提醒巨源，如果是真想免禍，最好離他們遠一點。

　　最後在通篇責備的詞語下，東坡說自己褊狹有如嵇康，孫巨源卻有如山巨源，若說要和巨源絕交，他是不敢的，姑且讓他往東南的杭州去吧！從這裡我們知道：東坡這首詩用嵇康〈與山巨源絕交書〉的典故，來暗合孫巨源，這麼一來，可以另生波瀾，使文意更推出一層，這個手法相當高明。

　　通篇沒有說出絕交的詞語，卻有極嚴肅的主題。王文誥在詩題案語下，曾說：「是時公與貢父、莘老皆以攻法被出，風節凜然，獨巨源在座，隤靡不振，可想見其慚，然不終日矣。諫院如是，將焉用此言官為？公素與之厚，故勖之以義，然巨源究以求去自全，與紛然希進者不同，終不失為君子，故云『絕交固未敢』也。」東坡確實是希望用這首詩，來感悟孫巨源，希望他勇於任事。我們讀了這首詩，也可以瞭解新法初行時，政見不同，水火不相容的情形了。

劉莘老

江陵昔相遇，幕府稱上賓。再見明光宮，峨冠揖搢紳。
如今見三子，坎坷為逐臣。朝遊雲霄間，欲分丞相茵。
暮落江湖上，遂與屈子鄰。了不見慍喜，子豈真可人。
邂逅成一歡，醉語出天真。士方在田里，自比渭與莘。
出試乃大謬，芻狗難重陳。歲晚多霜露，歸耕當及辰。

〔註11〕

　　東坡寫這首詩的時候，劉摯因監衡州鹽倉，道經廣陵。施註說：
「劉莘老，名摯，永靜東光人。中甲科。韓忠獻薦除館閣校勘，王安
石一見器異之，擢檢正中書禮房，非其好也。纔月餘，為監察御史，
即奏論亳州青苗獄，謂小人意在傾搖富弼，今弼已得罪，願少寬之。
自此極論新法，章數上，中其要害。中丞楊繪亦言其非。安石使曾布
作〈十難〉折之。仍詰兩人向背好惡之情，繪懼謝罪。莘老獨奮曰：
『為人臣豈可壓於權勢？使天子不知利害之實』，即條對所難，以伸
其說。『若謂向背，則臣所向者義，所背者利；所向者君父，所背者
權臣』。安石大怒，將竄嶺外，上不聽，監衡州鹽倉。」從以上敘述，
劉摯也是因為得罪王安石，因此被貶謫的。

　　詩一開頭說：想當初劉摯登進士第，他們剛認識，摯被調知南宮
縣，徙江陵府觀察推官，幕府將摯看作是上賓。再度見面，他們同在
館閣，戴著高大的冠冕，位居朝廷的大官。現在他們四個人會面，竟
然都變成被朝廷貶謫的臣子了，這六句追憶相識的經過，同時有往事
不堪回首的感覺。

　　接著說大家好比早上還在雲霄裡遨遊，分享丞相的榮耀；晚上
竟跌落在江湖裡，和屈原做鄰居呢！這樣的境遇，竟也看不出劉摯喜
怒的臉色，因此贊美劉摯真是可以擔當大事啊！這四句是稱許劉摯直
道而行的志節。

　　東坡認為：這一次相遇，彼此非常投合；有時說說醉話，看得出

　　大家都是真性情的人。哪裡像王安石那一類的，當他在鄉野的時候，把自己比做姜太公、伊尹，等到登上政要的位置，詆毀先賢的言行，認為舊有的一切不可再施行。這幾句是對王安石的不滿，將他出處的行徑不一，藉題發揮。

　　最後回到互相勸勉的話，他說：已到了歲末了，歸耕要及時。這是以「不如歸去」相勸，其實也是他心裡懊惱，恨不能歸去的寫照。

　　整首詩牽涉到譏諷的是：「士方在田里，自比渭與莘。出試乃大謬，芻狗難重陳」這四句，在東坡看來，打擊異己的行徑是不足取的。可惜劉莘老並沒有一本志節，護衛正道，因此王文誥案語說：「劉摯在熙寧間，頗著風節，大有虎變豹變氣象。其後入相元祐，則結死黨、排善類，援引小人，陰納姦臣邢恕、章惇以為囊橐」，劉摯最後變節，這首詩譏諷安石，不幸的竟也說中了劉摯！

戲子由（熙寧四年十二月）

宛丘先生長如丘，宛丘學舍小如舟。常時低頭誦經史，
忽然欠伸屋打頭。斜風吹帷雨注面，先生不愧旁人羞。
任從飽恐笑方朔，肯為雨立求秦優。眼前勃蹊何足道，
處置六鑿須天游。讀書萬卷不讀律，致君堯舜知無術。
勸農冠蓋鬧如雲，送老薤鹽甘似蜜。門前萬事不挂眼，
頭雖常低氣不屈。餘杭別駕無功勞，畫堂五丈容旂旄。
重樓跨空雨聲遠，屋多人少風騷騷。平生所慚今不恥，
坐對疲氓更鞭箠。道逢陽虎呼與言，心知其非口諾唯。
居高志下真何益，氣節消縮今無幾。文章小技安足程，
先生別駕舊齊名。如今衰老俱無用，付與時人分重輕。

〔註12〕

　　這首詩的寫作背景是熙寧四年十一月二十八日，東坡到杭州任通判，當時正推行青苗、免役、市易，浙西兼行水利鹽法，地方騷動。使者到的地方，發動官吏督導，東坡也必須鞭打因犯鹽法被罰的

────────────

〔註12〕參見《蘇軾詩集》，卷六，學海出版社，頁324。

百姓。子由這個時候在陳州擔任州學教授，沒有吏責，所以東坡寫這首詩給他，發抒心中的無奈。既題為「戲」，當然帶著一些詼諧的語氣，這也是東坡詩文中的一大特色。

詩一開頭說：子由身長有如山丘；但是，陳州學舍卻小得像船一樣，他經常低著頭誦讀經史，有時突然伸長身子，就會打到屋頂。從這幾句話，我們得知：子由是個高個子，而且讀書是非常認真的。東坡〈次韻和子由聞余善射〉詩有「觀汝長身最堪學」，可以作證。

接著，提到斜風細雨打進屋內，屋子常因太小而被雨灌注，子由總是不以為意，換成別人，恐怕要自慚形穢了；同時，東坡也用了兩個典：他說子由就像東方朔，任憑那些沒才能的人笑他，也不肯讓新法人士可憐他。這裡東坡刻畫的是一個知識分子的志節。

子由自登進士第，到目前還沒有一展長才的機會，所以東坡安慰他：眼前的爭執不值得擔憂，只要是保有優游自在的心情，就能與萬物遊。誰叫我們讀那麼多的書，卻不讀法律，以至於要輔助明君卻毫無辦法。這幾句話表面上是安慰其弟，事實上是懷才不遇的告白。《烏臺詩案》說：「是時朝廷新興律學，軾意非之，以謂法律不足以致君於堯、舜，今時又專用法律而忘詩書。」〔註13〕這雖是被逼迫的話；但是，的確是以反言諷諭，用來自嘲的言詞。

話題一轉，談到自己的感受。他說：勸農使者一個個聲勢威嚇，而子由學官生活卻是這樣清苦，一心一意的讀書，對門前發生的事一概不管，雖然低著頭；但是，志節並不改變。這是以子由和推行新法的人做一個對比，自然是為子由打抱不平。《烏臺詩案》說：「以譏諷朝廷新開提舉官，所至苛細生事，發摘官吏，惟學官無吏責也。」〔註14〕言下之意，子由雖清苦，幸而能擺脫吏責，也是因禍得福！

東坡說自己這個餘杭別駕毫無功勞，居室卻這樣豪華寬敞，每

〔註13〕參見《東坡烏臺詩案》，朋九萬撰，函海本，頁9。
〔註14〕同註13。

當風雨來時，感覺屋多人少，風聲颼颼，和子由比起來舒適多了！平生不願鞭箠百姓，現在是司空見慣；遇到不喜歡的人，明明知道他們不對，卻又唯唯諾諾。這幾句一方面是拿自己舒適的生活，表示對子由的憐惜；同時，表達極深的無奈。

「平生所慚」二句，是說當時犯鹽法的人，大半飢貧才出此下策，鞭箠他們實在不忍心；「道逢陽虎」二句，是指當時張靚、俞希旦作監司，東坡不喜歡他們，卻不敢和他們爭議，於是拿孔子道遇陽虎，不得不敷衍他作比喻，說出自己的無奈。紀昀批語說：「何至以孔子自居，即以詩論，亦無此理。」似乎不贊成他這樣的比喻，但東坡用這個典故，是非常貼切的，因為這是他心中真正的感受。

東坡進一步說：居高位、志不伸，實在對朝廷毫無幫助，現在的他氣節蕭索，已無意功名政治。寫文章是雕蟲小技，不足取法，陳州教授與杭州通判，在以往是名位相等的，如今他們都衰老了，就讓世俗的人去評論高下吧！這幾句是勸勉的話，話中有無限的感慨。

東坡寫這首詩的時候，才三十六歲，子由三十三歲，可是國事紛紜，兩個人都被閒置在外，因此藉詩發抒感歎。由於詩中牽涉到自歎不學律法，以至被朝廷摒棄；還提到同情犯鹽法的人，因此被認為是諷諭詩。東坡在寫給子由的詩中，最為感慨也最為真實，這是因為手足情深，不虛假造作的緣故，所以這首詩可以作為這一期代表詩什。

遊徑山（熙寧五年七月）

眾峰來自天目山，勢若駿馬奔平川。中途勒破千里足，
金鞭玉蹬相迴旋。人言山住水亦住，下有萬古蛟龍淵，
道人天眼識王氣，結茅宴坐荒山巔。精誠貫山石為裂，
天女下試顏如蓮。寒窗暖足來朴朔，夜缽咒水降蜿蜒。
雪眉老人朝叩門，願為弟子長參禪。爾來廢興三百載，
奔走吳會輸金錢。飛樓湧殿壓山破，朝鐘暮鼓驚龍眠。
晴空仰見浮海蜃，落日下數投林鳶。有生共處覆載內，

擾擾膏火同烹煎。近來愈覺世路隘，每到寬處差安便。

嗟余老矣百事廢，卻尋舊學心茫然。問龍乞水歸洗眼，

欲看細字銷殘年。〔註15〕

　　東坡在熙寧四年寫了〈戲子由〉這首詩以後，這一年除夕，因犯鹽法被拘禁的人很多，獄滿為患，他在詩中說：「執筆對此泣，哀此繫中囚」，表達了深刻的同情。又在熙寧五年陸續寫了〈和劉道原見寄〉、〈和劉道原詠史〉、〈和劉道原寄張師民〉等詩，都含有諷諭的意思。七月八日，從淨土寺步行到功臣寺，寫下了這首詩。

　　徑山是天目山的東北峰，因為當中有路直通天目山，所以叫徑山。東坡一開始說：天目山是所有山峰會聚的地方，山勢就像良馬在平原奔馳一樣。中途彷彿勒住良馬奔馳，騰下金鞭、玉蹬的清景相迴旋，人們說這兒既有山又有水，水中曾有龍住在其中。根據查慎行注（以下簡稱查註）：〈徑山事狀〉「五峰周抱，中有平地，人跡不到。」可見這幾句是說明徑山的形勢，並點出它是神仙居處。

　　第二小段從徑山典故說起。他說：法欽大師有慧眼，看得出這是有靈氣的地方，於是在這兒結茅廬、行宴坐，惠崇精誠求道，石屏因此被他叱喝而破裂，天神也派遣天女，來試求佛法。這一切可以看出：法欽大師選擇徑山修行是十分明智的。

　　在這寒冷的山中，法欽大師有兩白兔，常在筵前聽佛法，而當乾旱的時候，大師也常以咒語、缽水，使龍降其間，因此，惠崇登門拜師，願意做他的弟子，參求佛法。這是就徑山一段傳奇，加以鋪敘，說明法欽大師的佛法高深。

　　接著，話題直轉急下，說到眼前的徑山寺。他說：寺廟興廢近三百年，吳與會稽兩地投入了不少金錢。高樓大殿使山中氣象萬千，晨鐘暮鼓驚擾了龍的安眠。天晴的時候，抬頭可以看見樓臺彷彿海市蜃樓；傍晚的時候，有許多鳶鳥投宿其間，這一生共處在天地間，同被世俗煎熬。這幾句表達對人事興衰的感歎，同時對自己置身世俗中，

〔註15〕參見《蘇軾詩集》，卷七，學海出版社，頁348。

有一絲無奈。

最後，東坡說出心事。他說：近來他覺得路越走越窄，所以走到寬闊的山中，就覺得很舒暢。可歎的是年華老去，一事無成，想親近舊有的典籍，心中只覺茫然，還是在徑山寺的洗眼池，求取龍井水，洗他昏花的兩眼，看著小字的古籍，來銷磨他的殘年吧！這幾句話，說得悲涼而有力，道出了中國文人不為時用的悲哀。

整首詩本是寫景，然而在最後一段說到「世路隘」、「百事廢」，又說「卻尋舊學心茫然」，言下之意，時事大不可為，新學才是主流，這就難免引起新法人士的不滿了。

這是一首藉遊山玩水之際，發抒感慨的作品。詩句中牽涉到論時事，是諷諭期中代表作。一般的人欣賞這首詩的氣勢澎湃，認為是東坡七言古詩的佳作。從他的布局、用語看來，的確是才氣縱橫，保有他第一期詩的奔放，而更見其雄渾。

湯村開運鹽河雨中督役（熙寧五年十月）

> 居官不任事，蕭散羨長卿。胡不歸去來，滯留愧淵明。
> 鹽事星火急，誰能卹農耕。薨薨曉鼓動，萬指羅溝坑。
> 天雨助官政，泫然淋衣纓。人如鴨與豬，投泥相濺驚。
> 下馬荒堤上，四顧但湖泓。線路不容足，又與牛羊爭。
> 歸田雖賤辱，豈失泥中行。寄語故山友，慎毋厭藜羹。

〔註16〕

這首詩是繼〈遊徑山〉後又一首諷諭詩。熙寧五年十月，距離東坡〈戲子由〉正好一年，東坡被派遣到湯村鎮開運鹽河，雨中督役，寫下這首詩。詩裡將人民苦況，描述得非常逼真，當然在詩裡也不忘諷諭朝廷，應體念百姓的勞苦。

詩一開始，東坡說：羨慕司馬相如蕭散，居官而不做事；滯留在外地而不回家，而自己就算面對淵明，也應覺慚愧。這是針對自己看

───────────

〔註16〕參見《蘇軾詩集》，卷八，學海出版社，頁389。

不開而發出的喟歎！如果能像司馬相如不與外事相關，現在也不必為督役開運鹽河而勞苦；如果能像淵明回歸田園，也不至於在運河道上，與牛羊爭道而行。這四句，可以代表他這時的心境。

接著，他說出是什麼原因使他有這樣的心情。只因為鹽事急如星火，誰能體卹人民農耕的事？早晨鼓聲薨薨的響，差夫一千多人，用他們的手搬鹽，偏偏遇上大雨，淋得全身濕淋淋的，人們就像豬和鴨一樣，踩在雨水中濺起爛泥。這幾句話把差夫行役的情形，描述得十分生動。王文誥案語說：「此四句與下四句分兩層，上四句役，下四句督役，皆雨中實事，其文如經，其筆如史。」解析得相當確當。

東坡自述督役的情形，他說：我跳下馬來站立在廢堤上，只看到四周像湖泊一般，路又狹窄，沒有站立的地方，只好和牛羊爭道。這種情形，是一幅寫實的畫面；同時，也不能讓人無所感，所以王文誥說：「一路敘雨中督役固妙矣，其下一轉入結，可稱絕倒。」評得適如其分。東坡心有所感，他說：歸鄉耕種雖然也是勞苦的事；但是，也不至於這樣狼狽，所以他要告訴舊友們，千萬不要厭惡家鄉耕種的日子啊！

整首詩將差夫搬鹽的苦況，透過他細膩的觀察，一一寫出。在《烏臺詩案》裡也自述這首詩是諷諭開運鹽河的不當〔註17〕，仔細研究，就可以發現通篇都是批判新法擾民，所以諷諭期詩作中，這首詩也是代表之一。

吳中田婦歎（熙寧五年十二月）

今年粳稻熟苦遲，庶見霜風來幾時。霜風來時雨如瀉，
把頭出菌鐮生衣。眼枯淚盡雨不盡，忍見黃穗臥青泥。
茅苫一月隴上宿，天晴穫稻隨車歸。汗流肩頳載入市，
價錢乞與如糠粞。賣牛納稅拆屋炊，慮淺不及明年飢。

〔註17〕參見《東坡烏臺詩案》，朋九萬撰，函海本，頁11。

官今要錢不要米，西北萬里招羌兒。龔黃滿朝人更苦，
不如卻作河伯婦。〔註18〕

這首詩和〈湯村開運鹽河雨中督役〉一樣，是親自見聞民生疾苦
而寫成的。東坡在熙寧五年十一月，出發到湖州相度隄岸，十二月於
湖州道中寫了〈鴉種麥行〉，而後十二月抵湖州，寫了這首詩，諷諭
朝廷新法不便民。

首先敘述今年的粳稻收成得晚，秋天恐怕過幾天就要來了。秋
天一來，聯帶會下起秋雨，秋雨一下，杷頭、鐮刀也會生鏽。紀昀
說：「常景寫成奇句。」的確，熟悉農事的人，這樣的生活經驗應該
不陌生。

稻子晚熟，又碰上淋雨不盡，農人只有含淚收割，哪裡捨得稻子
躺臥在雨潦中呢？他們在田裡搭起茅榶，一住就是一個月，等到天晴
收割，隨著車子載回來。這是描述農家生活的苦況，東坡駕馭文字的
能力很強，所以能用寥寥數句，將農家生活描述出來。

接著，他寫農夫載稻回來，汗流浹背的直奔市集，只乞求所賣
的米像碎米的價錢就好，這樣換得的加上賣牛的錢，正好拿去納稅；
至於炊爨，只好拆屋才有辦法了，還有什麼心思去想明年會不會捱餓
呢！這一段可說是「詩史」，農民生活的勞苦，已經到了無法維生的
地步了。

他又說：現在的官府要錢不要米，因為西北正在招收蕃官，需要
用錢啊！滿朝大臣就像是漢朝的龔遂、黃霸那麼賢能，竟然不能體恤
人民，不如投河自盡吧！這些話是針對當時政治措施而言。當時新法
中的免役、青苗法，造成錢荒的情形非常嚴重〔註19〕，加上藩籬官兵，
月計費無數〔註20〕，人民納稅的負擔相當大，而新法人士竟坐視不

〔註18〕參見《蘇軾詩集》，卷八，學海出版社，頁404。
〔註19〕參見東坡〈辯試館職策問箚子二首〉：「免役之害，掊斂民財，十室
　　　九空，錢聚於上，而下有錢荒之患。」又〈論役法差雇利害起請畫
　　　一狀〉：「行之數年，錢愈重，穀帛愈輕，田宅愈賤。」可見一斑。
〔註20〕參見《宋史‧兵志》蕃兵條：「（熙寧）五年，王韶招納沿邊蕃部，

管，所以東坡在詩裡表達了他的不滿。

　　整首詩除了敘述他看見的苦況，還用反語說推行新法的錯誤，正是他這一期詩風的特色——諷諭，因此可以做為這時期的代表。

寄劉孝叔（熙寧八年四月）

> 君王有意誅驕虜，椎破銅山鑄銅虎。聯翩三十七將軍，
> 走馬西來各開府。南山伐木作車軸，東海取鼉漫戰鼓。
> 汗流奔走誰敢後，恐乏軍興汙資斧。保甲連村團未遍，
> 方田訟牒紛如雨。爾來手實降新書，抉別根株窮脈縷。
> 詔書惻怛信深厚，吏能淺薄空勞苦。平生學問只流俗，
> 眾裏笙竽誰比數。忽令獨奏鳳將雛，倉卒欲吹哪得譜。
> 況復年年苦饑饉，剝齧草木啖泥土。今年雨雪頗應時，
> 又報蝗蟲生翅股。憂來洗盞欲強醉，寂寞虛齋臥空甀。
> 公廚十日不生煙，更望紅裙踏筵舞。故人屢寄山中信，
> 只有當歸無別語。方將雀鼠偷太倉，未肯衣冠挂神武。
> 吳興丈人真得道，平日立朝非小補。自從四方冠蓋鬧，
> 歸作二浙湖山主。高蹤已自雜漁釣，大隱何曾棄簪組。
> 去年相從殊未足，問道已許談其粗。逝將棄官往卒業，
> 俗緣未盡那得睹。公家只在雪溪上，上有白雲如白羽。
> 應憐進退苦皇皇，更把安心教初祖。〔註21〕

　　自〈吳中田婦歎〉詩後，東坡遊山玩水時，對新法總是藉機諷諭，像〈山村〉五絕、〈八月十五日看潮〉五絕，即是這類名篇，但這些只是諷諭新法的某個點，還沒有引起執政者的注意。熙寧七年九月，東坡因其弟子由在濟南，求往東州，以太常博士直史館，權知密州軍州事。十月，王安石被呂惠卿排擠，曾布也被逐，東坡寫了〈王莽〉，暗指王安石；又寫了〈董卓〉，指呂惠卿、曾布。熙寧八年四月，

　　　自洮、河、武勝軍以西，至蘭州、馬銜山、洮、泯、宕、疊等州，凡補蕃官，首領九百三十二人。首領給飧錢，蕃官給奉（俸）者四百七十二人，月計費錢四百八十餘緡，得正兵三萬，族長數千。」東坡詩中指的就是這件事。

〔註21〕參見《蘇軾詩集》，卷一三，學海出版社，頁631。

寫了這首詩，對新法有極深刻的批評。

這首詩分三大段。第一大段從「君王有意誅驕虜」到「吏能淺薄空勞苦」，第二大段從「平生學問只流俗」到「未肯衣冠挂神武」，第三大段從「吳興丈人真得道」到「更把安心教初祖」，脈絡分明，層次井然。

這首詩一開始，是追憶神宗初即位，任用王安石掌管朝政，那時神宗已經有誅滅西夏的意思。自熙寧二年起，實施農田水利法、青苗法、保甲法、保馬法，無非是想富國強兵。熙寧七年九月，蔡挺請置三十七將軍，因此東坡說：君王有意要誅滅驕橫的西夏，為了鑄造銅製的虎符，不惜椎破銅山；三十七位將軍聯翩而到各府任事。根據《續通鑑長編》記載：七年九月癸酉，置三十七將副，選曾經戰亂大使臣專掌訓練，將有正副，皆給虎符，又於陝西選兵官訓練〔註22〕，詩中所寫的正是這件事。

其次，寫積極開邊隙的情況。砍伐南山的樹木做車軸，取東海的鼉板做戰鼓，每個人都唯恐落後，會招致利斧的誅殺；這是針對熙寧七年八月，遣內侍籍民車以備邊，以及十一月，令軍器監具戰車制度而言。這些為殲滅西夏所作的準備，已引起老百姓極大的不安。

接著，針對新法的不當，一一說明。他說：保甲法聯合村民，到現在還沒有完全組織起來；方田均稅法丈量土地，制定賦稅，引起訴訟如雨一般的多。近來又頒布了「手實法」，讓人民自報土地財產，作為徵稅的依據，可說是尺椽寸土，檢括無餘。這些新法，造成老百姓的不便，東坡是歷歷在目，極感不忍的。面對這一連串的新法，東坡表達了他的看法。他說：詔書下達，可見神宗對人民疾苦有深厚的哀憐與同情，但新法紛紛頒布，種類繁多，官吏們能力不足，以至於勞苦而無功，這也就總結了新法終將失敗。

第二大段說到自己平生習得的學問，被王安石指為流俗，又怎

〔註22〕參見《續資治通鑑長編》，卷二五六，頁 253，文淵閣四庫全書。商務印書館。

能和別人相提並論呢！現在，被任命為密州太守，東坡說：他好比濫竽充數的吹奏者，竟要獨奏一曲〈鳳將雛〉，倉卒之間真不知該怎麼辦才好。這是東坡自歎才能不足，所以面對老百姓的痛苦也愛莫能助。

東坡說：自從來到密州，蝗害不斷，老百姓年年鬧飢荒，以至於挖草根和泥土充飢，今年好不容易雨水順調，又聽說蝗害仍然會來；做為一個地方的父母官，當然也無法釋懷了！一想到這兒，不禁憂心不已，只想藉酒一醉；可是，齋廚索然，只賸些空瓶空罐，又哪有美酒可喝呢？細數起來，已有十天沒有生火煮飯了，更談不上擺酒宴、賞歌舞了。這一段描寫密州的苦況，東坡在〈超然臺記〉一文裡，說得十分詳細〔註23〕。

最後，是東坡和劉孝叔一段戲謔的話。東坡說孝叔每次寄來的信，總是叫他回歸隴畝；但是，比起那些竊取太倉奉祿的雀鼠，他可是比他們好多了，為什麼要他學南朝陶弘景，脫下朝服掛在神武門上呢？言下之意，他還是有能力做一番事情的。這樣，也同時表達他對朝中大臣、新法人士的不滿！

東坡續寫他對孝叔的看法。他說：你真是個得道的人，平日立朝勇於進諫，有補於世，自從朝廷遣使擾民，你自請歸隱，成為湖山的主人。你高士般的行蹤，僅以漁釣射獵為樂，然而，隱士生活也不一定要棄官才可以啊！這是回答孝叔自己報效朝廷的一片心，同時在詩裡和孝叔開了個玩笑。

接著，東坡補充說明：去年和你相約還沒有履行，但已初聞你提到道術的概略情形，自己一定會棄官，去到那兒完成道業的學習，只怕俗緣未了，不能夠前去求道。根據王文誥案語：熙寧七年，公（東坡）將赴密，〈與李公擇書〉云：「孝叔丈向有徑山之約，今已不遂。其後雖重見於湖，而此約終不果行。」可知這裡東坡是指與劉孝叔相

〔註23〕參見《經進東坡文集事略》，卷五〇，頁829，記中說：「始至之日，歲比不登，盜賊滿野，獄頌充斥，而齋廚索然，日食雜菊。」

約學道的事。

末了，東坡說孝叔現在隱居在雪溪邊上，欣賞著如白羽一般的白雲，應該可憐他惶惶不安，進而教教他如何安心，就像是達摩教慧可一般啊！這是以他們平日談道的內容，作為自己這時候的告白，相當含蓄的表達了自己進退維谷、騎虎難下的窘境。

這首詩嚴格說起來，諷諭新法的是前一大段。在這首詩還沒創作以前，他一到密州，看到密州老百姓窮困的樣子，上了一道狀，乞量蠲密州秋稅，又上宰相韓琦書，論蝗災當蠲秋稅。他極論「手實法」的嚴苛、「方田均稅法」的禍患、京東河北榷鹽的弊端，還針對「免役法」，懇請用五等古法補救。這一切，因著三十七將官的設置，使他一併在詩裡表達了他的看法，當然也成了日後「烏臺詩案」的罪狀了。

第三節　蘇詩第二期的特色──諷諭

陳師道《後山詩話》說：「蘇詩始學劉禹錫，故多怨刺。」〔註24〕，這個說法比不上東坡自己說的：「熟讀《毛詩·國風》與《離騷》，曲折盡在是矣」〔註25〕。因為詩中有諷諭，從《詩經》、《楚辭》裡，就可以看出端倪，而東坡在詩中所用的典故，更不限於劉禹錫一人。東坡〈梅花〉二首的第二首：「何人把酒慰深幽，開自無聊落更愁。幸有清溪三百曲，不辭相送到黃州。」〔註26〕訴盡了無人理解的憂愁，這就是為什麼他要以詩諷諭，表達他心中鍾愛國家的熱情了。

在熙寧二年到元豐二年這一段時間，東坡創作七百八十八首詩，將他創作的題材大致分別一下，其中唱和詩四百一十首，寫景詩一百二十四首，贈別詩九十五首，感懷詩八十三首，詠史詩四十七

〔註24〕參見《歷代詩話·後山詩話》，藝文印書館，頁183。
〔註25〕參見《歷代詩話·彥周詩話》，原文是「季父仲山在揚州時，事東坡先生，聞其教人作詩曰：『熟讀毛詩國風與離騷，曲折盡在是矣』，僕嘗以謂此語太高，後年齒蓋長，乃知東坡先生之善誘也。」
〔註26〕參見《蘇軾詩集》，卷二〇，學海出版社，頁1027。

首，詠物詩二十首，題畫題九首，在這些詩篇中，諷諭詩的內容，不限任何類別，只要心有所感，時機恰當，就振筆疾書，一心只想以詩代言，感悟朝廷。

而在詩的形式上，多半以五古、七古的方式表現。五古寓意深遠，託詞溫厚；七古波瀾起伏，雄俊鏗鏘，兩者的字數較律、絕自由，用來抒情、寫志，最為適合。東坡在這一期的代表詩作中，正是運用古詩的自由靈活，來表現他的思想與情感。

他的〈送劉攽倅海陵〉，慨歎不為世用，讀書無益；〈送劉道原歸覲南康〉將王安石比做曹操、張湯，劉恕比做晏嬰、伯夷，表達了對王安石的不滿；〈廣陵會三同舍，各以其字為韻，仍邀同賦〉，依據交情深淺不同，感歎時局的紛亂；這些詩是因為王安石排除異己，引起了東坡的感慨，所以藉著送別、宴飲，諷諭當朝。

而〈戲子由〉說到鹽法使人民受鞭笞，可歎的是自己所學不能輔佐明君；〈遊徑山〉又流露對時局的憂心，〈湯村開運鹽河雨中督役〉將差夫的苦況，描繪得十分生動，無非是傳達新法不便民；〈吳中田婦歎〉是一篇史詩，將農婦的家無餘產，藉賣牛拆屋表達出來，勸諭當朝應體念民生疾苦。這些是東坡親眼所見，心有所感，用來勸諭新法人士的。最後，針對熙寧以來頒行的新法，在〈寄劉孝叔〉一詩中，做總括的說明，認為新法不可施行，這也是他賈禍的主要原因之一。

綜觀以上的歷程，我們可以說：東坡一開始就感覺到神宗重用王安石，而王安石又沒有雅量接納不同的看法，自己的政治前途是堪慮的；但是，他仍然有一個願望，希望能為朝廷做一番事業。隨著年齡的增長，到各地執行公務，他看到了許多人因為新法的施行，生活疾苦，基於義憤和同情，寫下了感慨，一直到熙寧七年，他肯定新法是不便民的，也因此更感到無奈，正如他自己說的：「眼看時事力難任，貪戀君恩退未能」〔註27〕，這樣的苦悶，只好借詩抒發，別無

〔註27〕參見《蘇軾詩集》，〈初到杭州寄子由〉二絕之一，卷七，頁314。

他法了。

　　經過實證的過程，使他已明白一個政策的推行，對老百姓的影響是很大的；同時，他認為自己有責任反應這些實情，給在上位的人改進，所以毫不諱言的寫入詩篇中，希望能「有補於國」。

第四節　結語──不滿新法、以詩諷論

　　繼〈寄劉孝叔〉詩後，東坡在詩裡總是離不開時事。熙寧八年他說：「白髮相望兩故人，眼看時事幾番新」〔註 28〕。接著，熙寧十年的：「三年東方旱，逃戶連欹棟。老農釋耒歎，淚入飢腸痛」〔註 29〕；元豐元年的：「顧我如苦李，全生傍路旁，紛紛不足慍，悄悄獨自傷」〔註 30〕；元豐二年的：「政拙年年祈水旱，民勞處處避嘲謳，河吞巨野那容塞，盜入蒙山不易搜」〔註 31〕，在在表現出對新法的不滿與無奈，這些詩篇一出，人人傳誦，對新法人士來說，當然是很大的隱憂。

　　元豐二年七月，何正臣、舒亶、李定、李宜之摭拾東坡詩文、表語，又將沈括到杭州時，東坡寫給他的詩，一併造冊，呈給神宗皇帝看，想要置東坡於死地。七月二十八日，朝廷派臺吏皇甫遵到湖州捉拿東坡；八月十八日赴臺獄，十二月二十九日責授黃州團練副使，本州安置，不可以簽署公事，這就是有名的「烏臺詩案」。

　　自從「烏臺詩案」以後，東坡人生觀有了重大的轉變。他絕口不談時事，轉寫田園山水，詩文形式也更趨多樣化，對於人生有不同的體會，先前的銳利、意氣，受到了挫折，轉化成一種淡泊、知足，這也是他詩風轉變的重要時刻。

〔註28〕參見《蘇軾詩集‧次韻劉貢父李公擇見寄二首之一》，卷一三，頁645。

〔註29〕參見《歷代詩話‧後山詩話》，〈除夜大雪，留濰州，元日早晴，遂行，中途雪復作〉，卷一五，頁713。

〔註30〕同註29，〈次韻黃魯直見贈古風二首〉之一，卷一六，頁836。

〔註31〕同註29，〈次韻周開祖長官見寄〉，卷一九，頁981。

　　綜觀東坡這時期的詩風，在多樣化中保有議論滔滔的特色。文同曾追憶熙寧初年交往的情形，說到：「往年記得歸在京，日日訪子來西城。雖然對坐兩寂寞，亦有大笑時相轟。顧子心力苦未老，猶弄故態如狂生。書窗畫壁恣掀倒，脫帽襪帶隨縱橫。誼呶歌詩呲文字，蕩突不管鄰人驚」〔註32〕，可以看出他在熙寧年間狂放的一面。這十年之間所寫的詩，雖然不只諷諭一方面，但卻是影響他一生最重大的轉變，所以本文把諷諭時代表作列舉出來，作為這一期詩風的代表，應該是合理的。

〔註32〕參見《丹淵集》，卷一七，四部叢刊本。

第四章　蘇詩沈潛期作品探究

第一節　蘇詩沈潛期的範圍

　　宋神宗元豐二年（西元一〇七九年）七月二十八日，朝廷派皇甫遵到湖州捉拿東坡，八月十八日東坡赴臺獄，接受一連串詩篇的勘察，到十月，勘狀呈給神宗皇帝；十月十五日，太皇太后聽說東坡因為作詩入獄，對神宗說：「我已經病危，不要冤枉好人，濫殺無辜，有傷中和之氣。」〔註1〕神宗涕泣受命。二十日，太皇太后崩。十一月三十日，差陳睦錄問東坡罪狀。十二月二十九日，東坡責受黃州團練副使，本州安置，不得簽書公事。被貶謫到黃州的日子，直到元豐八年三月，東坡的詩風有了極大的改變。

　　元豐三年二月一日，東坡到黃州貶所，在〈黃州謝表〉裡表達了他的想法〔註2〕，可說明「烏臺詩案」對他帶來的震撼。此後，過著尋溪傍谷、釣魚採藥、灰心杜口、放浪山水的日子。東坡在詩裡說：「自笑平生為口忙，老來事業轉荒唐。長江繞郭知魚美，好竹連山覺筍香。逐客不妨員外置，詩人例作水曹郎。只慚無補絲毫事，尚費官

〔註1〕原文為「慈聖違豫中，聞之諭曰：『吾疾勢已篤，不可冤濫，致傷中和。』」參見《蘇文忠公詩編注集成總案》，卷一九，巴蜀書社。
〔註2〕原文為「惟當蔬食沒齒，杜門思愆。深悟積年之非，永惟多士之戒。」參見《經進東坡文集事略》，卷二五，世界書局。

家壓酒囊。」〔註3〕這是他自嘲的一番話，但也可以得知他對生活上的轉變，已有心理準備了。

　　元豐三年九月，東坡有〈與王元直書〉，提到他在黃州的生活。他說：「黃州真在井底，杳不聞鄉國信息，此中凡百粗遣，江邊弄水挑菜，便過一日。」這時候的他，已儼然是一個田夫，親自耕種，不以為苦。同年十二月〈與滕達道書〉又說：「某廢閑無所用心，專治經書。」〔註4〕從這兒可以知道：東坡並不是頹廢度日，而是將心思花在做學問、勤耕種上，而後築「東坡」，撰成《易傳》、《論語說》，都是黃州貶謫的體悟。

　　元豐五年正月，東坡寫了一封信給惟簡，說：「近來頗常齋居養氣，日覺神凝物輕，他日天恩放停，幅巾杖履，尚可放浪於岷峨間也。」二月，築「東坡雪堂」，他在寫給李常的信中也說：「某見在東坡，作陂種稻，勞苦之中，亦自有樂事。有屋五間，果菜十數畦，桑百餘本，身耕妻蠶，聊以卒歲也。」〔註5〕這是他謫黃第三年的情形，和在杭、密、徐、湖時期，顯然是不同的。

　　因此，這一期的詩作和前一期「諷諭詩」，在詩風上也有極大的改變。詩的內容雖仍以唱和為主，但題材再也不是時事、詠史，而是詠物抒懷，寄托微悄。在這五年間，他寫了一百四十一首唱和詩、四十五首寫景詩、九十六首感懷詩、三十九首詠物詩、十五首題畫詩以及三首哲理詩，合計三百四十三首〔註6〕，以五、七言古詩為主。同時，這時期的詞，如：〈西江月〉（世事一場大夢）、〈定風波〉（莫聽穿林打葉聲）、〈臨江仙〉（夜飲東坡醒復醉），也透露出他人生觀豁達的一面。

　　他的詞作〈卜算子〉（缺月掛疏桐）在灑脫的筆調下，有很淒美

<hr>

〔註3〕參見《蘇軾詩集》，卷二〇，〈初到黃州〉，學海出版社，頁1032。
〔註4〕參見《蘇文忠公詩編注集成總案》，分見卷二〇，頁9、11。
〔註5〕同註4。分見卷二一，頁9、11。
〔註6〕自元豐二年元月至元豐八年六月，共計三百四十三首。

的意味。黃庭堅說：「缺月掛疏桐……東坡道人在黃州時作。語意高妙，似非喫煙火食人語，非胸中有萬卷書，筆下無一點塵俗氣，孰能至此？」〔註7〕東坡以詩入詞，這是人人都知道的一大特色，而黃氏的評語，也正說出了他這一時期詩什的特點。經過一場生死交戰的詩獄，他已領悟了怎樣藉物興感，不留痕跡，所以「安分以養福、寬胃以養氣、省費以養財」，成了這時候的座右銘〔註8〕。

　　東坡在〈黃州安國寺記〉一文中，也表達了黃州五年的心聲。他說：「至黃，館舍粗定，衣食稍給，收召魂魄，退伏思念，求所以自新之方……得城南精舍曰安國寺，有茂林脩竹，陂池亭榭，間三日輒往，焚香默坐，深自省察，則物我兩忘，身心皆空，求罪垢所從生而不可得。一念清淨，染污自落，表裡脩然，無所附麗，私竊樂之。旦往而暮還者，五年於此矣。」〔註9〕這樣誠心向佛，心境自然是沈穩內斂的。

　　本文探討這期創作的代表詩什，試圖從他對生命不同看法裡，得出詩歌創作的軌跡。

第二節　沈潛期代表詩作論析

　　大陸史良昭曾說東坡在黃州，「親手開墾黃州東門外的東坡，不僅為了餬口，也為了食力無愧，得到精神上的寄託，從此『東坡居士』、『蘇東坡』的名號千古垂輝。」〔註10〕黃州詩詞，歷來被世人認為是東坡創作的精華，名篇如〈東坡〉、〈題西林壁〉、《念奴嬌·赤壁懷古》、〈前赤壁賦〉、〈後赤壁賦〉，家喻戶曉，膾炙人口，也成為中華文化的一部分。

〔註7〕參見《豫章黃先生文集》卷二六。
〔註8〕參見本集〈節飲食說〉。原文為：「東坡居士，自今以往，早晚飲食，不過一爵一肉，有尊客盛饌則三之，有召我者不從，而過是，吾及是乃止。一曰安分以養福，二曰寬胃以養氣，三曰省費以養財。」
〔註9〕參見《經進東坡文集事略》，卷五四，頁872。
〔註10〕參見《浪跡東坡路》，〈初到黃州〉，頁96。

　　東坡黃州詩中,〈寓居定惠院之東,雜花滿山,有海棠一株,土人不知貴也〉、〈紅梅〉三首、〈海棠〉、〈寄周安孺茶〉是藉物興感,物我雙寫的詠物詩。〈東坡〉八首、〈東坡〉、〈春日〉是生活閒適的寫照,〈題西林壁〉是哲理詩。從以上代表詩中,可以得知這一期詩的梗概。

　　以下依創作的先後順序,一一探析。

寓居定惠院之東,雜花滿山,有海棠一株,土人不知貴也(元豐三年二月)

江城地瘴繁草木,只有名花苦幽獨。嫣然一笑竹籬間,
桃李漫山總麤俗。也知造物有深意,故遣佳人在空谷。
自然富貴出天姿,不待金盤薦華屋。朱唇得酒暈生臉,
翠袖卷紗紅映肉。林深霧暗曉光遲,日暖風輕春睡足。
雨中有淚亦悽愴,月下無人更清淑。先生食飽無一事,
散步逍遙自捫腹。不問人家與僧舍,拄杖敲門看修竹。
忽逢絕豔照衰朽,歎息無言揩病目。陋邦何處得此花,
無乃好事移西蜀。寸根千里不易致,銜子飛來定鴻鵠。
天涯流落俱可念,為飲一樽歌此曲。明朝酒醒還獨來,
雪落紛紛那忍觸。〔註11〕

　　這首詩是東坡初到黃州,寓居在定惠院所寫的。定惠院東邊,滿山雜花,有一株海棠在竹籬中開放,卻沒有人欣賞,東坡心有所感。自從作官以來,到現在已經十年,實在沒料到會被貶謫到這裏來;看到海棠就好像自己一樣,不被人欣賞,於是他藉著它說出自己的感歎。

　　全詩分六段,採四、四、六、六、四的布局。先說海棠所在地,再說海棠有高格,然後寫海棠的形色和神態,轉而敘述與海棠相遇的感覺,引發出對它的憐惜,並寫詩記下這件事。在這首詩中,東坡以

〔註11〕同註3,〈寓居定惠院之東,雜花滿山,有海棠一株,土人不知貴也〉,
　　　　卷二〇,頁1036。

海棠的高格寄寓一己的身世，寫來含蓄而有味。

　　詩一開始說黃州地處偏僻的江邊，適合生長草木，眼前唯獨這朵海棠幽居獨處，心中愁苦；但是，看到他前來，它在竹籬間展露笑容，那些桃李和它相比，就顯得粗俗多了。這固然是東坡的移情作用，認為海棠彷彿能懂自己的處境，但同時也是東坡心情的寫照。那些構織他罪狀的人，像桃李在春風中一般，洋洋得意，在東坡看來是膚淺而可笑的。流落到黃州，他的心情非粗坦蕩，因為他是有才情、有膽識的，就像一朵名花，只不過還沒有得到重用罷了！

　　接著，他說海棠生長在竹籬間，是造物者的意思，就像是美人幽居在空谷中，等待著他的欣賞。她是那麼高貴，有著天生美好的姿態，卻不等別人把她進獻給朝廷賞玩。換句話說，有才能的人，是不必獻媚邀寵，自貶身價的。無論身處何地，只要品行高潔，誰會不羨慕、不欣賞呢？

　　東坡賞著海棠，覺得海棠就像一個美女，喝了酒以後，脣紅臉嫩，嬌態十足，雪白的手臂卷起輕紗，露出美好的顏色；又像是叢林深處，霧色迷濛，透露著一絲晨光，美人經過一夜好睡，醒來時輕風吹拂著，朝陽照耀著，是那麼嬌弱動人。這樣一朵名花，如果是下雨時節，更能惹人垂憐，而在月下無人欣賞時，更顯得凄清美好。這幾句以花比作美婦人，可說是形神雙寫。花的嬌美，正映襯出詩人的優閒自在，也正是東坡的自況。

　　詩意一轉，東坡說在吃飽飯的午後，清閒自在的摸著肚皮，散步在寺院中，不管是人家或僧舍，只要有好的景色，他總是請求別人讓他欣賞一番，日子過得自在又逍遙。這幾句是實寫，總案說東坡「寓定惠院閉門卻掃，隨僧蔬食，暇則往村寺沐浴及尋溪傍谷，釣魚採藥以自娛，或扁舟草屨，放櫂江上，自喜漸不為人識」〔註12〕，可知他這時過的是真正屬於自己的日子。

〔註12〕參見《蘇文忠公詩編注集成》，卷二〇，巴蜀書社，頁3。

　　隨後他說意外的在這裡看見海棠，照著自己衰朽的容顏，不禁歎息的流下眼淚。在這偏僻的地方，怎麼會出現這朵名花，難道是好事的人從四川移植過來的？四川盛產海棠，所以東坡想像眼前的這株海棠花，一定是有人移植前來，就像他也是遷來這兒一樣。

　　最後，東坡認為：千里移植來的海棠是很珍貴的，一定是鴻鵠才會將它銜來這裡。他和它都是天涯淪落人，且讓他喝一樽酒，寫下這首海棠曲，等明兒酒醒以後他獨自再來，也許雪紛紛降下，又那裡忍心看它被埋沒呢？這裡有東坡寄寓身世的感慨。他被貶謫到黃州，隻影孤單，前程又充滿不可知的變數，會不會從此以後，再無表現的機會呢？想到這兒，不禁淚潸潸下，無法自已！

　　東坡〈記游定惠院〉說：「黃州定惠院東小山上有海棠一株，特繁茂，每歲盛開，必攜客置酒。」〔註13〕又《詩人玉屑》說「東坡作此詩，詞格超逸，不復蹈襲前人。……平生喜為人寫，蓋人間刊石者，自有五六本云，軾平生得意詩也。」〔註14〕可見他很愛賞這一株海棠，也認為這首詩是他得意的作品。

　　仔細賞析這首海棠詩，可以發現它充滿想像力，把一朵不起眼的花，寫得「風姿高秀，興象深微」〔註15〕。東坡以七言古詩的長篇形式來寫海棠，寫得這麼生動，這在宋人來說，是難得一見的。最主要的是，純粹詠物，缺乏深刻的意味，而東坡這首詩裡的海棠花物我雙寫，使我們體會到一個大詩人在失意時的心境，這一點是十分可貴的，所以它足以成為黃州詩的代表作。

東坡八首（元豐四年二月）

其一

　　廢壘無人顧，頹垣滿蓬蒿。誰能捐筋力，歲晚不償勞。

〔註13〕參見《東坡題跋》，卷六。

〔註14〕參見《詩人玉屑》，卷一七。

〔註15〕參見紀昀批語，卷二〇，原文為：「純以海棠自寓，風姿高秀，興象深微；後半尤煙波跌宕，此種真非坡不能，東坡非一時興到亦不能。」

獨有孤旅人，天窮無所逃。端來拾瓦礫，歲旱土不膏。
崎嶇草棘中，欲刮一寸毛。喟然釋未歎，我廩何時高？

〔註16〕

　　這一組詩共有八首，全是以五言古詩的形式寫成，每一首詩又依起承轉合的布局構成，布局相當簡明。這八首詩是東坡在元豐四年墾闢「東坡」的紀實，應該聯貫起來讀，才能瞭解他開墾東坡的細節。

　　第一首詩寫開荒的情形。他說：東坡這塊地，本是黃州城東軍隊駐防的營地。棄置多年，好像是廢棄的土堆，沒有人理睬，殘垣斷壁，長滿了蓬蒿。有誰願意來這裡浪費精神耕種呢？因為開墾所得，恐怕是和花出去的精力不能相比的。這四句說明：東坡原本是一塊不毛之地，沒有人願意來這兒開墾。

　　然而詩人為什麼來這裡開墾呢？他說像他這樣一個被貶謫的人，是上天的意思，讓他無從選擇，必須來這裡開墾。先是收拾碎瓦殘磚，然後才發現泥土因為乾旱，早已板結了。面對著這種情形，可以知道要等待收成，是一件相當困難的事。

　　接著是消滅雜草。他說：雖然草長得不太長，但是要在高低不平的地上揮鋤，也是不輕鬆的事。放下鋤頭不禁感歎：要到什麼時候，才能夠有收成啊！這是面對荒地開墾的感覺，雖然他沒有說內心的焦慮，然而在詩意中，已經告訴我們：這一次的墾荒是困難重重的。

　　其二

荒田雖浪莽，高庳各有適。下隰種粳稌，東原蒔棗栗。
江南有蜀士，桑果已許乞。好竹不難栽，但恐鞭橫逸。
仍須卜佳處，規以安我室。家僮燒枯草，走報暗井出。
一飽未敢期，瓢飲已可必。

　　第二首詩是規劃的大概內容。他說：荒廢的田地雖然毫無規則，但是大抵還有個高低的分別，可以在低下的平地蓄水種稻、麥，在東

邊的高地上種果樹。這是東坡心中種植的藍圖。

至於這些種子從哪裡來呢？他說：武昌的王文甫已答應要送果樹的苗了，應當不成問題。只是如果要好好栽種竹子，就怕竹鞭會向西南的方向蔓延。這是事先可以預測到的難處。

看來竹林若栽成，可得好好的找一個好地方住下來。於是，他又想到可以在這裡規劃居住的地點啦！就在這時候，僮僕燒著枯草，告訴他發現了一口井。這樣一來，灌溉就不成問題了。

由規劃的內容看來，東坡正醉心於構織他心中的桃花源。先前那種雄心壯志，想要報效朝廷的熱情，如今已轉化成「只謀衣食」了，這一切，正是他詩風轉變的主要因素。

其三

> 自昔有微泉，來從遠嶺背。穿城過聚落，流惡壯蓬艾。
> 去為柯氏陂，十畝魚蝦會。歲旱泉亦竭，枯萍黏破塊。
> 昨夜南山雲，雨到一犁外。泫然尋故瀆，知我理荒薈。
> 泥芹有宿根，一寸嗟獨在。雪芽何時動，春鳩行可膾。

第三首寫灌溉的情形。他說：以前的東坡本來有一道細泉，遠從城外流入黃州城，埋沒在蓬蒿裡面，直到柯山下，匯聚成一座十畝大的池塘，蓄養著魚蝦。前陣子正碰上旱災，泉水乾涸了，連塘底都乾涸得裂出了紋路。這八句說明還沒開墾前，池塘荒廢的景象。

可是，當東坡開始開墾時，正好下了一夜雨，可以耕種。水流回到舊溝渠，大概是老天爺知道他要墾荒吧！這是東坡就天時湊巧所引起的聯想，也因此，開墾變成一件溫馨的事，不再只是勞苦。

他說：面對著舊有的芹菜根，不知什麼時候，芹芽可以長成，好和鳩肉一起煮。在栽種的當時，他充滿希望，彷彿已經看成收成了。整首詩是詩人把情感投注在農事上的心情，詩中洋溢著熱切的盼望。

其四

> 種稻清明前，樂事我能數。毛空暗春澤，針水聞好語。

分秧及初夏，漸喜風葉舉。月明看露上，一一珠垂縷。
秋來霜穗重，顛倒相撐拄。但聞畦隴間，蚱蜢如風雨。
新春便入甑，玉粒照筐筥。我久食官倉，紅腐等泥土。
行當知此味，口腹吾已許。

第四首寫種稻的全部過程。清明節前，把稻苗栽種在田裡，他想像稻子收成的歡愉。當細雨綿綿，使春天的水澤滿溢，稻子也正抽芽，等到夏天一到，就可以插秧了，這時稻苗有風的吹拂，漸漸成長。倘若得到露珠的滋潤，稻苗將長得更好，月明的時候，可以看見露珠垂在秧上。這八句詳細寫出稻子生長的情形。

接著秋天到了，開始降霜。稻穗長成，沈甸甸的，彼此相連，互相撐著；雖然稻田間，有許多蚱蜢，但不必擔心，牠們對稻子沒什麼害處。等到收割、舂穀，稻米如珠玉般照著筐筥，才算告一段落。這六句是續寫稻子收成的情形。

整個種稻的過程是這麼辛苦，東坡不禁回想到：自己因有俸祿，往往把米飯看做不足惜，現在總算知道耕種的辛勞，即將享用自己辛勞的成果了！整首詩有東坡對耕種的常識，同時也說明了盤中飱「粒粒皆辛苦」的道理。

其五

良農惜地力，幸此十年荒。桑柘未及成，一麥庶可望。
投種未逾月，覆塊已蒼蒼。農父告我言，勿使苗葉昌。
君欲富餅餌，要須縱牛羊。再拜謝苦言，得飽不敢忘。

第五首寫種麥的過程。他說：好農夫不會因為乾旱就停止耕種，希望這只是十年的荒旱。桑樹還來不及栽種成，但希望可以有一次麥子的收成。這裡有他的希望，但願努力能有所穫，這樣也不枉他辛勤的開墾與耕作。接著，他說：把麥苗種下還不到一個月，已經看見綠色苗覆蓋在田中。農夫告訴他，不要讓麥種長得太密，應當讓牛羊在田中踐踏一下，這樣才能豐收。這種實際的經驗，對東坡來講是有利的，藉著耕作，他更瞭解一般農夫的生活方式了！

　　東坡說：感謝老農夫的指導，假如今年麥子有好收成，一定不會忘記他們教導的恩情。從這兒，我們也知道東坡是個感恩惜福的人，雖然是一件小事，也可看出他樂易的性情。

其六

> 種棗期可剝，種松期可斲。事在十年外，吾計亦已慤。
> 十年何足道，千載如風雹。舊聞李衡奴，此策疑可學。
> 我有同舍郎，官居在灃岳。遺我三寸甘，照座光卓犖。
> 百栽儻可致，當及春冰渥。想見竹籬間，青黃垂屋角。

　　第六首寫種植高坡果樹及松樹的情形。他說：人們種棗樹，都希望它們長成，可以剝來吃；種松樹也期待可以長成，砍下來利用，雖然是十年以後的事，但是他已經有盤算了。這裡顯示出他做任何的事，總抱著樂觀的態度。

　　在他看來，十年算不了什麼，千年就像是風雹一般快速。因為他聽說三國時代的李衡，也曾種千株橘子，遺留給子孫，把那些橘子叫做「木奴」，這是一個不錯的主意，何況好友李常送來柑橘，品種相當不錯，照耀得滿座生輝。如果種個百來棵，等明年春天應該長成了。這是他因為看見柑橘所生的聯想，也是他這一次開墾的計劃之一。

　　東坡一邊策劃，一邊也浮現了柑橘收成的情形。他說他可以想見竹籬中，青黃相間的柑橘正在屋角垂掛著呢！這又是一個美好的希望，支撐著他從事田裡辛勞的工作。

其七

> 潘子久不調，沽酒江南村。郭生本將種，賣藥西市廛。
> 古生亦好事，恐是押牙孫。家有一畝竹，無時容叩門。
> 我窮交舊絕，三子獨見存。從我於東坡，勞餉同一飧。
> 可憐杜拾遺，事與朱阮論。吾師卜子夏，四海皆弟昆。

　　第七首寫和好友在黃州的交遊情形。他說：和我交遊的，有舉進士卻遲遲未成鄉頁的潘丙，在江南釀製美酒前來相會；有西市賣藥的

郭遘，是一個將門後代；還有黃州進士古耕道，富有俠義精神，他家種有一畝竹子，無論什麼時候都歡迎客人到來。這三個人都住在黃州，在東坡還沒到黃州以前，郭遘就預先知道；到了黃州，先認識潘丙，然後是郭遘、古耕道，因為陳季常來訪，他們三個人送東坡到女王城[註17]，可說是好朋友。

接著他說：我因困窮所以舊友棄絕，唯獨這三個人與他來往。他們追隨他在東坡耕作，和他一起勞動，一起用餐。這是有感於「患難見真情」，實寫三個人的真情可貴。

東坡下個結論說：可憐當年杜甫，每事都和朱老、阮生談論，而他就像杜甫一樣，與他們往來交談，他也願效法卜夏，把四海之內的朋友都當成是兄弟。在異地得到知己，東坡的心中是深受感動的，勞動之餘，他寫下了感恩的話語。

其八

> 馬生本窮士，從我二十年。日夜望我貴，求分買山錢。
> 我今反累君，借耕輜茲田。刮毛龜背上，何時得成氈。
> 可憐馬生癡，至今夸我賢。眾笑終不悔，施一當獲千。

第八首專寫馬夢得。他說：馬夢得本來是個窮讀書人，追隨他已二十年。每天都希望他富貴，要求他分他購買山林隱居的資金。本集〈書馬夢得窮〉說：「馬夢得與僕同歲月生，是歲生者無富貴人，而僕與夢得為窮之冠，即吾二人而觀之，當推夢得為首。」[註18]可見馬夢得與東坡同齡，是一個窮讀書人，但一直相信東坡有富貴的一天。

接著，東坡說：他現在反而連累了他，借耕這塊被擱置的田地。眼看他在龜背上刮氈毛，不知道什麼時候才能聚成一張氈。這是和

〔註17〕參見《蘇文忠公詩編注集成》，卷二一，頁1，原文為：「神降郭遘家，與潘丙往觀，記何麗卿，（元豐四年正月）二十日往歧亭，潘丙、古耕道、郭遘送至女王城東禪莊院。」
〔註18〕參見《東坡志林》，卷一，木鐸出版社，頁21。

馬夢得開玩笑的一句話，意思是恐怕他的希望沒有實現的一天。東坡用諺語入詩，充滿自嘲的意味，富有機趣。

東坡說：可憐夢得癡情，到現在還稱讚他賢能，不管別人怎麼笑他，夢得都不後悔，夢得施捨得少；但是，應當可以獲得很多吧！東坡在困苦之中，對於朋友的肯定，覺得很溫馨，所以言語中透露幾許愛憐。

這一組詩的前面，有東坡自己敘述的一段話。他說：「余至黃州二年，日已困匱。故人馬正卿哀余乏食，為於郡中請故營地數十畝，使得躬耕其中。地既久荒，為荊棘瓦礫之場，而歲又大旱，墾闢之勞，筋力殆盡，釋耒而歎，乃作是詩，自愍其勤，庶幾來歲之入，以忘其勞焉。」充分說明了他寫詩的動機，是因為生活困乏，又遇旱災，只能自食其力，以求溫飽。

八首詩雖然立意各不相同，但是對於耕種的前因後果，敘述得非常詳細，也記錄了他親自躬耕的經過，確是這一期詩偏向田園的明證，所以我們認為黃州詩中，反應了他被貶謫的生活情況，這組詩就是代表的作品。

紅梅三首（元豐五年二月）

其一

> 怕愁貪睡獨開遲，自恐冰容不入時。故作小紅桃杏色，
> 尚餘孤瘦雪霜姿。寒心未肯隨春態，酒暈無端上玉肌。
> 詩老不知梅格在，更看綠葉與青枝。〔註19〕

這組詩作於元豐五年二月，共有三首，每一首都是七言律詩，採起承轉合的方式寫作。寫這首詩以前，東坡有詩云：「人似秋鴻來有信，事如春夢了無痕。」〔註20〕對於人事變遷，頗有感歎。在詠紅梅的當時，也將自己高潔、幽獨的品格，寄託在詩中。

〔註19〕參見《蘇軾詩集》，卷二一，頁1107。
〔註20〕同註19，頁1105。

　　第一首詩說：它怕惹閒愁，稟性又疏懶，所以遲遲不肯開花，為的是自己冰清玉潔，也許是不合時宜的，所以透出一點淡紅的桃杏顏色，仍然還餘留一絲孤高瘦硬的姿質。這是將紅梅擬人化，說它像一個美人，不肯隨俗，和別人一樣爭寵，寧願保有它孤潔的特質；換句話說：東坡自認是不合時宜的，因為追求權勢的人，就像是爭寵般無謂，對他而言，未免太沒格調，他寧願保有孤傲的特質，也不肯嘩眾取寵啊！

　　接著他說：紅梅心坎裡充滿寒意，當然是不願意追隨凡花媚春作態，它的一點酡紅，是酒後泛紅在晶瑩的肌膚上，這也是自東坡的寫照。自從寫詩進諫卻因此惹禍，被貶謫黃州，東坡的熱情被澆上一盆冷水，他知道自己報效國家的心意不減；但是，那些小人獻媚邀寵，是不容許他這樣正直的人的，所以以花自喻，來表明自己心志。

　　面對紅梅，他有一種聯想，石曼卿也寫過紅梅，詩裡說：「認桃無綠葉，辨杏有青枝」；但是，東坡認為那是很膚淺的看法。在他看來，梅花的可貴在於品格高尚，寫梅花如果能形神雙寫，更是上乘，所以他提出自己的文學理論，說石曼卿竟然不知寫梅的高格，只以綠葉、青枝辨別桃杏，這是俗士的寫法。

　　整首詩先示範寫紅梅的技巧，然後以石曼卿的看法反論，這麼一來，這首詠物詩不再是單純的寫物，同時是教人作詩的方法。東坡借物表白自己的志節，又技巧的傳達了他的創作理念，可說是詠物的高手。

其二

　　雪裡開花卻是遲，何如獨占上春時。也知造物含深意，
　　故與施朱發妙姿。細雨裛殘千顆淚，輕寒瘦損一分肌。
　　不應便雜妖桃杏，數點微酸已著枝。

　　這首詩寫三月紅梅在雪裡開花，彷彿是太遲了，卻為何能占斷春天使桃杏暗淡無光？他知道那是造物者刻意的安排，所以為它染上美好的紅色，使它具有美好的姿態。這裡有作者豐富的想像力，將一切

歸於天意。

接著說到細雨下的紅梅，好像美麗的容顏濡染了許多淚珠，在微寒中有一分憔悴的樣子。在這麼美的意象下，不應有桃杏夾雜在當中，因為他已看見幾顆梅子掛在樹上，這正是梅子初出季節啊！

這首詩雖然沒有前一首紅梅來得有名，但是詩裡有東坡獨特的想像，將紅梅生長在這兒看成是造物者的安排，也有值得玩味的地方。人世間的道理沒有一成不變的，一個人的得意、失意，有時也是上天巧妙的安排，所以透過這首詩，我們彷彿聽到東坡低聲的感歎——他與紅梅，同是具有不凡的姿質，卻不幸夾雜在凡人之中，也只有含著淚，孤傲的幽居一生了！

其三

　　幽人自恨探春遲，不見檀心未吐時。丹鼎奪胎哪是寶，
　　玉人頳頰更多姿。抱叢暗蕊初含子，落盞穠香已透肌。
　　乞與徐熙畫新樣，竹間璀璨出斜枝。

這首詩再次把紅梅比做美人。東坡說：只怪自己來得太遲，看不見紅梅的花蕊還沒有綻放的樣子。鼎中丹砂就算比她豔紅，也比不上她的華麗。她就像美人，紅著臉頰，姿態曼妙，風情萬種，真正的稱得上人間瑰寶。這一段是說明賞梅太遲，來不及看梅花含苞待放的樣子。

然後說：現在看見紅梅已經在花叢中剛結了梅子，花瓣落盡，香氣也一陣陣透過來。彷彿祈求徐熙畫新妝，在竹林中一枝斜枝明顯的呈現眼前。這一段突發奇想，認為紅梅斜枝，是為了祈求大畫家的青睞，為它題寫入畫，這樣一來，對於梅花的神氣，不言可喻。由於徐熙是宋初畫家，畫梅與眾人不同，沈存中說：國初江南布衣徐熙，長於畫花竹，以墨筆畫之，殊草草。略施丹粉，神氣迴出，別有生動之意〔註21〕。這麼一來，我們就知道為什麼東坡要說梅花希望得到徐熙的垂青，而不說得到別人的愛賞了。

〔註21〕參見《蘇軾詩集》，卷二一，頁1108。

　　以上三首紅梅的寫法，各有不同的特色：第一首是說明詠物的高格，並示範寫法，將紅梅的形神，以美人為喻，表達得恰如其分；第二首是託言造物的深意，賦予紅梅美好的姿質，藉以表達一己的孤高；第三首仍以美人為喻，說紅梅的斜枝是有意祈求大畫家的青睞，這是表明自己的高潔，只求有識之士的青睞。

寄周安孺茶（元豐六年四月）

大哉天宇內，植物知幾族。靈品獨標奇，迥超凡草木。
名從姬旦始，漸播桐君錄。賦詠誰最先，厥傳惟杜育。
唐人未知好，論著始於陸。常李亦清流，當年慕高躅。
遂使天下士，嗜此偶於俗。豈但中土珍，兼之異邦鬻。
鹿門有佳士，博覽無不矚。邂逅天隨翁，篇章互賡續。
開園頤山下，屏跡松江曲。有興即揮毫，粲然存簡牘。
伊予素寡愛，嗜好本不篤。粵自少年時，低佪客京轂。
雖非曳裾者，庇陰或華屋。頗見綺紈中，齒牙厭粱肉。
小龍得屢試，糞土視珠玉。團鳳與葵花，碔砆雜魚目。
貴人自矜惜，捧玩且緘櫝。未數日注卑，定知雙井辱。
於茲事研討，至味識五六。自爾入江湖，尋僧訪幽獨。
高人固多暇，探究亦頗熟。聞道早春時，攜籯赴初旭。
驚雷未破蕾，采采不盈掬。旋洗玉泉蒸，芳馨豈停宿。
須臾布輕縷，火候謹盈縮。不憚頃間勞，經時廢藏蓄。
髹筒淨無染，箬籠勻且複。苦畏梅潤侵，暖須人氣燠。
有如剛耿性，不受纖芥觸。又若廉夫心，難將微穢瀆。
晴天敞虛府，石碾破輕綠。永日遇閒賓，乳泉發新馥。
香濃奪蘭露，色嫩欺秋菊。閩俗競傳誇，豐腴面如粥。
自云葉家白，頗勝中山釀。好是一杯深，午窗春睡足。
清風擊兩腋，去欲凌鴻鵠。嗟我樂何深，水經亦屢讀。
陸子咤中冷，次乃康王谷。蟆培頃曾嘗，瓶罌走僮僕。
如今老且懶，細事百不欲。美惡兩俱忘，誰能強追逐。
薑鹽拌白土，稍稍從吾蜀。尚欲外形骸，安能徇口腹？
由來薄滋味，日飯止脫粟。外慕既已矣，胡為此羈束。

昨日散幽步，偶上天峰麓。山圍正春風，蒙茸萬旂簇。
呼兒為招客，采製聊亦復。地僻誰我從，包藏置廚簏。
何嘗較優劣，但喜破睡速。況此夏日長，人間正炎毒。
幽人無一事，午飯飽蔬菽。困臥北窗風，風微動窗竹。
乳甌十分滿，人世真局促。意爽飄欲仙，頭輕快如沐。
昔人固多癖，我癖良可贖。為問劉伯倫，胡然枕糟麴。
〔註22〕

　　這首詩是東坡集中的第一長篇。紀昀評曰：「一氣滔滔，不冗不雜，亦是難事。」元豐五年七月十五日，東坡寫下〈前赤壁賦〉，十月十五日再遊赤壁，寫下〈後赤壁賦〉，正是文思最為充沛的時候。

　　這首詩長達一百二十句，共六百字，押入聲屋、沃、燭韻，一氣呵成。全詩採四句一小段，層次分明。從茶的獨特、命名、流傳寫起，說到他識茶、品茶、製茶，轉為寫茶的形色和代表的意義，然後寫煮茶、採菜，以至於喝茶的種種好處，如果不是才情豐富、筆力萬鈞，很難寫得好；但是，東坡這首詩，敘事簡要，鉅細靡遺，確實是五言古詩中的優秀作品。

　　這首詩分九段，第一段從「大哉天宇內」到「漸播桐君錄」；第二段從「賦詠誰最先」到「兼之異邦鬻」；第三段從「鹿門有佳士」到「粲然存簡牘」；第四段從「伊予素寡愛」到「至味識五六」；第五段從「自爾入江湖」到「難將微褻瀆」；第六段從「晴天敞虛府」到「去欲凌鴻鵠」；第七段從「嗟我樂何深」到「胡為此羈束」；第八段從「昨日散幽步」到「頭輕快如沐」；第九段「昔人固多癖」到「胡為枕糟麴」，布局嚴謹，條理井然。

　　這首詩第一段，介紹茶的歷史和特質。他說：廣大天地間，植物的種類很多，茶是植物裡面奇特的一種，和一般的草木不同。茶的名字最早見於《爾雅》，所以說是從周公開始有『茶』這個名稱，而後《桐君藥錄》說：巴東有茗茶，煎過後喝下去，讓人睡不著覺。這是

說明人類生活中，開始與茶發生密切的關係。

接著說：是誰先吟詠茶的呢？相傳是晉人杜育。唐朝人不知道茶的好處，到了陸羽著有《茶經》三卷，才開始了對茶的研究。當時，有常伯熊根據陸羽的觀點，推廣茶的功效；御史大夫李季卿到江南，知道常伯熊會煮茶，還召見他，和他舉杯對飲，這些人都有清雅的聲望，於是當時的人，都羨慕他們高尚的行為，也因此使得天下的人都喜歡隨俗飲茶。不只是中原一帶這樣，甚至還流傳到異邦呢！這一段贊美前朝賢人，能發揚茶的價值，蔚為一種風氣，使茶的品種遠近知名。

第三段說茶和文人雅士的關係密切。他說：唐朝的皮日休，隱居在鹿門山，他博讀經書，是個高士，自從遇到陸龜蒙，就和他詩文往來。陸氏喜歡喝茶，每年會選取租茶，品評高下，他在頤山下開闢園子，在松江邊隱居，興致一來，吟詠勝景，留下了許多著作。他以皮、陸二氏的高雅，來點明茶的地位，使我們有一種感覺——茶是君子的良伴。

下一段轉說自己與茶的淵源。他說他本來是不愛喝茶的，自從少年時代，在京師作客，雖然沒有晉謁權貴，或是居處在豪華的屋邸，但也經常看到富貴人家，吃的是山珍海味，又得以屢次應試龍圖閣待制，將功名看做是珠玉。至於團鳳與奎花等名茶，品類參差不齊，富貴人家各自珍惜，有的私下把玩，而且擺在箱篋中，不去論「日注茶」的好壞，也一定知道「雙井茶」比它略差一些，於是他加以探討，也能辨認出許多好的茶。從不喜歡茶到能辨認茶的好壞，是一段自然的過程。

他接著說：自從那時踏入江湖，常常拜訪幽居獨處的高僧，這些高人對茶的研究很深。聽說採茶時，一定是清晨日出前，等到驚蟄後一兩天，茶還沒長芽，這時來採，雖然往往採得很少，卻是最恰當的時機。採下來後，馬上洗乾淨蒸它，這時芳香不去，然後把布攤開，好好控制火候的變化，不要怕一時的麻煩，因為茶的火候很重要，同

時收藏的功夫也要好。收藏的漆筒要很乾淨，以蒻葉封裏去烘乾它，兩三天一次，火候就像人的體溫，去除茶的濕度。茶最怕的是梅雨，要保持和暖就必須人氣煖，好比一個人有耿介個性，不沾惹一絲醜惡的污染；又像是廉潔的人，不受些許污穢的褻瀆。這裡寫茶的採摘、保存方法，將茶比成人中的君子，有耿介的個性。寫茶，其實有自喻的成分在內。

　　進一步要敘述茶的形貌。他說：天晴時，將房子敞開，碾茶的聲音傳送過來，白天空閒時，有客人來訪，泡的茶發出香味。那種香味可以和蘭露相比，而茶的顏色，比那秋菊還美。閩南一帶都以好茶競相誇耀，說好茶的味道甘而香，顏色豐腴透出青白，說自己家中的茶是上品的白葉茶，比中山酒還要好，尤其是春天午後，飽睡起來，喝它一杯濃茶，更是一大享受。好像清風拍擊兩腋，飄飄然可以超越鴻鵠。這一段寫茶的色、香、味，以及喝茶的感覺，和他當時的生活經驗相符合。

　　而後，他發表了對茶的看法。他說他為什麼樂於研究茶呢？因為他屢次讀《水經》，知道陸羽嘗遍天下煮茶的好水，能辨別水的好壞，將南康谷簾泉水評為第一，記得從前品嘗蝦蟆培的茶，也麻煩過僮僕用瓶、罌汲水，忙忙碌碌的；現在他老了，身體也較疏懶，許多瑣事都不想做，把好壞都放在腦後，又怎會去為茶的好壞費心？每天吃著粗糙的食物，就像是在家鄉的情形，還想要把形骸忘掉，又怎會貪戀口腹的滿足呢？自從來黃州，口味漸淡，每天吃的飯僅只小米，既然不慕外物，又怎能被茶羈絆呢？這一段將未貶謫前飲茶的情形，和已貶謫後做一番比較，說自己不再為茶的優劣費心考究。

　　最後，敘述採茶的經過。他說：昨天優閒散步時，不經意走到天峰山麓，春風吹拂著茶園，滿山都是茶樹。於是他告訴僮僕採些茶，好接待客人，他知道黃州地處偏遠，誰會來拜訪他呢？只不過可以藏在箱篋中罷了。他也不曾去比較茶的好壞，只是喜歡茶可以提振精神而已！何況夏天炎熱，在這兒沒什麼事情好做，每天吃蔬菜、豆子，

吃得飽飽的，累了就在北窗下睡上一覺，享受微風吹過竹林的清涼。將茶煮個十分滿，感到人生真短促，喝著茶，心情愉快，頭腦也覺得清明不少，好像剛洗過澡那麼舒暢。藉著喝茶，說明日子的優閒，更見他貶謫黃州的心境。

末四句，他說：古人本來就有一些癖好，但他的嗜好應該可以原諒。請為他問問劉伶，為什麼要去睡在酒糟、酒麴裡呢？言下之意，茶也可以解憂悶，為什麼非要選擇酒不可呢？

這首詩從茶的歷史、淵源寫起，敘述到東坡與茶的關係。它的布局嚴整，用典自然，信手拈來，都有值得一讀的地方，尤其可貴的是，這首詩反應了這個時期的想法。他在經歷了「烏臺詩案」，躬耕東坡後，心情已歸沈潛，不求物質的精妙，安於生活的閒適，正是他這時期的寫照。

東坡（元豐六年十二月）

> 雨洗東坡月色清，路人行盡野人行。莫嫌犖确坡頭路，
> 自愛鏗然曳杖聲。〔註23〕

東坡在寫過〈寄周安孺茶〉以後，發生了一些動人的事。一件是蔡景繁請官府增闢修葺南堂，東坡很感動，曾寫了一封信謝謝他〔註24〕，有〈南堂〉五首：一件是曾鞏死，有人傳說東坡和他同一天升天，神宗聽了以後，悶悶不樂，范鎮更是掩面痛哭，這一點東坡也是很受感動的。元豐六年八月二十七日，他寫了〈節飲食說〉，告訴自己：「安分以養福」、「寬胃以養氣」、「省費以養財」，也是感動之餘的自勉，而這首絕句寥寥四句，正是他生命提升後的寫照。

詩中寫月夜清景，同時也反應出他不避坎坷的偉大胸襟。他說：雨後月出，東坡這個地方夜色更覺清新，趕集的人散盡，只賸下像他

〔註23〕參見《蘇軾詩集》，卷二一，頁1183。
〔註24〕參見《蘇文忠公詩編注集成》，卷二二，頁3，原文是：「臨皋南畔，竟添卻屋三間，極虛敞便夏，蒙賜不淺。」又說：「近葺小屋，強名南堂，暑月少舒，蒙德殊厚，小詩五絕，乞不示人。」

這樣的山野之人，踽踽獨行。他不嫌棄山路滿是石頭，坎坷難走，最愛杖履敲在石頭上，那鏗鏗然清越的聲音！前兩句寫景，用語省淨，突出主要的人物──獨自行走的身影，紀昀認為「風致不凡」〔註25〕。三四句抒情，以犖确坡頭路，形容人生崎嶇路；以鏗然曳杖聲，說明心志的清明，譬喻得恰到好處，因此陳師伯元說：「那種以險為樂，視險為夷，向惡勢力抗爭、不屈不撓的精神，都在這一反一正的強烈感情對比中顯現出來了」〔註26〕。事實上，沒有經過一番體悟，又沒有那樣的詩情、詩筆，的確是寫不出來的。

這首詩的美，美在畫面的單一、純淨，妙在與天地同心的灑脫，所以王文誥認為：「出自天成，人不可學」。一經瞭解東坡生平，再仔細體會前賢的評語，自然會愛不釋手，反複吟詠了。東坡的黃州生活，即是以這樣平靜的心情渡過，所以我認為這首詩，可以作為這一期的代表。

海棠（元豐七年三月）

東風嫋嫋泛崇光，香霧空濛月轉廊，只恐夜深花睡去，
故燒高燭照紅妝。〔註27〕

元豐三年東坡在黃州曾寫下詠海棠的詩，有感於四川是「海棠香國」，自己流落到這兒，好比海棠不為人知；但是，寧願保有本性也不肯媚俗。元豐七年正月，他也寫下〈和秦太虛梅花〉，以「江頭千樹春欲暗，竹外一枝斜更好」，傳達內心的幽獨嫻靜，這首七言絕句更進一步影射不能知遇明主的傷感。

詩一開頭說：東風輕柔的吹拂，春光泛泛，海棠花看起來是那樣的明豔動人；在微帶香氣的薄霧中，透見月色慢慢轉了迴廊。他怕的是夜已深了，花兒也睡了，所以點燃了蠟燭，照著它豔麗的紅妝。整首詩看起來是純粹的詠花；但是，我們從他所詠的梅、蘭、牡丹、海

〔註25〕參見《蘇文忠公詩集》，卷二二。
〔註26〕參見《中央日報》，民國八十年五月二十八日〈長河版〉。
〔註27〕參見《蘇軾詩集》，卷二二，頁1186。

棠詩看來，這些花寄托著高貴的品格，因此這首詩不僅是寫花，同時也呈現東坡獨特的人品。

根據陳師伯元的說法，春風指的是東風，嫋嫋是形容和風輕拂，這是譬喻「聖主如天萬物春」，這聖主的恩澤也像和煦的春風，飄送到海棠的身上。天上的月光慢慢的移動著，轉過了迴廊，這也象徵皇帝的態度終於有了轉變〔註28〕。神宗皇帝聽說他和曾鞏同日仙去，表示難過歡惋，可見仍有愛東坡的心，因此這樣的解釋是十分合理的。

東坡的詠物詩，往往寄托心中的想法，把物的形神描寫得恰到好處。這首詩將春風譬喻成皇恩，春光泛動看成是皇恩浩蕩，可以說寓情於景，而將海棠比擬成美人，美人比喻成自己，這種轉化也是很高妙的手法，又說恐怕海棠睡去，所以舉燭照花，將神宗眷顧他的心，婉曲的陳述出來，不落半點痕跡。這一切，可以說明他寫作技巧已漸趨純熟，而報效朝廷的心是不曾改變的。

題西林壁（元豐七年五月）

橫看成嶺側成峰，遠近高低各不同，不識廬山真面目，
只緣身在此山中。〔註29〕

東坡寫下〈海棠〉後，不久，神宗下令他遷汝州。元豐七年四月一日，他從黃州出發，要到汝州上任，出九江，遊廬山，寫了這首富含哲理的七言絕句，題在西林寺的壁上。根據朴永煥引南宋施宿《東坡先生年譜》「四月發黃州，自九江抵興國，取高安訪子由，因游廬山。」這首詩大約作於五月間〔註30〕，說法大致可信。

李白曾有〈望廬山瀑布〉詩，針對瀑布題詠：「日照香爐生紫煙，遙看瀑布挂前川。飛流直下三千尺，疑是銀河下九天。」〔註31〕東坡

〔註28〕參見《中央日報》，民國八十年二月十二日〈長河版〉。
〔註29〕參見《蘇軾詩集》，卷二三，頁1219。
〔註30〕參見朴永煥《蘇軾禪詩研究》，章三，中國社會科學出版社，頁84。
〔註31〕參見《李太白全集》，卷二一，頁989。

從山立論，開創了不同的筆法。他說：廬山從正面看去，是層疊交橫的峻嶺；從側面看過去，卻是巍峨的奇峰。你從遠處、近處、高處、低處去看它，它的面目各不相同，因為只要人們身處山中，就很難辨別它真正的面貌。這首詩寫出了事物普遍的道理，所以寫景裡面還蘊含著耐人尋味的哲理。

其實在這首詩以前，他也寫過一些哲理詩。元豐五年閏六月，他有一首〈琴詩〉：「若言琴上有琴聲，放在匣中何不鳴？若言聲在指頭上，何不於君指上聽？」〔註32〕說明琴與手指必須互動，才能發出妙音；人事也一樣，沒有彼此配合，單靠一方是不行的，而與這首詩同時吟詠的〈贈東林總長老〉說：「溪聲便是廣長舌，山色豈非清淨身？」〔註33〕也富含哲理，足供我們省思；但是，這首詩中的道理，層面非常的廣，天下萬事萬物都可以涵蓋進去，以圓融的觀點去觀照，所以言近旨遠，深受大家喜愛。

王文誥說：「凡此種詩，皆一時性靈所發。若必胸有釋典，而後鑪錘出之，則意味索然矣！」〔註34〕這當然是推崇東坡的詩能自性情中流露，所以寫得這麼成功；但是，美感經驗的觸發，應該不是憑空而來的，前此的經驗累積，使他在這一刻萌發新意，寫下膾炙人口的篇章，這一點是不容懷疑的。

春日（元豐八年二月）

鳴鳩乳燕寂無聲，日射西窗潑眼明。午睡醒來無一事，
只將春睡賞春晴。〔註35〕

自〈題西林壁〉詩後，東坡在元豐七年六月寫了〈石鐘山記〉，這是歷來以描寫聲音出名的散文，而後八月屢次拜訪隱居金陵的王安石，勸安石救天下蒼生的疾苦；九月，在宜興買了一座小莊子；

〔註32〕參見《蘇軾詩集》，卷四七，頁2634。
〔註33〕同註32，卷二三，頁1218。
〔註34〕參見《蘇文忠公詩編註集成》，卷二三。
〔註35〕同註32，卷二五，頁1331。

十月，上表乞求在常州居住。元豐八年元月，又再次上表乞求在常州居住，直到二月，誥命准他常州定居，這時東坡才算暫時安定了下來。

　　這首七言絕句寫東坡閒適的生活情形，間接告訴我們他這一時期的心境。他說：在春天的午後，愛叫的鳩鳥和新生的燕兒都寂靜無聲，正在安眠呢！這時太陽從西邊窗戶透射進來，照亮他的睡眼。醒來以後閒著無事，正好欣賞窗外美好的春景。簡單四句，卻勾勒出一幅春景圖，東坡從鳩、燕的寂靜，寫自己春眠的舒適，而後以日光潑眼寫春光的和煦；趁著閒情，進一步寫賞景，同時映襯出自己的優閒自適。

　　在這同時，東坡也寫了一闋〈滿庭芳〉，可以和這首詩互相參看。詞說：「歸去來兮，清溪無底，上有千仞嵯峨。畫樓東畔，天遠夕陽多。老去君恩未報，空回首，彈鋏悲歌。船頭轉，長風萬里，歸馬駐平坡。　　無何，何處有，銀潢盡處，天女停梭。問何事人間，久戲風波。顧謂同來稚子，應爛汝腰下長柯。青衫破，群仙笑我，千縷挂煙簑。」〔註36〕全詞重點有二：一是「老去君恩未報，空回首，彈鋏悲歌」，感歎年華老去，恐怕來不及報效朝廷；二是「問何事人間，久戲風波」，對於自己的閒置，難免看不開。這樣說來，他的想法有些悲觀；但是，從這首〈春日〉詩裡，我們卻又看到他懂得轉化心境的一面。

　　若問謫居黃州後，轉到汝州的東坡，對人生的看法是怎樣呢？我認為他的心情是隨遇而安，卻又抱著一絲希望，認為朝廷應該會重用他的。這首詩寫出了他閒適的一面，是這期詩作的代表之一。

第三節　蘇詩第三期的特色——沈潛

　　東坡這一期的詩風，是「藉物寄託」，含蓄的表達自己的情思，

〔註36〕參見《東坡樂府箋》，卷二，頁36。

深怕再因作詩得罪朝廷，和他第一期詩的雄肆奔放、第二期詩的以詩諷諭，情味不大相同。我們可以說：以「烏臺詩案」為界，他的人生觀有了很大的轉變。黃州以前的詩，他直寫胸臆，不顧友人的勸告，一心一意以詩抒寫情懷，企圖扭轉時局；可是，一場風暴以後，他重新思索自己的未來，發現先前詩中的激切，其實是不必要的，於是他從不平的心態，轉變成以寬容的眼光看待事物，而獲得了文學創作的滋養。這一期詩，就是這種淡泊自適、反觀自我的體現。

從他這一時期的三百四十三首詩裡，本文選出十七首做為代表。這十七首詩，有五言古詩，如〈東坡〉八首、〈寄周安孺茶〉；有七言古詩，如〈寓居定惠院之東，雜花滿山，有海棠一株，土人不知貴也〉；有七律，如〈紅梅〉三首；有七絕，如〈東坡〉、〈海棠〉、〈題西林壁〉、〈春日〉，形式多樣，取材豐富。

從以上論析看來，這一時期東坡詩風是沈潛而清逸的。他勤耕苦讀，遊山玩水，學道養生，參禪靜坐，過的是安貧樂道、逍遙自在的生活，因此詩裡面描寫田園山水也特別多，政治上的失意，恰成為他文學創作的契機，這不能不說是因禍得福，也許正是上天的恩寵，來考驗他的詩筆吧！

第四節　結語──藉物起興、寄托微恉

黃州詩，呈現出東坡沈潛的一面。大陸王水照先生在〈蘇軾創作的發展階段〉一文中，曾指出：震驚朝野的「烏臺詩案」是他生活史的轉折點。沈重的政治打擊使他對社會、對人生的態度，有了很大的影響；他創作上的思想、感情和風格，都有明顯的變化。王先生歸結他這一期的創作特色有三：一是個人抒情詩增多，二是風格清曠簡遠，三是詩情、畫意和理趣融為一體〔註37〕，這個說法可以和本文互相補足。

〔註37〕參見《蘇試論稿》，頁 11～19。

　　東坡這一時期的抒情詩，常是藉物起興，寄托微恉，起因於黃州前的詩作，大多直寫胸臆，給予新法人士羅織罪名的口實，因此他轉而以曲筆來詠物，表面上和時事毫無相關，這樣也不會連累家人為他擔心受怕。又由於生活的轉變，他寫作的題材也較廣泛，田間水邊的一草一木，閒步山路的一題一詠，使他的詩風除了豪邁清雄外，更有一分簡淡曠遠。當然這時的他，在文藝創作的手法，也有了更成熟的表現，在詩中他表達了美的觀點，融入了他所體驗到的哲理，所以無論是五、七言古詩，或是律、絕裡，都閃爍著耀眼的智慧，讓後人低迴不已！

第五章　蘇詩凝定期作品探究

第一節　蘇詩凝定期的範圍

　　元豐八年三月，神宗崩，哲宗即位，宣仁皇后垂簾聽政，這時東坡正在往常州貶所的途中。四月二十二日，到達常州貶所，有謝表呈上。滕元發來信，說王定國信中提到東坡將被起用，果然六月詔下，起知登州軍州事。八月，子由除校書郎，十月除右司諫。東坡在十月二十日又承詔，以禮部郎中召還，兄弟二人得以還京，一展長才。

　　當時蔡確是左僕射，韓縝是右僕射，張璪是中書侍郎，章惇知樞密院事，李清臣遷左轄。這些人姦險深刻，爭權奪利，和東坡忠義為國，大相逕庭，唯一和他立論相同的，是在門下省的司馬光；但是，東坡作夢也沒有想到會因為論役法，和司馬光鬧得不愉快。

　　當司馬光被宣仁皇后起用，他一心一意要革除新法，所以打算將免役法改回成差役法；但是，東坡的看法是：差役、免役各有利害，所以他和司馬光展開爭辯。他說：「免役之害，掊斂民財，十室九空，錢聚於上，而下有錢荒之患；差役之害，民常在官，不得專力於農，而貪吏猾，得緣為姦，此二害輕重蓋略等，今以彼易此，民未必樂。」〔註1〕這個說法，當然不被司馬光採納，而東坡竟然為了這

―――――――――――

〔註1〕參見郎曄《經進東坡文集事略》，卷三一，世界書局，頁536。

件事，不肯附會提拔他入京的司馬光，這當然是很令司馬光失望的事；可是，他直道而行，一點都不肯妥協。因為這件事看法紛歧，造成朝野分黨分派，不只君子和小人互不相讓，君子群中也互不相容，北宋黨爭也就越演越烈了！

穿插在黨爭中的蘇東坡，政治上固然可以一展長才，實現報效朝廷的理想；但是，也由於掌詔命，給予小人訕謗的口實。元祐元年，作〈呂惠卿安置建寧軍責詞〉，黃庭基誣以「詆先帝（神宗）」；行蘇頌刑部尚書敕，黃氏又誣「以武帝之暴相擬」；行李之純集賢殿修撰河北都轉運使敕，黃氏更誣「以厲王之亂相擬」，這些敕詞，都是臺諫的意思，根本不是東坡可以損益的，無奈哲宗即帝位，竟信任姦宄小人，貶謫朝中正人君子，北宋國祚，也就斷送在黨爭之下了！

這段期間，東坡所寫的策論書劄很多，根據王文誥的統計，內制八百多首，文繁體備，大抵起於元祐元年，止於元祐四年……，大略如朝廷典制，宮禁儀文，宰執恩例，館閣掌故，原廟告虔，寺觀致禱，外蕃部落，邊臣使客，朝聘燕饗，撫綏存問，修省哀慕，節序令辰等〔註2〕，由於代擬詔命，所以僅可以看作是才學的一部分，而真正能代表他的創作的，還是以詩為主。

從元豐八年到元祐八年哲宗改元紹聖為止，東坡約創作了五百九十一首詩。這一期的詩，在題材方面，唱和詩占四百二十二首，感懷詩占八十一首，題畫詩占六十一首，詠物詩十四首，寫景詩十四首，哲理詩最少，僅六首〔註3〕，和黃州詩相比，顯然題畫詩有大量增加的趨勢。推究原因，和東坡在朝忙於政事有關，而師友往還之間，往往以談文論藝為主軸。

〔註2〕 參見《蘇文忠公詩編註集成總案》，卷二七，巴蜀書社，頁12。
〔註3〕 根據王文誥、馮應榴輯注《蘇軾詩集》卷二六至卷三六，共計五百
九十一首詩，若計至卷三七〈次韻王雄州送侍其涇州〉詩，計六百
一十七首，自〈臨城道中作〉以下，皆南遷以後詩。

　　東坡自從元祐元年在京師，一直到元祐四年三月間，和王晉卿、晁補之、黃庭堅等往來，論詩題畫，詠石記墨，在書畫的造詣上更進一步；同時，由於黨爭不已，他力乞外郡，都不蒙批准，因此唱和題詠之間，也流露出不如歸去的感歎。他在詩中說道：「微生偶脫風波地，晚歲猶存鐵石心。定似香山老居士，世緣終淺道根深。」〔註4〕這是他在京師作官的感慨，黨爭嚴酷，已到了不分親疏，意氣相爭的地步，所以他幾次陳情，終於在元祐四年三月十六日，知杭州軍州事。

　　爾後在杭州分坊治病，開濬六湖，在西湖邊築堤三十里，並上賑濟七州各狀，為民興利；在潁州，修溝洫、濟流民；在揚州，請求免疲民積欠，並罷真、揚、楚、泗不合理的轉般倉法，詩裡都有記載。一直到紹聖元年，出知定州以前，東坡創作了許多優秀的題畫詩，我們可以從這些詩中，瞭解他的藝術理論，同時看出他的交友情形。

第二節　凝定期代表詩作論析

　　這一期詩篇的創作背景，是複雜而多樣的。在宣仁皇太后的眷顧下，東坡得以發揮政治長才，屢次草擬詔旨，嚴懲不法；但是，努力從政，撰寫制詞，使得他的文學創作，泰半都屬應酬唱和。幸好他從小在父親蘇洵的藝文薰陶下，對於蒐藏書畫有很深的研究，少年時期，已能品評名家畫作，出知杭、密、徐、湖，更得出書畫具體理論──物有常理而無常形，貶謫黃州，進一步提出「出新意於法度之內，寄妙理於豪放之外」，所以元祐還朝，能創作題畫詩，對於書畫的體認，當然也就更加完備了〔註5〕。

　　至於這時期東坡相互往來的詩人，也不在少數。釋惠洪曾說：「秦少游、張文潛、晁無咎，元祐間俱在館中，與黃魯直居四學士，

〔註4〕參見王文誥、馮應榴輯注《蘇軾詩集》，卷二八，頁1507。
〔註5〕拙著《蘇軾文學批評研究》第二章第四節〈書畫論〉可相參互見。

而東坡方為翰林，一時文物之盛，自漢唐以來未有也。」〔註6〕這只是舉其要而已。像王晉卿、王仲儀和子由，是在京師和他交往頻繁的；米黻、蘇堅、錢勰、劉景文、張方平、陳師道、趙令畤、歐陽棐兄弟，是在杭、穎、揚州和他過從甚密的。他們詩文往返，談論書畫，請他題跋，讓他在公餘之暇不至於疏忽創作。

綜觀他這時期的詩作，可大別為三：一、題畫詩如〈惠崇春江晚景〉二首、〈郭熙畫秋山平遠〉、〈書晁補之所藏與可畫竹〉三首、〈書鄢陵王主簿所畫折枝〉二首、〈書王定國所藏煙江疊嶂圖〉，表達對藝文評賞的看法。二、送別詩如〈送顧子敦奉使河朔〉、〈送子由使契丹〉，可看出他關心時事的心境。三、感懷詩如〈贈劉景文〉、〈泛穎〉、〈東府雨中別子由〉，是他在黨爭夾雜下，表明對人生的看法。從詩中，我們可以看出和前後兩期不同的地方。

東坡在黃州時，常是藉物托志，認為不能報效朝廷，是很遺憾的一件事。黃州詩裡多半躬耕田畝、抒寫田園山水，醉心佛道莊老學說，因此遊山玩水，體悟與萬物遊的閒適快樂。自從元祐還朝，終能一償宿願，執掌翰林，所以詩中再沒有自怨自艾的語調，只是黨爭不已，偶而有不如歸去的感覺，所以詩裡呈現複雜多樣的現象。直到紹聖元年被貶惠州，盡和陶淵明詩，詩風又一轉為純熟圓融，平淡閒適。拙著〈東坡詩分期初探〉，把這一期詩命為凝定期，指的是東坡返朝後，生活安定，在創作上偏向應酬唱和，雖然題畫詩裡不乏佳作，但對創作生命來說，較少活潑生氣，所以將這期詩作，劃定為「凝定期」。現在依照創作的前後，一一論述，說明他這一期詩的特色。

惠崇春江晚景二首（元豐八年十二月）

其一

　　竹外桃花兩三枝，春江水暖鴨先知。蔞蒿滿地蘆芽短，

正是河豚欲上時。〔註7〕

　　這兩首詩寫在元豐八年（西元一〇八五年）。這一年，東坡到達京師，任禮部郎中，一到朝中，就因為和司馬光論役法，起了衝突。誥命遷他為起居舍人，他不希望一下子就成為朝中的重臣，上書辭免，蔡確說：「你在朝廷外徘徊很久，朝中再沒有人比你特出了！」〔註8〕，不准辭免，所以他轉任起居舍人，算是清要的職務。惠崇是宋九僧詩人之一，他善畫能詩，根據《圖畫見聞志》說：「建陽僧惠崇，尤工小景，為寒汀遠渚，蕭灑虛曠之象，人所難到。」〔註9〕又《圖繪寶鑑》說：「建陽僧惠崇，工畫鵝、雁、鷺鷥。」可見東坡看到的，正是惠崇擅長的畫。

　　第一首題畫詩，是東坡的名篇之一。畫的背景是竹籬、桃花、春水、蔞蒿、蘆芽，這些是春天常見的景物，而突出在景物以外的意涵，是「春江水暖鴨先知」、「正是河豚欲上時」。東坡見鴨子悠然的在水上游著，想像春水已暖，所以鴨子敢下水嬉戲，雖然其他能游水的鵝、水鳥，也有可能知春水已暖；但是，東坡看見圖上畫的，是鴨戲春江的實況，所以聯想「鴨先知」，應該是很合理的。又東坡的繪畫理論裡，認為得於物象之外是最難能可貴的〔註10〕，所以他從蔞蒿、短蘆，想像這個時候正是河豚最美的季節，也是這一繪畫理論的實踐。

　　其二

　　兩兩歸鴻欲破群，依依還似北歸人。遙知朔漠多風雪，
　　更待江南半月春。

〔註7〕參見王文誥、馮應榴輯注《蘇軾詩集》，卷二六，頁1401。
〔註8〕參見《蘇文忠公詩編註集成總案》，卷二六，頁8，原文是：「確曰：『公徊翔久矣，朝中無出公右者。』」
〔註9〕參見宋郭若虛《圖畫見聞志》卷四〈花鳥門〉，《蘇軾詩集》中施注引語。
〔註10〕同註7，卷三，頁108，〈王維與道子畫〉云：「吳生雖妙絕，猶以畫工論，摩詰得之於象外，有如仙翮謝籠樊，吾觀二子皆神俊，又於維也斂衽無間言。」可見一斑。

　　第二首題畫詩，向來很少被人論及，主要是第一首寫得太好，第二首詩自然被人略而不論；可是，細看這首歸雁圖，也有他精巧的構思。眾人皆知：雁性忠貞，倘若其中一隻雁死了，另一隻雁也孤單到死，絕不變心。這一幅圖的主角是兩隻鴻雁，東坡想像他們想回北方，所以用北歸的人來譬喻；下半兩句也是寫物象以外的景象，說牠們知道北方大漠現在仍是風雪很大，所以只好在江南渡過半個月的春天。這樣的想像，純粹從主觀出發，表達他看畫以後的聯想，雖然沒什麼道理，卻充滿著妙趣，可以當成他這時期題畫詩的代表。

　　從這兩首詩中，我們可以得知：東坡善於捕捉動物的形神，寫畫外之意。這一點，是他寫「意」的具體表現。梅聖俞曾經對歐陽修說：「詩家雖率意，而造語亦難。若意新語工，得前人所道者，斯為善也。必能狀難寫之景，如在目前；舍不盡之意，見於言外，然後為至矣！」〔註11〕我認為東坡這兩首詩，正是這種精神的體現。

送顧子敦奉使河朔（元祐二年四月）

我友顧子敦，軀膽兩俊偉。便便十圍腹，不但貯書史。
容君數百人，一笑萬事已。十年臥江海，了不見慍喜。
磨刀向豬羊，釃酒會鄰里。歸來如一夢，豐頰愈貌美。
平生批敕手，濃墨寫黃紙。會當勒燕然，廊廟登劍履。
翻然向河朔，坐念東郡水。河來屹不去，如尊乃勇耳。

〔註12〕

　　東坡的自然天放，常在送別詩中表達無疑。顧子敦，是顧臨的字號。顧臨在元祐二年，任職給事中，他的任務是凡制敕不便的，可以有權封駁。當時，洛、蜀兩黨交惡，程伊川奏邇英殿暑熱，請在崇政、延和殿及其他寬涼處講讀，顧臨奏崇政、延和殿不當講讀，因此被視為蜀黨攻洛黨的一個代表人物，罷為河北都轉運使。這首詩就是東坡送顧臨出京時寫的，充滿機趣與詼諧。

〔註11〕參見《歷代詩話‧六一詩話》，藝文印書館，頁 158。
〔註12〕參見王文誥、馮應榴輯注《蘇軾詩集》，卷二八，頁 1494。

在朝廷命他出使河朔時，東坡曾有狀奏說：「顧臨資性方正，學有根本，慷慨中立，無所阿撓。自供職以來，封駁議論，凜然有古人之風，僥倖之流，側目畏憚。近聞除天章閣待制充河北都轉運使，遠去朝廷，眾所嗟惜。方今二聖臨御，肅正綱紀，如臨等輩，正當置之左右，以補闕疑，或者謂緣黃河輒臨幹治，臨之所學，實有大於治河；治河之才，固有出臨之上者。欲望朝廷，別選深知河事者，以使河北，且留臨以盡忠亮補益之節。」〔註13〕這篇狀沒被採納，所以顧臨出使河朔已成定局。東坡這首詩，描寫顧臨的形神，可以發人一笑，同時對顧臨的勇於進言，也給予很高的評價。

顧臨由於身體肥偉，朝中大臣都以「屠夫」戲稱他，東坡想到這點，很自然的下筆說他的朋友顧子敦，身軀、肝膽都很了不起。挺著大大的肚皮，裝的卻是滿腹詩書。從這四句，我們可以得知：東坡並沒有瞧不起顧臨的意思，反倒稱讚他是有謀略的人。

接著寫顧臨的個性隨和，雍容大度。他說顧臨肚中可以容納好幾百個人，對於人家的取笑，也只是一笑置之。顧臨在熙寧初因為勸神宗不要輕易用兵，得罪王安石，因此流落江湖，前後有十年之久，喜怒也不形於色。這是東坡平日觀察的結果，顧臨的個性沈穩，他認為是很難得的。

然而，東坡詼諧的本性，這時又不自覺的流露出來，於是寫道：「顧臨在江湖的時候，磨刀向著豬羊，斟酒大會鄰里親友；回到朝廷來就像一場夢，只見他的臉頰又更豐潤些了。」這本來是想像的話，顧臨也不是屠夫，更沒有像東坡說的在鄉里「大會親友」，所以會有這樣的說法，只是想起大家對他的戲稱，也不見他生氣過，因此才認為這樣說顧臨應該不會生氣才對。沒想到，顧臨讀到這首詩，心裡很不痛快，也許這首詩說中他的忌諱處，平時的淡然處之，只是不得已的接受，現在東坡才名這麼大，這首詩傳了出去，天下人還以為是真

〔註13〕參見《蘇文忠公詩編註集成總案》，卷二八，頁4。

　　的呢！這樣說來，顧臨的不悅，也是很容易理解的。

　　東坡真正的意思，並不是要寫顧臨的形體，而是說他的事蹟，所以在介紹他的容貌、個性以後，說：「顧臨的職務是給事中，常用濃墨在黃敕上直接批敕書。如果論才華，正應讓他帶兵擊退外夷，像竇憲一樣，勒銘燕然山上；要不也應該像蕭何一般，帶劍上殿，入朝不趨。」這是針對顧臨才能多方，年少喜談論兵法，東坡也曾奏書建議朝廷留顧臨裨補闕疑，所以再次說明顧臨可以大用。

　　最後四句，切合到題旨，說明東坡對顧臨的看法，因而寫道：「現在河北水患嚴重，澶魏等舊河道，還沒有修復好，顧臨日夜擘畫，慨然有澄清河患的心志；就算是黃河衝擊，東坡認為他也會屹立不搖的，因為他就像王尊一樣，雖然被連累出使，也不會因此退縮的。」這四句稱許顧臨的直道不回，同時充滿戲謔，歸結顧臨體壯肚肥，連黃河水都莫奈他何。

　　如果我們瞭解東坡的個性，就能理解他這些戲謔的話，其實並沒有惡意。東坡在〈寶山晝睡〉中說：「七尺頑軀走世塵，十圍便腹貯天真。此中空洞渾無物，何止容君數百人。」〔註14〕寫的正是自己的個性。在他看來，這些外在的形體是佛家所說的「四大假合」，重要的是精神上的自在。現在顧臨要出使河朔，面對不可測的未來，心中一定不安，所以他希望這首詩能發顧臨一笑，沖淡不悅的情懷。結果聽說顧臨看了不太高興，因此東坡又寫了〈諸公餞子敦，軾以病不往，復次前韻〉一首，在詩裡特別說明：「善保千金軀，前言戲之耳。」這大概也是意料之外的一段插曲吧！

　　北宋黨爭，在元祐年間簡直是水火不容，因為彼此的意見不同，就有可能被擠出朝廷，顧臨的出使河朔，也是這樣的情形。東坡說顧臨像王尊被連坐，卻毫無懼色，其實是自己政治思想的反映。東坡的個性不希合權貴，不隨順潮流，不怕打擊，直諫敢言，所以對於洛黨傾軋顧臨，顧臨毫不以為意，大表贊賞。從這裡，我們可以知道東坡

〔註14〕參見王文誥、馮應榴輯注《蘇軾詩集》，卷九，頁451。

在送別詩裡，對朝廷不採納奏書，是頗有微詞的，所以這首詩可以作為這一期的代表。

郭熙畫秋山平遠（元祐二年四月）

玉堂晝掩春日閒，中有郭熙畫春山。鳴鳩乳燕初睡起，
白波青嶂非人間。離離短幅開平遠，漠漠疏林寄秋晚。
恰似江南送客時，中流回頭望雲巘。伊川佚老鬢如霜，
臥看秋山思洛陽。為君紙尾作行草，炯如嵩洛浮秋光。
我從公遊如一日，不覺青山映黃髮。為畫龍門八節灘，
待向伊川買泉石。〔註15〕

　　這首詩是東坡題郭熙所畫的秋山平遠圖。郭熙，河南孟縣人，工畫山水寒林。宋朝玉堂東西壁多畫水，風濤浩渺，象徵海中仙山。這幅圖是東坡公餘之暇，見畫興感的佳作。

　　詩一開始，寫圖的所在地。他說：早上翰林院的門關著，難得春光照耀，也有一點優閒，看見中屏上掛著郭熙所畫的《秋山平遠圖》。想像圖上畫的正是清晨，鳩燕也剛醒過來，圖上浩渺的水，青綠的山，看來不是人間處所。這是著眼介紹圖中概略的情形，這麼一來，讓人明白他寫詩的背景，並說出他看到畫時第一眼的感受。

　　接著細寫畫中的景物。他說：在這短短尺幅之中，畫的是平遠的山水；一片疏林向晚，籠罩在秋色裡，就像是在江南送客時，走到半路回頭所看見的雲岫出山圖。這一段純粹是寫神不寫形，一語帶過，可以留給人回味無窮，倘若細寫某物在某位，則神氣索然，不足觀矣！

　　由於這一幅圖後，有文彥博（文潞公）的跋尾，所以他寫到：文潞公現在已是鬢髮如霜，優閒的坐看秋山，回憶在洛陽的時光，然而他為郭熙在卷末所題的行草，仍是炯炯然，像嵩山、洛水浮泛著秋光。這是贊美文彥博的題跋，能禁得起考驗，所以現在看來，仍是氣

〔註15〕參見王文誥、馮應榴輯注《蘇軾詩集》，卷二八，頁1509。

韻生動，令人激賞。

最後，東坡表達對文彥博的思慕，而有退休後願追隨的心意。他說追隨文潞公彷彿是一天的光景，眼看時光飛逝，不知不覺的，他的兩鬢也已斑白，等他退休以後，希望能為文彥博畫《龍門八節灘》，和他悠遊在山水勝景中。因題設意，隨意流轉，然後用文潞公跋語，生起一段奇想。整首題畫詩的特色，就在於發自真情，充滿想像。

郭熙是北宋山水畫的名家，他曾在《林泉高致·山水訓》中提出「三遠論」，亦即高遠、深遠、平遠，說明山水畫構圖原則〔註16〕，東坡對於郭熙畫的特徵把握得相當成功，所以這幅圖命為「平遠」。詩裡「鳴鳩乳燕初睡起」寫明，「白波青嶂非人間」寫晦；「離離短幅開平遠」寫空間，「漠漠疏林寄秋晚」寫時間，能得郭畫的三昧，這也是他論畫主張「寫意」、「傳神」的實踐，所以這首詩足以代表這一期的題畫詩。

書晁補之所藏與可畫竹三首（元祐二年七月）

其一

　　與可畫竹時，見竹不見人。豈獨不見人，嗒然遺其身。
　　其身與竹化，無窮出清新。莊周世無有，誰知此疑神。

〔註17〕

這三首詩表達的，是東坡對繪畫的看法。東坡學文與可畫竹，他在〈篔簹谷偃竹記〉裡，提到文與可教他畫竹方法是「必先得成竹於胸中，執筆熟視，乃見其所欲畫者，急起從之，振筆直遂，以追其所，如兔起鶻落，少縱則逝矣！」〔註18〕而這三首詩的一、二兩首，就是

〔註16〕郭熙《林泉高致·山水訓》：「山有三遠：自山下而仰山巔，謂之高
　　　　遠；自山前而窺山後，謂之深遠；自近山而望遠山，謂之平遠，高
　　　　遠之色清明，深遠之色重晦，平遠之色有明有晦。」
〔註17〕參見王文誥、馮應榴輯注《蘇軾詩集》，卷二九，頁1512。
〔註18〕參見郎曄《經進東坡文集事略》，卷四八，頁813。

贊賞文與可的妙思，第三首綰合到晁補之無意中得畫，可以說是「貧而不俗」。

文與可，本名文同，北宋畫家，擅長畫墨竹，曾創深墨為面，淡墨為背的畫法，學他畫竹的人稱他是「湖州竹派」創始人。他是梓州永泰（今四川鹽亭東）人，和東坡交情非常好，當他元豐二年正月二十日死在陳州，那年的七月七日，東坡在湖州暴晒書畫，看到與可所畫的竹子，還廢卷痛哭呢！所以當東坡看到晁補之所藏的竹圖，也就感觸特別深了！

第一首詩說：文與可畫竹子的時候，心中只有竹子，不知道旁邊有人；不獨不知道旁邊有人，簡直連自己都忘了！這是因為他自身和竹子化而為一，所以畫出來的竹子，形象清新，不落俗套。世上沒有莊周，誰能理解專注作畫能得神似的道理呢？詩裡點出與可的畫，最可貴的是「清新脫俗」，這是因為他能理解莊子「用志不紛、乃凝於神」的道理。

東坡從與可畫竹中，體悟到繪畫的道理。《梁溪漫志》載：「坡嘗記蜀人孫知微欲于大慈寺壽院壁，作湖灘水石四堵，營度經歲，終不肯下筆。一日倉皇入寺，索筆墨甚急，奮袂如風，須臾而成。作輸瀉跳蹙之勢，洶洶欲崩屋也。以此言之，則心手相應之際，間不容髮。」〔註19〕畫竹與畫水的原理，是可以相通的。

其二

　　若人今已無，此竹寧復有？那將春蚓筆，化作風中柳。

　　君看斷崖上，瘦節蛟蛇走。何時此霜竿，復入江湖手。

第二首說到，與可已經去世了，世上哪能再有這樣的竹圖？奈何一般人畫竹，總是把竹子畫得像風中的弱柳。你看危崖絕壁上，他畫的竹是這麼蒼勁有力，好像龍蛇走動，東坡說什麼時候可以拿著這樣的霜竹，歸老江湖呢！從文與可畫的竹子，聯想到歸老江湖，實在是對老友無限的思念。為什麼他會興起這樣的感念呢？

〔註19〕參見費袞《梁谿漫志》，卷七，知不足齋本。

　　東坡在〈篔簹谷偃竹記〉一文中，說到與可厭煩眾人來索畫竹圖，和東坡開了個玩笑，信中寫了兩句詩「擬將一段鵝谿絹，掃取寒梢萬尺長」，東坡回答他說「竹長萬尺，當用絹兩百五十四，知公（與可）倦於筆硯，願得此絹而已！」與可只好說世上沒有萬尺竹，東坡和他爭辯，與可不得已，所以送東坡「篔簹谷偃竹圖」，說「此竹數尺耳，而有萬尺之勢。」〔註20〕元豐二年正月，與可去世，所以東坡睹物思人，不禁悲從中來。

　　東坡通判杭州時，與可曾有詩勸他「北客若來休問事，西湖雖好莫吟詩」，東坡不聽他的勸告，所以有「烏臺詩案」，而後與可又教東坡畫竹，書信往返，情同師友，難怪東坡看到與可所畫的竹圖，想起了老友，一心只想歸隱！

其三

　　晁子拙生事，舉家聞食粥。朝來又絕倒，諛墓得霜竹。

　　可憐先生盤，朝日照苜蓿。吾詩固云爾，可使食無肉。

　　第三首詩說補之不善營生，所以聽說補之全家人都吃著稀飯，這天因為幫人家寫墓誌銘，得到文與可的竹圖作為答謝。補之的盤子裡，裝得是苜蓿芽，真是可憐呀，他的詩裡不是說過了嗎？寧可生活裡沒有肉，也不可以住在沒有竹的地方，現在的補之就是他詩中的主角啊！這裡雖然和晁補之開了個玩笑，但是詩裡實是稱贊補之貧而不俗。

　　晁補之，濟州鉅野（今山東巨野）人。父親晁端友，有詩集傳世，東坡曾為他的詩集作引。補之年少時就立志效法皋陶、傅說，熙寧年間，父親去世，補之回到鉅野，家境貧困，認識了國子監教授黃庭堅，庭堅很稱許他的才華。元祐元年，經李清臣的推薦，召試學士院，任職秘書省正字〔註21〕，東坡寫這首詩時，補之的生活還沒改善，所

〔註20〕參見郎曄《經進東坡文集事略》，卷四九，頁814。

〔註21〕參見大陸洪亮《放逐與回歸——蘇東坡及其同時代人》，頁 463～465。

以東坡愛才，寫這首詩勸勉他。

　　三首詩連成一氣，既贊美文同畫竹技巧高妙，畫作清新脫俗，又肯定晁補之是個高潔的讀書人，同時也道出繪畫時，應該專心一志，達到形神合一的境界，可以說是這一期題畫詩的代表。

書鄢陵王主簿所畫折枝二首（元祐二年七月）

其一

　　論畫以形似，見與兒童鄰。賦詩必此詩，定知非詩人。

　　詩畫本一律，天工與清新。邊鸞雀寫生，趙昌花傳神。

　　何如此兩幅，疏淡含精勻。誰言一點紅，解寄無邊春。

〔註22〕

　　這兩首詩是東坡重要的繪畫理論，現在只要提起他主張形似或神似的問題，人們一定會舉這兩首詩，來證實他的理論。

　　第一首詩的前四句，歷來有三種解釋。東坡說：評論畫法如果以形似為準，這種見解是很幼稚的；創作詩什拘泥於題目的意思，一定是不會寫詩的人。費袞之認為東坡意在反對詩畫片面要求「形似」、「著題」〔註23〕，楊慎認為東坡這個說法，有輕形重神的傾向〔註24〕王若虛認為東坡要求繪畫、作詩當形神並重〔註25〕，大陸王水照先生認為以王若虛的說法較為正確，我以為東坡並不反對形似，只是在形似以外，應力求形神兼備；他也沒有反對著題，而主張

〔註22〕參見王文誥、馮應榴輯注《蘇軾詩集》卷二九，頁1525。

〔註23〕《梁谿漫志》卷七說：「此言可為論畫作詩之法也，世之淺近者不知此理，做月詩便說『明』，做雪詩便說『白』，間有不用此等語，便笑其不著題，此風晚唐人尤甚。」

〔註24〕《升庵詩話》卷一三說：「言畫貴神、詩貴韻也，然其言有偏，非至論也，晁以道和公詩云：『畫寫意外形，要物形不改；詩傳畫外意，貴有畫中態』，其論始為定，蓋欲以補坡公之未備也。」

〔註25〕《滹南詩話》卷二說：「夫所貴於畫者，為其似也，畫而不似，則如勿畫；命題而失賦詩，不必此詩，果為何語！然則坡之論非歟？曰：論妙於形似之外，而非遺其形似；不窘於題，而要不失其題，如是而已耳。」

在切題以外，能留有餘味，所以他主張繪畫等藝術創作要形神兼備，這一點應該是可以確定的。

因為東坡在這四句下，已有說明。他說：詩和畫的道理是一樣的，應該講究自然和清新，就好比邊鸞畫的雀，栩栩如生，趙昌畫的花，能畫出花的精神意態。從這四句看來，畫花畫鳥，除了形似以外，生動傳神、清新自然更是不可或缺。這牽涉到究竟邊鸞畫雀、趙昌畫花和一般的人有什麼不同。根據《唐朝名畫錄》的說法是：邊鸞畫的花鳥折枝，非常精妙，可以說是唐人第一〔註26〕，而范鎮的看法是：趙昌自號「寫生趙昌」，畫成的花染在布上，人們難辨真假，尤其他所畫的生菜、折枝、果實，十分精妙〔註27〕。這就可以說明：東坡認為精妙的標準是「自然」、「清新」，而要達到這個標準，如果形神不兼備是不可能的。

我們還可以從最後四句，得到進一步的印證。東坡說：邊鸞畫的雀和趙昌畫的花，怎能比得上這兩幅畫疏而不繁，色澤雅淡，筆法精妙而勻稱，誰說這只是描繪春色而已，它還寄托著不盡的春意呢！在這裡，他並沒有貶低邊鸞、趙昌的畫作，只是眼前王主簿所畫的折枝，更能符合他主張的「形神兼備」，所以他強調：這幅畫在他看來，不只是折枝畫，簡直是春到人間的縮影。為了讚美王主簿的畫，東坡借用一般人公認的邊鸞、趙昌所畫的花鳥，來做為映襯，以至於解詩的人以為東坡重「神」不重「形」，這實在是一種誤解。

其二

　　瘦竹如幽人，幽花如處女。低昂枝上雀，搖蕩花間雨。

〔註26〕查慎行引《唐朝名畫錄》說：「邊鸞，京兆人，少攻丹青，最長於花鳥折枝，草木之妙，未之有也。」又《歷代名畫記》也說：「邊鸞善花鳥，精妙之極。」

〔註27〕范鎮《東齋紀事》卷四說：「趙昌者，漢州人，善畫花，每晨朝露下時，繞欄諦玩，手中調採色寫之，自號『寫生趙昌』，人謂趙昌畫染成，不布彩色，驗之者以手捫摸，不為彩色所隱，乃真趙昌畫也，其為生菜、折枝、果實尤妙。」

　　雙翎決將起，眾葉紛自舉。可憐採花蜂，清蜜寄兩股。

　　若人富天巧，春色入毫楮。懸知君能詩，寄聲求妙語。

　　第二首詩即是針對王主簿的畫仔細描述。東坡說：畫面上我們可以看到一叢瘦竹，就像是隱士一般；幾枝花就像是幽靜的處女。兩隻雀在枝上好像對話，一高一低，彷彿晃動著花間的雨滴。這裡揭示的，正是作詩的方法。將瘦竹比喻成隱士，花朵比喻成少女，使人產一種聯想，這些植物都是富含生命力的，只要我們能發揮想像力，那麼，平凡的事物裡，也蘊育無限的妙趣。還有那對雀鳥，在畫面上分明是靜態的，但只要我們能形神兼顧，自然會貫注一股生命力在牠們的身上，覺得趣味盎然。

　　東坡進一步寫他看畫的觀感。他說：畫上雀鳥的兩對翅膀，好像是要飛起的樣子，所以畫面上的葉子紛紛舉起，最可愛的是採花的蜜蜂，在兩腿中夾著清蜜。如果說前四句是「靜中有動」，那麼這四句就是「動中有靜」。折枝畫是花卉畫的一種，只畫連枝折下來的部分。東坡不寫折枝的設色明潤，筆跡柔美，而轉寫折枝周邊的雀鳥蜜蜂，這樣一來，花枝的精巧已不在話下了！

　　最後他說：只要人們能富有天工和機巧，那麼就能在筆下畫出春色來，他知道主簿能寫詩，所以希望如果有妙語，寄來給他。這裡點出天工和機巧是使藝術作品精妙的主因。換句話說，不管是詩人或畫家，要有佳構，勤學苦練以求技巧的精妙是第一層，同時要知道機巧變通，不能陷在形似的窠臼裡，最好能「意到筆隨」，做到氣韻生動，毫不板滯。

　　汪師韓說：東坡的第一首詩，將書畫理論明白的揭示出來，可以供人們參考。第二首詩敘述畫上事物，意在言外，可以說得到畫作的意態和格調〔註28〕，這個看法很正確。王主簿除了在線條筆畫上具備

───────────

〔註28〕《蘇詩選評箋釋》卷四說：「前首直以詩畫三昧舉示來者」，又說：「次首言竹、言花、言雀、言蜂，又言花之枝，花之葉，花間之雨，雀之翎，蜂之蜜，合之廣大，析之精微，濃淡淺深，得意必兼得格。」

一定水準外，又能捕捉事物的神韻，所以東坡贊許他的畫「疏淡含精勻」，能符合形神兼備的原則。

這兩首詩必須相參互看，才能瞭解東坡繪畫理論，否則僅憑第一首的前四句，說東坡重神似而輕形似，這樣是不周全的。東坡在這裡提出重要的繪畫理論，所以這兩首詩可以說是這期代表作之一。

書王定國所藏〈煙江疊嶂圖〉（元祐三年十一月）

江上愁心千疊山，浮空積翠如雲煙。

山耶雲耶遠莫知，煙空雲散山依然。

但見兩崖蒼蒼暗絕谷，中有百道飛來泉。

縈林絡石隱復見，下赴谷口為奔川。

川平山開林麓斷，小橋野店依山前。

行人稍度喬木外，漁舟一葉江吞天。

使君何從得此本？點綴毫末分清妍。

不知人間何處有此境，徑欲往買二頃田。

君不見武昌樊口幽絕處，東坡先生留五年。

春風搖江天漠漠，暮雲捲雨山娟娟。

丹楓翻鴉伴水宿，長松落雪驚醉眠。

桃花流水在人世，武陵豈必皆神仙。

江山清空我塵土，雖有去路尋無緣。

還君此畫三歎息，山中故人應有招我歸來篇。〔註29〕

這首詩寫在元祐三年，這時東坡在京師任翰林學士，受到新、舊兩黨的夾擊，想到還不如在黃州的日子愜意，因此看到王定國珍藏王詵所畫的〈煙江疊嶂圖〉，而產生許多感慨。東坡題畫詩，有時是採畫龍點睛的方式，例如：〈惠崇春江晚景〉二首；有時是敘事手法，說明見畫原由，例如：〈郭熙畫秋山平遠〉，而這首詩是採細膩的筆觸，詳寫畫中布局；有蒼崖絕谷、飛泉林石，有小橋野店、江上漁舟，構織出一幅鮮明立體的山水畫。他曾贊美王維的畫是「詩中有畫，畫

〔註29〕參見王文誥、馮應榴輯注《蘇軾詩集》，卷三〇，頁1607。

中有詩」，這首詩的韻味，正是這一理論的體現。

　　王詵，字晉卿，是英宗女蜀國公主的駙馬，他工詩善畫，和東坡交情很好。「烏臺詩案」以前，他和東坡詩文往還，案發以後，因為通風報信，又收受譏諷文字，不報朝廷，所以受牽連，貶到武當（湖北省均縣）。東坡在這首詩下，自注：王晉卿畫。可見畫中景物，是王晉卿取材的內容。王定國，名鞏，大名（河北省大名縣）人，擅長寫詩，跟隨東坡學文案，蒐藏這幅畫，東坡為這幅畫題跋，應該是別有深意的。

　　詩的前四句，寫看到畫時整體的感受。東坡說：這幅畫有〈江上愁心賦〉的意境，群山重重疊疊，翠色橫空，如雲煙縹緲。遠看時，分不清是雲是山，近看時，煙消雲散，山色依然分明。關於這種題畫技巧，張高評先生在〈宋代「詩中有畫」之傳統與創格〉一文中，認為他採用的是「散點透視法」，也就是視點變動不居，按一定規律作各種方向或路線的游移，形成一幅藝術畫面，這樣一來，可以不受空間的限制，自由揮灑〔註30〕。的確，它給我們的感覺是山勢躍動，如在眼前，簡直就是一幅立體畫，這是東坡筆法高妙的地方。

　　接著，東坡細寫圖上景物。他說：只見兩座蒼崖中的絕谷，無數的飛泉流瀑奔瀉下來，縈繞著樹木、巖石，忽隱忽現，直到谷口，形成了奔流的河川。川流平穩，山勢也漸漸的開朗，樹林的盡頭，有小橋、野店依傍在山前。行人剛巧走出林外，面臨大江，飄流著一葉扁舟，江水浩渺無際，彷彿要吞沒天際。這八句，寫得層次井然，按照他的敘述，我們好像看到實景浮現在眼前，真是生動極了！

　　然後，筆鋒一轉，他問定國從哪裡得到這幅畫？畫上點綴著的一絲一毫，是那麼清新妍麗，真不知道人間哪裡有這樣的勝景，他想去買兩頃田定居下來。這四句總承上文，說明自己想歸隱的心意；同時開啟下一段回憶的序幕。

〔註30〕參見張高評《宋詩之傳承與開拓──以翻案詩、禽言詩、詩中有畫為例》下篇，文史哲出版社，頁 428、433。

　　東坡說定國應該知道武昌樊口那個幽靜的地方，他曾經停留了五人。春天時，微風掀動江波，長空廣闊；夏天時，暮雨初晴，山色娟秀；秋天時，楓林紅豔，歸鴉紛飛，留宿在水邊；冬天時，松梢飄雪，驚起醉眠的人，景致是那麼特別。像那樣桃花源般的景色，難道是武陵人，才能過的神仙生活？這八句是從王晉卿所畫的勝景中，回想起自己貶謫在黃州的生活，其實也是優閒愜意的。

　　最後四句慨歎俗緣未了，不知道什麼時候才能再回黃州。他說江山這樣清幽寬闊，然而他困在塵俗中，明明知道有前往桃花源的路，卻無法前往；將這幅畫還給定國，他再三的歎息，山林中的老友應該有招他歸隱的詩篇吧！這種心情，在他另一篇詩裡也說得非常明白。詩中說：「歸來長安望山上，時移事改應潸然」〔註31〕，新舊黨爭，他被兩方人士夾擊，看到好友所畫的山水，不禁懷念起在黃州的日子，所以這首題畫詩有特別的感受，足以作為這一期代表作之一。

送子由使契丹（元祐四年八月）

　　雲海相望寄此身，那因遠適更沾巾。不辭馹騎凌風雪，
要使天驕識鳳麟。沙漠回看清禁月，湖山應夢武林春。
單于若問君家世，莫道中朝第一人。〔註32〕

　　這一首送別詩，是蘇轍奉詔出使，擔任賀遼國主生辰的國信使。契丹是我國東胡族的一支，住在遼河上游，唐末建契丹國，後改國號為遼。宋仁宗慶曆二年，遼國國勢強盛，遼興宗派遣蕭英、劉六符索取瓦橋關以南十縣的地方，仁宗派富弼前去交涉，最後結論是：一、增歲幣銀十萬兩、絹十萬匹。二、宋將歲幣送到白溝交割。三、歲幣

〔註31〕參見王文誥、馮應榴輯注《蘇軾詩集》，卷三〇，頁 1609，（王晉卿
　　　　作〈煙江疊嶂圖〉，僕賦詩十四韻，晉卿和之，語特奇麗，因復次韻，
　　　　不獨紀其詩畫之美，亦為道其出處契闊之故，而終之以不忘在莒之
　　　　戒，亦朋友忠愛之意也）一詩所引。
〔註32〕同註31，卷三一，頁 1647。

由「輸」改為「納」。神宗熙寧七年，遼藉口宋侵蔚、應、朔三州界，希望以這三州的分水嶺為邊界，宋派沈括前去斡旋，最後還是尊重遼國的意思，宋沿邊界失去好幾百里地，歲納依舊〔註33〕。蘇轍這一次的任務，是代表宋朝前去表示友好，可以說是外交任務。

東坡這首詩勉勵子由擔負起國家的使命，維護宋朝的聲威，同時提醒遼國：中原文明鼎盛，人才眾多，彼此要珍惜兄弟一樣的友情。詩一開始，他說：這一次雲海遙隔，只能兩地思念，哪會像從前一樣，因為你的遠去而淚濕巾袖？你不辭艱苦，在驛路上冒著風雪奔馳，為的是讓遼國人認識中原的秀異人物。這四句寫出子由這次任務非比尋常，代表國家出使，雖然路途遙遠也是應該的。

接著，東坡說：當你置身在沙漠裡，一定會回想起宮禁的夜月，夢想著哥哥正在杭州秀麗山水中。你可千萬記得：單于如果問起你的家世，不要說你是中原朝中的第一人，以免被他拘留哦！這四句是設想子由的心境，然後希望子由此去小心應對，以完成國家託付的使命。

整首詩以勸勉子由為主，表現出東坡的愛國情操，以兄弟手足情深為輔，希望子由能不辱使命。雖然是一首律詩，只有短短八句，但是立論正確，情思婉轉，充分表達出磊落的胸襟，加上對偶嚴整，用典警策，讀起來聲調鏗鏘，耐人尋味，是一首發自真情的好詩，足以為這一時期送別詩的代表。

贈劉景文（元祐五年十月）

　　荷盡已無擎雨蓋，菊殘猶有傲霜枝。一年好景君須記，
　　最是橙黃橘綠時。〔註34〕

這首詩是東坡在杭州所寫，送給劉景文的詩。劉景文，名季孫，河南祥符（開封）人。他雖然是將門後代，但博學工詩，東坡到杭州

〔註33〕參見林瑞翰《宋代政治史》章二、第十節〈慶曆增遼歲幣交涉〉，以
　　　　及章四、第二節〈聯金滅遼〉，正中書局。
〔註34〕參見王文誥、馮應榴輯注《蘇軾詩集》，卷三一，頁1713。

當太守，劉景文是東南將領，輔佐他治西湖，每天都從萬松嶺到新堤，因此建立了很好的交情。詩寫在元祐五年十月，描寫江南秋冬景物，藉花木來贊美景文的節操，同時也表明自己的心境。

詩一開頭說：荷花落盡，再也看不到擎雨的蓋子；菊花已殘，還留著傲視寒霜的枝梗。一年中最美好的時節你應當記得：正是目前這個橙黃橘綠的初冬。如果把它當作純粹的寫景詩，那麼這首詩最大的特色是形象鮮明、意象生動，然而東坡這首詩，其實有更深刻的意義在內。

詩中荷花凋傷是寫眼前景，其實也是指東坡離開朝廷，不再有太皇太后的眷顧；以菊花的傲骨譬喻景文人品高潔，也是暗指自己的心志，不為朝廷小人所動。因為東坡自元祐二年回朝，一直到四年出知杭州，雖有宣仁太皇太后的寵遇，但是黨爭不已，所以他堅持請求外調，現在得遂所願，不能沒有感慨，所以即物寫情，一語雙關。

又三、四句寫橙黃橘綠，其中也有寓意。橘樹在屈原〈橘頌〉裡，被比喻為賢者，說它「蘇世獨立，橫而不流」，有高潔的品格。橘帶綠意，即指有耐寒的特質。《苕溪漁隱叢話》說這首詩和韓愈的早春詩，「意思頗同而詞殊，皆曲盡其妙」〔註 35〕，大概指的就是用淺語表達寄託吧！

這首詩寫景文品德高潔，同時也說明自己不願隨俗的心志，而反用詩意，要景文不要忘記眼前景，即是表白自己不曾忘記擁有高格，寫來含蓄有致，可說是一唱三歎！由於借景抒情，物我雙寫，技巧相當純熟，是他這一期的名篇，所以足為本期代表。

泛潁（元祐六年九月）

我性喜臨水，得潁意甚奇。到官十來日，九日河之湄。

〔註 35〕參見《苕溪漁隱叢話・後集》卷一〇：「『天階小雨潤如酥，草色遙看近卻無，最是一年春好處，絕勝煙柳滿皇都』，此退之早春詩也，『荷盡已無擎雨蓋，菊殘猶有傲霜枝，一年好景君須記，正是橙黃橘綠時』，此子瞻初冬詩也，二詩意思頗同而詞殊，皆曲盡其妙。」

> 吏民笑相語，使君老而癡。使君實不癡，流水有令姿。
> 遶郡十餘里，不駛亦不遲。上流直而清，下流曲而漪。
> 畫船俯明鏡，笑問汝為誰。忽然生鱗甲，亂我鬚與眉。
> 散為百東坡，頃刻復在茲。此豈水薄相，與我相娛嬉。
> 聲色與臭味，顛倒眩小兒。等是兒戲物，水中少磷緇。
> 趙陳兩歐陽，同參天人師。觀妙各有得，共賦泛潁詩。

〔註36〕

　　東坡元祐六年寫這首詩的時候，正經歷朝廷黨爭交相攻伐，想要傾覆子由，所以他自請外任，到潁州當太守。當時，政治還算清明，百姓在新法廢後，暫時得到喘息，所以東坡才有閒暇到西湖遊玩。

　　潁州在現在的安徽省阜陽縣，潁河就在城邊流過，匯聚到西湖。西湖是個「十里荷花菡萏香」的地方，何況同遊的還有趙德麟、陳師道以及歐陽修的兩個兒子，東坡心情十分愉快。他以慣有的敏銳觀察力，寫下了極富哲理的這首詩。

　　前四句寫泛舟潁上的原因。東坡說：我原本就喜歡水，潁水又是這麼奇特，所以一到潁州上任，我就迫不及待前來潁水遊覽。這並不表示他貪玩，不管百姓疾苦，而正可以從這兒看出官閒無事，它才能一了宿願，遊山玩水。

　　接著轉寫潁州百姓和他的一段談話，開啟詩境。他說百姓看見他來，很高興的和他寒暄說笑，一點也沒有畏懼的樣子。百姓甚至對他評頭論足，可是他不但不生氣，反而藉這一層意思，寫潁水美好的姿態，進而否認自己又「癡」又「老」。這四句過渡段，可以看出他親民、愛民的胸懷。

　　究竟這一次泛潁的經過是怎樣的？他說：潁水遶境有十多里，流速不快又不慢，上游的地方是直而清，下游則是彎而有漣漪，當船走過，看著波平如鏡的水面，好像鏡子那麼光潔，於是笑問水中的影子：你是誰？這是東坡自我猜想，這麼一來，波瀾起伏，機趣橫生，令人

〔註36〕參見王文誥、馮應榴輯注《蘇軾詩集》，卷三四，頁1794。

覺得生動活潑，然後轉寫微風乍起時，波搖影亂，散為千百個東坡，等風一停，一剎時影子又再度浮現，這樣寫水面的變化，真個傳神，使人彷彿看到一幅景，浮現在眼前。東坡說難道是水在戲耍著他，和他玩捉迷藏的遊戲嗎？

東坡從水的幻化，悟出了一個道理。他說富貴榮華，聲色貨利，常常使世人眩惑、顛倒，而這就像是兒戲一樣，雖然這樣，但是水的特質是不會使人喪失廉恥，不會使人同流合污，這是人們和它不同的地方。從這裡，可以看出這個階段他的想法。朝廷的小人，結黨營私，爭權奪利，使人不解；在他看來，人的一世，不過百年，有什麼好爭的？人們受名利惑亂，不就等於影子在水中晃動一般的虛幻嗎！

最後，他補敘同行的人有趙德麟、陳師道，以及歐陽修的兩個兒子，他們一起向大自然學習，而有所悟，在這潁水之上，寫下了遊賞的心得。這首詩充滿哲理，也充滿機趣，那是因為東坡這一刻心情閒適，能領略潁水的啟示，而同樣的觀賞潁水，每個人欣賞的角度各不相同，所以在最後補敘同遊的人，表示這一次遊賞他自己特別的感受。

紀昀評東坡「散為百東坡，頃刻復在茲」，將眼前語寫成奇采，實是自在神通。方東樹也說：坡公的詩，常在終篇以外，還有遠景，出人意外，又常在篇裡有意外的境界，好像是天外飛來一筆，這並不是平常人做得到的〔註37〕，用來說明東坡的這首詩，可說是恰當不過的了！

這首詩有東坡的感懷，可以反映他這時期的心情與想法，所以把它列為代表作之一，應該是很合理的。

〔註37〕參見《詹昧昭言》，原文是：「坡公之詩，每于終篇之外，恆有遠景，匪人所測；于篇中又各有不測之境，其一段忽從天外插來，為尋常胸臆中所無有。」

東府雨中別子由（元祐八年九月）

庭下梧桐樹，三年三見汝。前年適汝陰，見汝鳴秋雨。
去年秋雨時，我自廣陵歸。今年中山去，白首歸無期。
客去莫歎息，主人亦是客。對床定悠悠，夜雨空蕭瑟。
起折梧桐枝，贈汝千里行。歸來知健否，莫忘此時情。

〔註38〕

　　這首詩是東坡出京前往定州的作品。東府，建於元豐初，離東闕很近。這是一首感懷詩，他在寫這首詩以前，有〈朝辭赴定州狀〉，對於哲宗拒絕他上殿辭行，他深感痛心〔註39〕，所以當他出京與子由辭行時，有所感寫下了這首詩。

　　詩一開頭寫看到東府庭中的梧桐樹，想起這三年來，與子由分手三次，也看子由看了三回。哪三回呢？他說：元祐六年到潁州，正是秋雨敲打著梧桐，發出聲響，他和子由在這裡分手。在這裡他點出離別的地方是梧桐樹下，離別的時間正是秋天。

　　接著東坡說：元祐七年出知揚州後，他剛從揚州回來，也正是秋雨時節，和子由再度分手；今年他即將前往定州，是第三次分手，也許再沒有回來的時候呢！這些話充滿感慨，從「秋雨梧桐」寫起，使人自然聯想到愁緒綿綿，當時朝廷局勢不好，所以他有預感：也許以後要回到朝中是遙遙無期的了！

　　於是東坡勸子由不要為他歎息，因為子由本身也是前途堪憂，他從秋雨這個意象，想起年輕時讀韋應物的詩：「寧知風雨夜，復此對床眠」，因此對子由說：他日對床而眠，似乎是遙遠的夢想，他只好在夜雨時，獨自聽著風雨蕭瑟的聲音了。這四句是為自己的離去，感到無奈，又由於哲宗皇帝的態度冷淡，他深知朝局將會有很大的變化。

　　最後他說：起身摘下了梧桐枝，送給你當作千里遠行的紀念，不

〔註38〕參見王文誥、馮應榴輯注《蘇軾詩集》，卷三七，頁1992。
〔註39〕參見《經進東坡文集事略》，卷三四，世界書局，頁602。

知道下次回來，身體是不是依舊健康，只希望你不要忘了這一刻的心情。歸結到梧桐產生的意象，是離別與重逢，而眼前是那麼依依不捨，所以他勸子由不要忘記彼此的約定：有朝一日，能夠在秋雨蕭瑟的夜裡，共話別後的情形。

紀昀說這首詩最大的優點是以瑣屑的事，表達深摯的情，用簡單的行蹤，說明複雜的經歷，其中有激切感慨的地方，一定要讀他的〈朝辭赴定州狀〉，然後才能評論這首詩〔註40〕，說得大致不差。最重要的是：他知道「秋雨梧桐」所代表的意象，每一次離別，上天彷彿有意表達對君子的哀傷，所以秋雨不斷，這一次出知定州，哲宗態度大有轉變，因此他才有回朝無期的哀傷，而秋雨不正是他心中的淚嗎？

東坡用簡淡的語句，藉著秋雨梧桐的聯想，表達心中複雜的情緒，是這首詩最大的特色。東坡寫給子由的詩，向來是真情洋溢，毫不做作，有他真誠的告白，所以可做為這期詩的代表。

第三節　蘇詩第四期的特色──凝定

從元豐八年返朝，一直到元祐八年出守定州，東坡在仕途上可以說平步青雲，得遂所願；但是，由於他有自己的政治理想，而這個理想和新、舊兩黨還有出入，所以他和弟弟子由也深受黨爭的困擾。因此，他出知杭州、潁州、定州，全是為子由設想，希望自己的出守，可以避免朝中大臣一再的中傷，甚至能讓子由全心輔政，從不計較自己的得失。可惜這樣的委屈求全，並沒有得到朝中君臣們的諒解，竟對他展開一波又一波的攻勢。

這段時期，他的詩作明顯的和黃州詩不同。黃州詩的內容是田園山水，藉物寄託，希望有朝一日，仍有機會報效朝廷，這一期則有大量的題畫詩，抒寫自己對藝術的觀感。題畫詩原本是杜甫的創舉，根

〔註40〕原文為：「愈瑣至，愈真至，愈曲折，愈爽朗，故是興到之作，但此篇大有慨慷，故語亦激昂之甚，非興到之謂也，不讀〈朝辭赴定州狀〉而欲論此詩，難矣！」

據沈德潛的說法，題畫山水如果有地名可循，一定要寫出登臨憑弔的意思，題畫人物，有事實可查，要發揮知人論世的觀點〔註41〕，東坡的題畫詩更進一步，能將意象透過美學原理，使景物再現，同時寫畫外之意，耐人尋味。由於這時期他的題畫詩量多質佳，所以成為這期詩的代表。

　　其他有些詩篇，透露這一時期的心境，表達對國家的關心，足以說明環境對他的影響，如〈贈劉景文〉、〈東府雨中別子由〉，可以說是這一期的代表。綜觀這幾首詩，五古有〈送顧子敦奉使河朔〉、〈書晁補之所藏與可畫竹〉三首、〈書鄢陵王主簿所畫折枝〉二首、〈泛潁〉、〈東府雨中別子由〉，七古有〈郭熙畫秋山平遠〉、〈書王定國所藏煙江疊嶂圖〉，七絕有〈惠崇春江晚景〉、〈贈劉景文〉，七律有〈送子由使契丹〉，可見東坡仍較偏愛以五古、七古寫詩，這是因為古詩在抒情、寫志上，較合乎東坡豪邁奔放的個性，所以他的作品中也以五古、七古居多。

　　大致說來，東坡在這段時間裡，物質生活不虞匱乏；但是，精神上仍有許多壓力。夾雜在新舊黨爭中，他一直遭受「詩文譏諷」的毀謗，不斷請求外放，正是這種壓力的反映。從他的代表作當中，我們看到他不凡的鑑賞力，以及想隱退的心思，實在是已經厭倦小人的詆毀，而期盼為國家、為人民做一點事。我將這期詩定為凝定期，也是基於他不求名利，只求報效朝廷的心，是堅定不移的，何況他這時生活安定，正是題畫詩創作成功的主因。

第四節　結語——詩畫一律、天工清新

　　這一期題畫詩，是東坡對藝術評論的成熟期。他的題畫詩並不是

〔註41〕參見《說詩晬語》。原文為：「唐以前未見題畫詩，開此體者老杜也。其法全在不粘畫上發論。如題畫鷹，必說到真馬真鷹，復從真馬真鷹開出議論，後人可以為式。又如題畫山水，有地名可按者，必寫出登臨憑弔之意；題畫人物，有事實可拈者，必發出知人論世之意。本老杜法推廣之，才是作手。」

前無所承，而是具有承先啟後的地位。歐陽修〈盤車圖〉：「古畫畫意不畫形，梅詩詠切無隱情。忘形得意知者寡，不若見詩如見畫。」已揭示了題畫詩的最高境界，而東坡題畫詩就實現了這個理想。東坡〈書韓幹畫馬〉也說：「韓生畫馬真是馬，蘇子作詩如見畫，世無伯樂亦無韓，此詩此畫當誰看？」，本著這個理念，他題詠畫外情境，也特別真切。在〈書鄢陵王主簿所畫折枝〉二首，他更明確的指出：「論畫以形似，見與兒童鄰」、「詩畫本一律，天工與清新」，將詩畫原理相同到道理，發揮到淋漓盡致。

　　從這一期的五百九十一首詩看來，他的唱和應酬詩佔四百一十五首，固然是分量最多，但它們反應的應該是東坡生活的閒適。如果將這一期詩的特色和前期做比較，我們會發現他的題畫詩有明顯增加的趨勢，所以代表詩作針對這兩大類詩篇，選擇具代表性的十首，予以分析，希望能藉這些作品，反映東坡這一期詩的特色。

　　綜論以上，我們知道環境對一個人的影響是很大的。如果不是政治上的傾軋，那麼東坡怎麼會出知各地，豐富他創作的內容？如果他不能重返朝廷，又怎能和知心好友相聚，評書論畫？幸好他在朝廷公餘之暇，仍創作不輟，所以有大量的題畫詩留到今天，使我們對他的美學有更深一層的瞭解！

第六章 蘇詩圓融期作品探究

第一節 蘇詩圓融期的範圍

哲宗元祐九年（西元一○九四年）三月，蘇轍上書諫止紹述邪說，不料被李清臣、鄧潤甫攻擊，摘取他在書狀中用漢武帝的故實，說他是影射宋神宗，而且還提到「事有失當，父作之於前，子救之於後，前後相濟，此則聖人之孝也」〔註1〕哲宗大怒，把子由貶到汝州。四月，改元為紹聖元年。這時朝局大亂，御史虞策等又重提東坡在朝作誥詔，有譏斥言詞，就在那年閏四月，東坡落職端明殿學士兼翰林侍讀學士，依前左朝奉郎，責知英州。

東坡在〈英州謝表〉一文中，說他「幼歲勤勞，實學聖人之大道，而終身窮薄，常為天下之罪人」「累歲寵榮，固已太過；此時竄責，誠所宜然」〔註2〕並沒有上章辯解。虞策又論列他的責罰不當，誥下，降充左承議郎，仍知英州。接著，劉拯又重提東坡制語譏刺先帝，於是謫命又改，仍知英州。東坡知道三改謫命，星夜趕赴，以至於憂悸成疾，加上平日不善理財，資用罄絕，所以令蘇邁就近躬耕，他只帶幾個家眷前往英州。

〔註1〕參見《欒城集‧潁濱遺老傳》，卷一三，上海古籍出版社，頁1312。
〔註2〕參見《經進東坡文集事略》，卷二六，世界書局，頁443。

　　沿途經過汝州，東坡探視了子由，子由還分了一些錢給蘇邁，讓他到宜興不至於困乏。一直到六月，章惇、蔡卞等又重提東坡謗訕的罪狀，最後在二十五日誥下，落職左承議郎責授建昌軍司馬，惠州安置，不得簽署公事。這一次東坡唯獨帶著朝雲、蘇過前往赴任。

　　從紹聖元年三月到紹聖四年三月，東坡的心境又和元祐年間不同。一個臺閣大員，被貶到惠州這個蠻荒的地方，他的恐懼是可想而知的。在〈次韻王鞏南遷初歸二首〉，他提到：「問君謫南賓，野葛食幾尺？逢人瘴髮黃，入市胡眼碧」〔註3〕，現在被貶謫到這裡，的確是心有疑慮的；但是，他很快就因為惠州風土民情美善，改變他對當地的印象。

　　從紹聖元年八月七日過惶恐灘，十月二日到達貶居的地方，他沿路欣賞風景，寄寓他心中的感慨，可以〈八月七日，初入贛，過惶恐灘〉、〈舟行至清遠縣，見顧秀才，極談惠州風物之美〉為代表。到了惠州，有〈十月二日初到惠州〉、〈十一月二十六日，松風亭下，梅花盛開〉二首、〈荔支歎〉、〈和陶貧士〉七首、〈章質夫送酒六壺，書至而酒不達，戲作小詩問之〉、〈縱筆〉、〈和陶歲暮作和張常侍〉，記錄他在惠州的心境。顯然的，這一次貶謫，無論思想意境或造語遣詞上，和黃州並不相同，同時和元祐回朝的「凝定期」也不一樣，所以值得我們進一步探究，釐清其中差異。我把這一期定為「圓融期」，說明它和其他各期的不同。

第二節　圓融期代表詩作論析

　　東坡在紹聖元年到四年間，整整三年，創作了一百九十四首詩，計和陶詩四十七首，唱和詩五十首，寫景詩三十五首，感懷詩三十四首，其它為詠物十首，哲理八首，贈別六首，詠史四首〔註4〕。在他

〔註3〕參見《蘇軾詩集》，卷二二，學海書局，頁1172。
〔註4〕根據《蘇軾詩集》卷三八至四十所錄，起自紹聖元年七月赴湖口，
　　　　計至紹聖四年三月底，共一百八十二首。

詩文創作的軌跡中，我們發現這期沒有題畫詩，而和陶詩有增加的趨勢，這是很特別的地方。史良昭《浪跡東坡路》一書，提到「東坡晚年在藝術上追求沖淡，但他生活並不平靜。和陶詩便成了他在逆境中的精神歸宿，我們也借此瞭解了詩人在貶謫中的風霜經歷與思想活動。」〔註5〕這段話對於東坡在惠州何以創作和陶詩，有很清楚的說明。

東坡這一期詩和「沈潛期」在內容上，也有不同的地方，像〈秧馬歌〉、〈荔支歎〉雖然都有關時事，藉物抒情；但是比起〈湯村開運鹽河雨中督役〉、〈吳中田婦歌〉這些早期的諷諭詩，情思更高妙，結構也更開闊變化。又感懷詩有貶謫的苦況，然而將謫惠州與謫黃州做比較，會發現黃州時他親自躬耕，還能自給自足；但是，惠州時期，衣食窘乏，樽俎蕭然，心境極不相似，所以應該將它們獨立成一期，加以研究。

綜上而論，這一期代表作有〈八月七日，初入贛，過惶恐灘〉、〈舟行至清遠縣，見顧秀才，極談惠州風物之美〉、〈十月二日初到惠州〉、〈十一月二十六日，松風亭下，梅花盛開〉、〈再用前韻〉、〈荔支歎〉、〈和陶貧士〉七首、〈章質夫送酒六壺，書至而酒不達，戲作小詩問之〉、〈縱筆〉、〈和陶歲暮作和張常侍〉，一方面反應東坡這時期的心境，一方面可看出他在詩篇創作的技巧，已臻圓融的境界。茲依序論列如下：

八月七日，初入贛，過惶恐灘（紹聖元年八月）

七千里外二毛人，十八灘頭一葉身。山憶喜歡勞遠夢，
地名惶恐泣孤臣。長風送客添帆腹，積雨浮舟減石鱗。
便合與官充水手，此生何止略知津。〔註6〕

這是一首紀行詩，寫東坡離開定州，南下惠州經過的情景。八月

〔註5〕參見該書〈東坡和陶〉章，江蘇古籍出版社，頁166。
〔註6〕參見《蘇軾詩集》，卷三八，頁2053。

七日這一天，東坡船行到惶恐灘，想起故鄉蜀道上有一座山，以「錯歡喜」命名，心有所感，寫下了那一刻的感受。

詩一開始是東坡的自述。東坡說他是貶謫七千里外的老人，好比是十八灘頭飄流的一片落葉。七千里形容極遠，定州在四川省玒縣西南，惠州在廣東省惠陽縣西，路途相當遙遠，所以他以七千里約略說明。對一個五十九歲的老人來說，跋涉千里已經夠辛苦的了，而七千里的路程顯然是太艱辛了。東坡有意強調路途遙遠與年紀老邁，來突顯沿路的險阻。十八灘指江西贛江有十八處險灘，在這裡指惶恐灘，東坡身在船上，隨波流轉，深覺自己像一葉扁舟，飄浮在驚濤駭浪的水上。朝廷對於他毫不恩遇，竟然無視他的高齡，貶謫他到七千里遠的蠻荒地帶，這也難怪他要感慨不已了！

他想起四川有一座山，叫「錯歡喜」，而現在行經這一處險灘，叫惶恐灘，似乎是上天巧合的安排，所以他說要回故鄉的錯歡喜，除非是在夢中，如今一聽到惶恐灘，不禁使他這個孤臣淚流滿襟。東坡在前往定州時，想向哲宗辭行；可是，詔命說不必陛辭，這表示哲宗對於這位曾是老師的翰林學士，已經有厭棄的意思，所以東坡用孤臣來形容自己，心中有無限悲憤，因此借惶恐灘名，說出自己的驚怕。這兩句對仗，自然天成，情思蘊藉，又「錯歡喜」、「惶恐灘」都含有雙關的意味，可說是耐人尋味。

接下來轉寫眼前景。他說眼看著長風浩蕩，船帆飽滿，幸好雨後水漲，過灘時看不到如魚鱗般的水波。這兩句是慶幸自己身在險灘，能得上天的厚愛，渡過險境。在一般人遇到險境時，總是怨天尤人，而東坡可貴的，就是能往樂觀的一面思考，所以一過險灘，他馬上想到是上蒼的庇祐，一下子悲傷的情緒洗盡了，只賸下感恩的念頭。

最後，他聯想到困境其實也有好處。他說經過這一次體驗，他可以為官兒們充當水手，因為長途舟行，他對於渡口已經非常熟悉了！這樣說還有一層深意，那就是暗指自己在仕途上，經歷了無數傾軋，現在已經可以指引那些不知情的人，踏上仕宦的坦途了。

通篇是順著思路發展，告訴我們他這一次貶謫的感受。由感歎路途遙遠，經歷險地，進一步說此刻深覺自己的孤危無助，然後轉寫感謝蒼天厚愛，一路平安，願意帶領其他人渡過險境，在在表現出他心境的轉折。紀昀評這首詩說：「末句真而不俚，怨而不怒。」可說是切中微恉。再從詩中的兩聯對仗，更能看出東坡這時寫詩技巧，已到信手拈來，沒有一絲牽強，又兩兩相關，已到了圓融的境地了！

舟行至清遠縣，見顧秀才，極談惠州風物之美
（紹聖元年九月）

到處聚觀香案吏，此邦宜著玉堂仙。江雲漠漠桂花濕，
梅雨濟濟荔子然。聞道黃柑常抵鵲，不容朱橘更論錢。
恰從神武來弘景，便向羅浮覓稚川。〔註7〕

東坡自從渡過惶恐灘後，繼續遊覽沿途勝景。九月初，渡大庾嶺，想起李白曾被流放夜郎，有〈過大庾嶺〉詩。詩中引李白〈贈韋太守〉中的兩句：「仙人撫我頂，結髮受長生」，意指他想學陰長生遠颺高飛，把死生禍福當成是天意。十月，舟行到清遠縣，東坡遇見一位姓顧的秀才，寫下這首詩，說出他對惠州的印象，這時的他又升起了入世的心。

詩一開頭，顧秀才告訴他惠州百姓很敬重官吏，如果東坡到惠州，會發現百姓聚集著來看他，而且這個地方民風純樸，很適合像東坡這樣的好官停留。兩句話將惠州百姓的優點說出，讓東坡安心不少。在東坡的印象中，惠州是一個偏遠的地方，百姓吃著粗糙的東西，說著他聽不懂的話，也許長相還特別奇怪呢！可是，按照顧秀才的說法，惠州人民似乎還蠻有文化的，這怎能不讓他鬆一口氣呢？

顧秀才還說：那裡的景物很美，雖然濕氣比較重，但是江水蕩漾，雲霧廣佈，空氣中瀰漫著淡淡的桂花香。還有那常見的梅雨季節

〔註7〕參見《蘇軾詩集》，卷三八，頁2064。

裡，荔支紅得像火燒一般，味道非常的好。這樣的景物，在東坡看起來是夠美的了，能夠去看看不同的景致，未嘗不是一種全新的體驗，所以他還沒到惠州，就已經喜歡上了這個地方。

接著，東坡說他聽聞惠州的柑橘很多，就像是《鹽鐵論》上說的「昆山之旁，以璞玉抵烏鵲」，換句話說，惠州柑橘多得可以擲烏鵲，賣的時候不必論斤稱兩。這麼說來，惠州怎麼會是不毛之地呢？記得他的好友李常曾經在他貶謫黃州時，送他柑橘的種子，他種在「東坡」上，心中滿是感激，所以東坡對柑橘有一分特別的感情。現在果然如顧秀才所說的：惠州柑橘多得不得了，那還有什麼好怕的呢！這兩句表面上是寫惠州風物的美好，事實上東坡想像惠州一定是個不錯的地方。

最後他用了兩個典故自比。他說就像是唐高僧弘景，曾出神武門，弘揚佛法；又像是葛洪曾在羅浮煉丹，學道成仙，這一次他來到惠州，很適合齋心煉神，又有什麼不好呢！

通篇頌贊惠州風物的美好，人情的淳厚，借此告訴自己「此心安處是吾鄉」，實在不必太過憂慮。反過來說：在聽聞惠州有關事物以前，他是相當不安的。幸能從顧秀才的言語中，知道惠州的情況，總算放下了一顆心。東坡想像中的惠州，如今不再是一個令人惶恐的地方了！

這首詩是東坡住惠州前，聽到別人描述那兒的風物民情，感到很心安。由於能寫出他樂易的天性，無論用典、對仗也都恰到好處，所以我認為這首詩可做這期的代表。

十月二日初到惠州（紹聖元年十月）

彷彿曾遊豈夢中，欣然雞犬識新豐。吏民驚怪坐何事，
父老相攜迎此翁。蘇武豈知還漢北，管寧自欲老遼東。
嶺南萬戶皆春色，會有幽人客寓公。〔註8〕

─────────────

〔註8〕參見《蘇軾詩集》，卷三八，頁2071。

　　東坡自從聽到顧秀才一番話以後，安心的沿途遊賞。遇到道觀，就拜訪道士；經過廟宇，就在廟中休憩，終於在十月二日到達惠州貶所，寫下了這首詩。詩中表達了他矛盾的心情。

　　他說彷彿曾經來過這個地方，難道是夢中曾出現過眼前的景像嗎？高興的是這兒和家鄉很像，就像是雞犬認得新豐一樣。這是東坡對惠州的第一印象。惠州看起來是那麼熟悉，那麼親切，一來到這裡，像是回到自己的家，東坡第一眼就愛上了這個地方。

　　而後當地官吏、百姓紛紛問他為什麼被貶到這裡時，東坡深受感動，尤其是當地鄉親扶老攜幼來迎接他，他又再一次受到震撼。對一個被人否定的人來說，肯定他是一帖良藥，可以拂平他心中的傷痛。這一刻，東坡正是這種感受，只是他沒有欣喜若狂，而是淡淡的表達出他的欣慰。

　　第三聯東坡用了兩個典，說出這一刻的感覺。他說蘇武久留漠北，哪裡想得到會還鄉？而管寧避亂遼東，他原是打算在那兒終老的！表面上看，東坡是想和他們兩個人一樣，將惠州當做是他終老的地方，事實上他還存著一絲希望，期盼可以回到朝廷，就像蘇武和管寧最後能回到朝中一樣。這兩句和第一句遙相呼應，說眼前所見應該是夢境一場。

　　最後東坡說出心中的願望。他說惠州家家戶戶都儲存著瓊漿美酒，應該會有高士來招他暢飲一回的。這是想起既然暫時不能回朝，那麼只好退而求其次，在這裡與高士對飲，過著淡泊寧靜的日子了。

　　從這首詩的意境看來，東坡盼望這只是暫時的貶謫，如果能返回朝中，那麼現在不必辜負嶺南春色，正應隨遇而安，平淡度日。這一點和初到黃州的心情有些相似，卻又有些許不同。

　　東坡〈初到黃州〉表達的是自我嘲謔的情致。他說「自笑平生為口忙，老來事業轉荒唐」，指的是禍從口出，以至於被貶到黃州。「長江繞郭知魚美，好竹連山覺筍香」，是對黃州的第一印象。「逐客不妨員外置，詩人例作水曹郎」，嘆自己與古人同運，流落到黃州。「只慚

無補絲毫事，尚費官家壓酒囊」，說自己無補國事，只會虛耗米糧。當時的心境已有隨遇而安的想法，但並不認為可能會終老黃州，到了惠州，一樣有「既來之則安之」的想法，但卻懷疑自己會不會終老在這兒，這正是不同的地方。

這首詩情致高遠，怨而不怒，體現出他洞達天意的精神。從詩的內容來看，是隨遇而安，淡泊自適；從形式上來看，用典精妙，對仗工整，全詩流轉自然，淡而有味，可做為這期詩的代表。

十一月二十六日，松風亭下，梅花盛開二首
（紹聖元年十一月）

其一

春風嶺上淮南村，昔年梅花曾斷魂。豈知流落復相見，蠻風蜑雨愁黃昏。長條半落荔支浦，臥樹獨秀桄榔園。豈惟幽光留夜色，直恐冷豔排冬溫。松風亭下荊棘裡，兩株玉蕊明朝暾。海南仙雲嬌墮砌，月下縞衣來扣門。酒醒夢覺起繞樹，妙意有在終無言。先生獨飲勿歎息，幸有落月窺清樽。〔註9〕

紹聖元年十月，東坡初到惠州，先是住在合江樓，後來移居到嘉祐寺。這首詩中的松風亭，就是嘉祐寺舊址。東坡元豐三年貶謫黃州時，曾經因看見春風嶺上梅花盛開，有所感慨，寫了〈梅花〉二首，詩中說到「何人把酒慰深幽，開自無聊落更愁。幸有清溪三百曲，不辭相送到黃州。」〔註10〕假設梅花立場，隨著流水，送東坡到黃州，設想奇特。現在松風亭下又看見梅花身處棘籬，不禁聯想起梅花的命運，就像是自己不幸的遭遇，詩中有無限慨歎！

詩一開頭，從在黃州看見紅梅寫起。東坡說以前他被貶謫到黃州，曾在春風嶺上看到梅花，覺得梅花幽獨就像自己的坎坷，因此感傷不已。沒想到今天又在這個南方邊遠的惠州，看見流落的梅花在風

〔註9〕參見《蘇軾詩集》，卷二○，頁1032。
〔註10〕同註9，卷二○，頁1026。

雨黃昏裡。這四句是指在黃州對梅花的惋惜，襯托惠州看見梅花的淒絕心情。東坡自從在黃州題詠了〈梅花〉二首以後，每年總不忘描寫「細雨梅花」，對梅花有著化不開的深情，所以一見梅花，就寫下了他這一刻的感受。

接著，他描述眼前梅花的冷豔、不隨俗。東坡說在這荔支浦上，梅樹的枝條橫斜交錯，桄榔園裡，一樹傾斜的老梅綻放秀色。並不是幽微花光留住夜色，而是梅花冷豔姿質會排斥冬溫。這四句是東坡想像的言詞，他認為梅花的冷豔，就像君子的節操，無論環境是多麼險惡，它也不迎合世俗，所以儘管黑夜漫長，寒意深濃，它也不畏縮，呈現出高潔的風姿。

而後東坡想像梅花化做白衣仙子輕敲他的門戶。他說在這松風亭下，荊棘叢中，兩株白梅盛開，彷彿初升的太陽，令人眼前一亮，又如同南天嬌豔的仙雲，降在台階上，趁著夜色，輕敲他的門戶。這四句，東坡將梅花比喻成仙子知道他這時被貶謫，所以前來安慰他苦悶的心靈，寫來清遠有致。

最後，東坡從梅花仙子的慰藉中，得到了情感的昇華。東坡說等他酒消人醒，起身繞樹欣賞時，剛剛的夢境也消失了，只覺梅花含情脈脈，不發一語，好像是勸他姑且獨自飲酒，不要嘆息，至少有落月的陪伴，不至於太孤獨。這四句說明從另一個角度看待事情，也許不如想像中那麼嚴重，又何必自怨自艾呢？詩寫到這裡，東坡的情感已得到淨化，隨遇而安正是他這一刻的心境。

整首詩以梅花為線索，勾勒出雖被貶謫，卻不因此懷憂喪志。梅花的耐寒、高潔，正是東坡的寫照，所以這首詩人我雙寫，有深刻的寓意。紀昀評「海南仙雲嬌墮砌，月下縞衣來扣門」這兩句，是天人姿澤，不這樣寫就不能襯托出是梅花〔註11〕，又說這首詩刻意鍛煉，這些看法是對的。

〔註11〕參見紀昀《蘇文忠公詩集》。原文為：「天人姿澤，非此筆不稱此花。」

　　我認為東坡每每在詠物時，述說自己的心志，這是他詩中一大特色。這首詩是他真心的告白，借著淡筆描寫，正是這時期「圓融」的具體呈現，所以可做為代表。

再用前韻

　　羅浮山下梅花村，玉雪為骨冰為魂。紛紛初疑月挂樹，
　　耿耿獨與參橫昏。先生索居江海上，悄如病鶴棲荒園。
　　天香國豔肯相顧，知我酒熟詩清溫。蓬萊宮中花鳥使，
　　綠衣倒挂扶桑暾。抱叢窺我方醉臥，故遣啄木先敲門。
　　麻姑過君急掃灑，鳥能歌舞花能言。酒醒人散山寂寂，
　　惟有落蕊黏空樽。〔註12〕

　　東坡在寫了松風亭下的梅花後，意猶未盡，又刻意寫了這首詩，題詠梅花的形神。題為再用前韻，因此兩首詩可以當成一首來詮釋。

　　詩一開頭，從羅浮山下的梅花村寫起。東坡說羅浮山下這座梅花村，村中梅花有著冰雪一般的容貌和資質，一片片梅樹，讓人乍看以為是皎月挂在枝頭，耿介孤的樣子，在黃昏裡更見淒美。這四句形容梅花的姿態與精神，與林和靖「疏影橫斜水清淺，暗香浮動月黃昏」〔註13〕，有異曲同工之妙；但一經轉化，用玉雪形容梅骨，冰雪形容梅魂，說它「月挂樹」、「參橫昏」，更見東坡造語優美，想像奇特。

　　接著，東坡認為梅花是有意探訪他而來的。他說獨居惠州，流落江湖，心緒悄然，像是一隻病鶴棲息在荒園中，現在幸喜梅花仙子肯來探視，大概是知道他酒已溫熱，所寫的詩篇十分清新吧！這四句物我雙寫，說自己像病鶴，是就林和靖「梅妻鶴子」所作的聯想，而稱梅花像國色天香的仙子，是就前一首月下縞衣聯想，梅的多情映襯他的多才，彷彿是才子佳人。

〔註12〕參見《蘇軾詩集》，卷三八，頁 2076。
〔註13〕參見其〈山園小梅〉。原文為：「眾芳搖落獨暄妍，占盡風情向小園。
　　　　疏影橫斜水清淺，暗香浮動月黃昏。霜禽欲下先偷眼，粉蝶如知合
　　　　斷魂。幸有微吟可相狎，不須檀板共金尊。」

　　然後他聯想梅花是宮中信使，特地來看他這個貶謫的官吏。他說梅花是蓬萊宮中的花鳥使，特地化作嶺南珍禽——倒挂子，在日出時前來，抱著樹叢看著剛醉臥的他，故意先派遣啄木鳥敲門。這四句全是他想像的言詞，似虛而實，讓人覺得很有趣。紀昀說他「忽作幻語，善於擺脫」，就是說他懂得運用想像力，上天入地，取材新穎。

　　最後四句說出酒醒後的悵惘落寞。東坡說梅花又化身麻姑仙子來拜訪，他趕緊灑掃迎接，這時鳥也能歌舞，花也會說話，等到他酒醒以後，人也散了，山裡空空蕩蕩的，只看見梅花花蕊落在空酒杯中。不說他失意悵惘，而以景作結，點出花蕊落在酒樽中，無跡可尋，耐人尋味。

　　這首詩除了用韻與前一首相同，布局與取材略有不同。前一首從「斷魂」寫起，再描寫梅花的形神，歸結到梅花勸他不要嘆息，這一首從梅花的形神寫起，再寫梅花造訪，醒後悵然。前一首將梅花形容成縞衣仙子，而這一首說梅花是蓬萊宮的花鳥使，是麻姑仙子，兩首詩合起來看，更能看出東坡這期詩開闊變化，圓融純熟的詩風。

荔支歎（紹聖二年五月）

十里一置飛塵灰，五里一堠兵火催。顛阬仆谷相枕藉，
知是荔支龍眼來。飛車跨山鶻橫海，風枝露葉如新採。
宮中美人一破顏，驚塵濺血流千載。永元荔支來交州，
天寶歲貢取之涪。至今欲食林甫肉，無人舉觴酹伯游。
我願天公憐赤子，莫生尤物為瘡痏。雨順風調百穀登，
民不飢寒為上瑞。君不見武夷溪邊粟粒芽，前丁後蔡相籠
加。
爭新買寵各出意，今年鬥品充官茶。吾君所乏豈此物？
致養口體何陋耶！洛陽相君忠孝家，可憐亦進姚黃花。
〔註14〕

〔註14〕參見《蘇軾詩集》，卷三九，頁2126。

　　東坡在這一年四月十一日，初次吃到嶺南的荔支，對荔支讚不絕口。詩裡提到「不須更待妃子笑，風骨自是傾城株。不知天公有意無，遣此尤物生海隅。」〔註15〕甚至認為這一次到嶺南來，真是不虛此行；但是，一聽到黃庭堅、范祖禹等也因為修實錄被詆誣，黃庭堅左遷黔州，范祖禹遷永州，晁補之遷蘄州，他滿懷感慨，想起了朝中的丁謂、蔡襄、錢惟演爭新買寵，官僚腐敗，因此寫下了這首詩。

　　這是一首長篇七言古詩，夾雜描述和議論，表達諷諭的意思。詩一開頭，描述漢朝以驛馬傳送荔支到長安的情形。東坡說漢和帝時，在十里置雙堠，塵沙飛揚，在五里設單堠，準備驛馬，為的是運送荔支，滿山滿谷都是倒斃的屍體，就知道這是遞送荔支、龍眼到京城了。表面上寫漢朝為了宮廷的口體享受，驚擾百姓，事實上是借古諷今，歎息宋人也不免步後塵。

　　接著，描述唐玄宗時進貢荔支的情形。他說到了唐朝，車子行走像在飛奔，船在運送像是鶻骨一樣快，荔支傳送到長安，枝葉還沾著露水，就像剛採摘下來的一般，僅為了博得貴妃一笑，竟使塵土驚飛，驛夫流血，千百年來災害不斷。這四句是實錄，東坡用稍誇張的語句，突顯出一幅「塵揚送荔圖」，讓人從不同角度，思索這件事的另一面。

　　然後他結合這兩個例證，抒發議論。東坡說漢和帝永元年間的荔支，取貢於嶺南交州，唐玄宗天寶年間的貢荔，來自於四川涪州，今天百姓仍痛恨獻荔邀寵的李林甫，卻沒人以杯酒追奠勸和帝取消貢荔的唐羌。這四句綰合前面八句的論點，表示一己的感歎。

　　東坡進一步表達他為民請命的心願。他說希望蒼天憐憫老百姓，不要生長奇異的水果，造成百姓的災難，只要風調雨順，百穀豐收，人們不會饑寒凍餒，就是祥瑞了！四句話直抒胸臆，針對前面立論提出他不同的看法，更可見他愛民親民的仁愛胸懷。

〔註15〕參見《蘇軾詩集》，卷三九，頁2121。

　　東坡一想到宋代也有獻貢媚上的人，深深的表示不滿。他說你們難道沒有看到福建武夷的春芽茶——粟粒芽，到宋真宗朝有丁謂、蔡君謨相繼進貢嗎？他們挖空心思，爭取寵愛，使得後來的官吏也效法他們，以鬥茶充作「官茶」進貢。這四句有感於漢、唐的陋習，宋人竟不能避免，不禁感到難過。

　　最後總結觀感，藉機進諫。東坡說國君欠缺的難道只有這些東西？為了貪圖享受，勞民傷財多鄙陋啊！可憐歷仕真宗、仁宗的錢惟演，曾是忠孝人家，竟然也進獻名品牡丹——姚黃花。對於錢惟演這個洛陽名相，竟然也有獻貢邀寵的舉動，東坡是非常痛心的。

　　通篇以事實呈現民苦，希望能感悟君上，純粹是諷諭手法。七言古詩寫得這樣淋漓盡致，可說是精心之作。紀昀說他這篇古詩有杜甫的筆法和神態〔註 16〕，指的正是東坡「以時事入詩」，展現詩歌的現實主義。這是他貶謫嶺南後少有的諷諭名篇，可為這一期詩風圓融，各體兼備的明證。

和陶貧士七首（紹聖二年九月）

其一

　　長庚與殘月，耿耿如相依。以我旦暮心，惜此須臾暉。
　　青天無今古，誰知織烏飛。我欲作九原，獨與淵明歸。
　　俗子不自悼，顧憂斯人飢。堂堂誰有此，千駟良可悲。

〔註 17〕

　　這是一組和陶詩的第一首。東坡和陶起於元祐七年七月，當時他五十七歲，在揚州因飲酒而作和陶詩。歷來詩家對於東坡和陶有不同的看法，其中陳善《捫虱新話》、朱熹《朱子語類》、劉後村《後村詩話》都認為陶淵明的詩質樸自然，而東坡和詩不如淵明原作，謝榛《四溟詩話》、施補華《峴傭說詩》卻認為東坡和陶詩的思想內容、寫作

〔註 16〕參見《蘇軾詩集》，卷三八。原文為「貌不襲杜，而神似之，出沒開闔，純是杜法。」
〔註 17〕參見楊勇《世說新語校箋》，洪氏出版社，頁 535。

背景和陶淵明不一樣，自然不能相提並論﹝註18﹞。謝臻說：「和古人詩，起自蘇子瞻，遠謫南荒，風土殊惡；神交異代，而陶令可親，所以飽惠州之飯，和淵明之詩，藉以自遣爾。」﹝註19﹞我認為這個說法正是東坡和陶的主因。

東坡在寫這組和陶詩以前，曾經有〈和陶飲酒二十首〉、〈和陶歸園田居〉、〈和陶讀山海經〉等組詩。〈和陶飲酒二十首〉，表達他「偶得酒中趣，空杯常自持」、「遙知萬松嶺，下有三畝居」的心境，也發抒他對淵明的嚮往。〈和陶歸園田居〉，寫於紹聖二年二月，描述惠州苦況，有「我飽一飯足，薇蕨補食前。門生饋新米，救我廚無煙」，其中也有快樂的地方，如「提壺豈解飲，好語時見廣。春江有佳句，我醉墮渺莽」等句，充分流露隨遇而安的精神。〈和陶讀山海經〉，寫於紹聖二年七月，自述讀《抱朴子》有感，用淵明讀《山海經》所採的韻和之，詩中有「愧此稚川翁，千載與我俱。畫我與淵明，可作三士圖」，表達對葛洪、淵明欽慕的心意。最後一首更說明他貶謫惠州的看法，說「仇池有歸路，羅浮豈徒來」、「攜手葛與陶，歸哉復歸哉」，藉著神仙思想，得到精神慰藉。有了以上和陶詩，東坡對於貶謫這件事，較能以平常心看待，畢竟在古人中，他找到了知音，那麼凡事尚友古人，又有什麼好感傷的？

東坡〈和陶詠貧士〉的前面，有一段引言，說他「遷惠一年，衣食漸窘，重九伊邇，樽俎蕭然，乃和陶貧士七篇以寄許下、高安、宜興諸子姪，并令過同作。」因此這組詩是有感而作，可以反應這一期生活情況。

這一首詩四句一小段，共三段。第一段說：長庚和殘月，在天剛亮的時候還耿耿相依。他現在是遲暮之年，能不愛惜殘夜的光輝嗎？東坡寫這首詩是六十歲，所以看到天上長庚和殘月，互相依託，發出

﹝註18﹞參見宋丘龍著《蘇東坡和陶淵明詩之比較研究》，第二章〈本論〉，商務印書館。

﹝註19﹞參見《四溟詩話》卷三，木鐸出版社，頁1193。

遲暮悲涼之感。

　　第二段說青天沒有今古的分別，誰知道光陰就像陽光飛逝，這須臾的光輝竟然沒有辦法久留，古人既已隨著歲月消逝，他只願追隨陶淵明逝去。在〈和陶讀山海經〉他已經表達對陶淵明的嚮往，這裡又再次強調衷心思慕之意。由於他從日暮聯想到來日不多，果決的表明嚮往淵明的心志，所以紀昀說：「意深致而氣渾成。」指出了這四句的重點。

　　第三段說世俗的人從不自悲被世網所困，竟然憂慮陶淵明的固窮受飢，誰能夠像淵明有這樣的氣節？所以如果失節而有高位，就像齊景公有馬千匹，也是可悲。這一段是說明他為什麼唯獨仰慕淵明的原因。

　　東坡在這首詩裡，提到的世俗的人都以為陶淵明是貧士；可是，在他的眼裡，淵明有高潔的心，雖然他不像齊景公擁有眾多的馬匹，但是他豐富的精神生活，誰能比得上？言下之意，他願追隨淵明，做一個物質雖然貧乏，但是精神豐富的人，同時也反應東坡對於目前物質上的匱乏，不以為意，只盼望追求精神上的滿足。

　　其二

　　　夷齊恥周粟，高歌誦虞軒。產祿彼何人，能致綺與園。
　　　古來避世士，死灰或餘煙。末路益可羞，朱墨手自研。
　　　淵明初亦仕，絃歌本誠言。不樂乃徑歸，視世羞獨賢。

　　這首詩贊美陶淵明想做官就做官，不想做官就隱退，和古代的高士一樣，所以他十分欽慕。全詩分三小段，四句一段，結構嚴謹。深入探究，可以得知他對貧士的看法和一般世俗的人不一樣。

　　第一段用典，說明伯夷、叔齊的高格，呂產、呂祿的低俗。東坡說伯夷、叔齊義不食周粟，快死的時候，還頌揚神農、虞夏的高風，這樣的行為，哪裡是呂產、呂祿只能做到迎接綺里季、園公這兩個高士呢！言下之意，沒有高潔的行誼，是沒有辦法贏得隱士稱許的。詩中用典，可以借古諷今，強調才學，在這兒東坡用伯夷、叔齊代表貧

而有德，用呂產、呂祿代表熱中名利的人，兩相對照，更見褒貶。

第二段承接上述例子，發抒他的看法。東坡說古來避世的高士，有的像伯夷、叔齊死灰不復燃，有的像綺里季、園公復起，更有處在窮途末路的人，竟汲汲營營地追求權勢，實在可憐！在東坡看來，卑辭厚禮也不能買動高士的心，只有精誠可以感動高士。一個人能夠有所為，有所不為，才是有擔當的人。

第三段寫陶淵明有高潔的行誼，所以讓東坡心儀不已。他說陶淵明剛開始也曾出來做官，他的從政，發自一片誠心，後來不願意向鄉里小人低頭，所以賦〈歸去來辭〉，歸耕田畝，這種行為和世俗人的汲營奔競相比，可以說更看得出他的賢能。從這一段看來，東坡對淵明的「當仕則仕，欲隱則隱」，十分的稱贊。

紀昀評這首詩說：東坡借陶淵明寄託自己的心志，寫得相當淺近，而也因為他寫得很淺近，更看出他身分高貴〔註20〕，正可以用來說明他這一期詩的特色。從「人貧心不貧」這一點，推衍出對淵明無限嚮往，可以說情韻綿綿，深切有致，而這正是圓融的一大特徵。

其三

　　誰謂淵明貧，尚有一素琴。心閒手自適，寄此無窮音。
　　佳辰愛重九，芳菊起自尋。疏巾欸虛漉，塵爵笑空斝。
　　忽餉二萬錢，顏生良足欽。急送酒家保，勿違故人心。

這首詩寫陶淵明的高情遠意，雖窮有酒，雖貧有節。全詩分三段，四句一段，層次井然。在他看來，一個精神生活豐富的人，對物質的要求是不高的。

第一段寫陶淵明借琴音寄託心志，可說是一位不貧窮的高士。東坡從反面立論，他說：是誰說淵明貧士的？他有一把素琴，每當心情閒適，撫弄著它寄託心意，是多麼愜意啊！這段話表面看起來是羨慕淵明，事實上是表達對他的贊佩。一個人能無視於貧窮，樂在其中，不是一件簡單的事，東坡在惠州，樽俎蕭然，不能沒有感慨，但想起

────────────

〔註20〕原文是：「借淵明以自託，愈說得平易，愈見身分之高。」

陶淵明的境遇和他差不多，卻能悠遊自在的度過，這真是高士的表現，怎能不令他肅然起敬呢？

第二段從淵明瀟灑的態度，引出竟面臨無酒的窘境。東坡說淵明最愛重九賞菊，訪尋良友，但往往歎息囊空如洗，笑著杯空無酒。四句話刻劃出一位高士的形象。淵明遇到困窘的境地，卻能自歎自笑，毫無怨言，如果沒有很高的修養，又怎能做到呢？

第三段用典，寫顏延之和淵明情款相得，令人欽羨。《南史·陶潛傳》說：顏延之和淵明情感不錯，離別時致贈淵明兩萬錢。淵明知道他的心意，拿著錢到酒家喝了個痛快〔註21〕。因為淵明不是個俗士，而顏延之也深達人情，所以臨別知道好友沒錢可沽酒，慷慨解囊，任淵明飲酒。這樣的高情雲誼，讓東坡十分感動，所以特別舉出這件事，表示稱許。

全詩沒有華辭麗句，卻讓我們覺得淡而有味，因為東坡善於刻劃人物，寥寥數筆，將高士具體形象化，同時在最後以「急送酒家保」，刻劃淵明好飲，更有畫龍點睛的效用，的確是技巧高妙，運意玲瓏。

其四

　　人皆有耳目，夫子曠與婁。弱毫寫萬象，水鏡無停酬。
　　閒居惜重九，感此歲月周。端如孔北海，只有樽空憂。
　　二子不並世，高風兩無儔。我後五百年，清夢未易求。

這首詩東坡歎淵明、孔文舉有高風，他無法趕得上。全詩分三段，四句一小段，採先分後合的布局，脈絡分明。仔細分析，這首詩也是他的自況，所以筆端充滿感情，讓人回味無窮。

第一段東坡就陶淵明原詩「安貧守賤者，自古有黔婁」，生出波瀾。他說人都有耳目，淵明和師曠、黔婁一樣，比常人聰明。這樣一來，立意不同，自然有東坡的特色。他說淵明洞達人心，用三尺弱筆

〔註21〕原文為：「顏延之在潯陽，與潛情款，後為始安郡，臨去留二萬錢與
　　　　潛，潛悉送酒家。」

寫人間萬象，就像水鏡照見人們的妍媸一樣，而他交往的，都是一些高士。這四句說淵明才情不凡，令他欽羨。

第二段以孔文舉自況，感歎樽酒蕭然。他說遷惠州一年，重九將近，更覺應珍惜這遲暮之年，他就像孔文舉，唯獨憂慮酒杯常空。孔文舉是孔融的字，東漢時人。他年少有俊才，獻帝時為北海相，立學校，宗儒術，隨即拜大中大夫。他曾自稱「座上客常滿，尊中酒不空」，東坡反用這個典故，說自己有孔融的高才，卻沒有酒可以喝，描寫出在惠州的窘境。

第三段寫淵明和孔融，表達欽佩之意。他說淵明和孔融雖然不是同時代的人；但是，他們的高風亮節卻是一般人趕不上的，東坡比陶、孔晚生了好幾百年，就算一醉如夢，也不能追趕得上他們的氣節啊！

全詩表達尚友古人的意願，而願像淵明貧而有德，或像孔融樽酒不空，如今兩者都無法達成，所以有無限歎惋。事實上，以東坡的高才，和淵明、孔融相比不見遜色，卻說自己無法和兩人相比，實在是東坡謙沖的表現，而也只有借彼喻此，更見詩意的含蓄蘊藉！

其五

芙蓉雜金菊，枝葉長闌干。遙憐退朝人，糕酒出大官。
豈知江海上，落英亦可餐。典衣作重陽，徂歲慘將寒。
無衣粟我膚，無酒嚬我顏。貧居真可歎，二事常相關。

這首詩是東坡惠州貧居飢寒的情形。全詩分三段，四句一小段，採先分述再合述的布局，眉目清楚。詩從朝廷百官賞賜豐厚下筆，反襯嶺南的生活不堪，歸結於衣少酒薄，無以度日，是他在惠州的實況。

第一段東坡以美景襯托朝中大臣的賞賜豐厚。他說重陽佳節這一天，正是芙蓉、金菊盛開時節，它們枝葉扶疏，更增添了歡樂的氣氛。在這一天，朝廷向來有以糕餅賞賜百官的習俗，退朝的臣子正享受著宴飲的快樂。這四句是用來點明作品寫作的時間，同時襯托下一

段的苦況。

　　第二段轉寫他在惠州的生活，和朝中大臣形成強烈對比。他說朝廷哪裡知道在江海之上，連菊花都可以拿來當菜吃呢！甚至為了重陽的花費，他必須典當衣物，到了年終，恐怕還要受凍啊！這是貶官生活不能和朝中相比的一面。經歷了在朝貴顯，現在卻淪落到典衣度日，人事的變遷，使得東坡不自覺的發出喟歎，而兩相比較下，同時也使他體悟到：人情冷暖有時竟像天淵差別，怎能不令人感慨呢！

　　第三段寫貧居時，竟連衣、酒的獲得也變成是一種奢求，這是他意料不到的事。他說沒有衣服禦寒，凍起來是會起雞皮疙瘩的，沒有酒喝是會使他愁眉不展的，貧居生活真令人感歎，這兩件事往往是逃不掉的啊！像這樣直抒胸臆，不假造作的詩篇，是東坡晚年的一大特色，他和淵明詩中的質樸無華，有異曲同工之妙。

　　這首詩看起來是獨立成篇，事實上是承接上一首詩而來。東坡自言嚮往淵明無酒卻不怨，羨慕孔融杯中屢不空，因而反觀自我，更覺不如兩個人的豁達，恰巧碰到重陽佳節，竟樽俎蕭然，不禁發出感喟，為貧居者發抒不平之氣，同時使我們瞭解他體會到的痛苦。從他文詞的省淨，可以得知他用筆深入，意趣流轉，已沒有年輕時「語不驚人死不休」的氣勢，而有「繁華落盡見真淳」的情味。

　　其六

　　　老詹亦白髮，相對垂霜蓬。賦詩殊有味，涉世非所工。
　　　枝藜山谷間，狀類渤海龔。半道要我飲，意與王弘同。
　　　有酒我自至，不須遣龐通。門生與兒子，杖屨聊相從。

　　這首詩寫東坡和惠州太守詹範飲酒的情形。全詩分三段，四句一小段，結構嚴謹。從內容看來，他和詹範的情感不錯，這是惠州生活裡值得安慰的一件事。

　　第一段說到惠州太守和他都是霜顏白髮，年事已高，難得的是詹範寫詩有情味，卻和一般求名邀祿的人不一樣。這四句有感於真性情

的人太少，致力於吟詠詩篇的也不多，詹範身為太守，能夠有這樣的表現，和他的個性相當切近，因此採特點描摩法，勾勒出一個讀書人的形象。

第二段說詹範的高格，有古人風範。東坡說詹範常手拿藜杖，在山谷間教化人民，很像漢代渤海太守龔遂，是個好太守，詹範有時在路上，也會請人邀東坡同來喝酒，就像晉人王弘請龐通邀請陶潛喝酒一樣。這四句透過用典，加深刻劃詹範的形象，把詹範比喻成龔遂、王弘，有稱揚的意味，同時東坡自比為淵明，更有自我期許的深意。

第三段轉而自況，說明在惠州已能自得其樂。東坡說只要有酒，不必相邀自會前往，何必像王弘一樣大費周章呢？東坡同時表達了會帶著學生、兒子們一起赴約，和詹範共樂。這四句反用王弘半路設酒宴飲淵明的典故，說明自己樂於親近賢人的心思，淡而有味。

全詩既贊美詹範有古循吏的風範，同時表明他與淵明好飲的個性。東坡從臺閣大員貶到惠州，雖然有一些苦處，但並不是毫無樂趣，像詹範的邀飲，代表著對他的敬重，使他十分感動，所以寫了這首詩表示贊美。由於他概括描摩的能力很強，所以我們得知：詹範年事已高，工於詩歌，關心百姓，禮遇賢士，在東坡筆下，這真是一篇筆墨精妙的素描畫啊！

其七

> 我家六兒子，流落三四州。辛苦見不識，今與農圃儔。
> 買田帶修竹，築室依清流。未能遺一力，分汝薪水憂。
> 坐念北歸日，此勞未易酬。我獨遺以安，鹿門有前修。

這首詩是就淵明「丈夫雖有志，固為兒女憂」發出的感喟。全詩分三段，每段四小句，採直敘式筆法。根據他的敘述，這時期全家散居各處，靠躬耕過日，他唯一能做的是保持心情安定，不讓家人操心。

第一段寫家中現況。他說六個兒子目前分住在三、四州，不得團

圓。重陽佳節，正是全家團聚的時刻，卻面對著不能相見的情況，所以他有無限感慨，想起孩子們辛苦的耕種著，再見面時恐怕都不認識，如今只是和農人一般光景了！東坡被貶惠州時，蘇邁、迨在宜興，他與蘇過在惠州，分散各地，為了維持生計，蘇邁和蘇迨還親自耕種，所以東坡說他們現在和農夫沒什麼兩樣。

　　第二段寫他明知兒子們辛勞，卻無力幫忙，感到很遺憾。東坡說兒子們所買的田，映帶修竹，築居在清流旁邊，環境非常清幽，他不能出一絲一毫的力量，分擔薪水的憂勞。言下之意，對自己拖累兒子們，感到不安。

　　第三段寫他決定效法前賢，安心居處，來減輕兒子們的憂勞。東坡說想起北歸那天，也許都沒辦法分擔兒子們的憂勞，所以他願意效法前賢，安心的住在惠州，不讓兒子們憂煩。這是有感於陶淵明能固守窮節，因此心生羨慕，起而效法。

　　以上七首，東坡根據淵明〈詠貧士〉七首的韻腳和韻，卻不同於淵明詩的思想內容。淵明以世無知音為歎，東坡以效法前賢為美，故立意不同，情味也有出入，只是東坡與淵明的閒淡自如、貧而好酒，應是相同的。

章質夫送酒六壺，書至而酒不達，戲作小詩問之
（紹聖二年十二月）

白衣送酒舞淵明，急掃風軒洗破觥。豈意青州六從事，

化為烏有一先生。空煩左手持新蟹，漫繞東籬嗅落英。

南海使君今北海，定分百榼餉春耕。〔註22〕

　　根據陳師道記載，東坡住在惠州時，廣州太守章質夫送了六壺酒給他，結果送酒的官吏把酒甕摔破了，於是東坡回謝太守這首詩〔註23〕。由於東坡沒有喝到這些酒，卻必須寫信謝謝章質夫，所以

〔註22〕參見《蘇軾詩集》，卷三九，頁2136。

〔註23〕同註22，卷三九，頁2155。

他用開玩笑的口吻來寫，筆觸幽默，發人一笑，誠然是圓融期詩裡的佳作。

這是一首律詩，分四小段敘述，通篇用典，是一大特色。詩的第一聯，說淵明得到王弘贈酒，好比他得到章質夫所贈的酒，正忻喜的把酒杯洗盡，準備飲酒。在這裡以典故開頭，形象鮮明而生動，尤其用一個「舞」字，更能把盡情酣飲的情態描摹出來。

第二聯東坡又用典，說明他的失望心情。《世說新語·術解》說：「桓公有主簿善於分別酒的好壞，一有新酒，就讓主簿先喝，如果是好酒，就說『青州從事』，不好的酒，就說『平原都郵』」〔註24〕，又「烏有先生」典出司馬相如《子虛賦》，意思是虛擬人物。東坡用這兩個典，說他沒想到好好的一罈酒，竟然會化為烏有。這樣幽默風趣的比喻，讓人會心一笑，進而體會他的失望心情，真是含蓄有味，使人同情。

第三聯用畢卓和淵明的典故，說他沒有酒喝的窘境。東坡說他像畢卓，本想持蟹飲酒，現在已經落空了，只好學陶淵明到東籬採菊度日了。這裡用兩位高士來作比喻，有自喻的意味。

最後這一聯歸結題意，感謝章質夫送酒的盛情，反問質夫是不是還有贈酒的可能。東坡說章質夫就像孔融一樣的好客，一定會在春耕時，以酒贈飲。這裡並沒有要質夫送酒的意思，只是心存感激，以質夫比喻成孔融，盛贊他的好客，同時以餉春耕一事反襯質夫的慷慨，對於打破的酒，深表惋惜，但沒有一絲的責難。

讀這首詩，如果不知道東坡所用的典，就無法瞭解詩中涵義。就「青州從事」一聯看來，用廣州太守贈酒比成江州刺史贈酒，十分貼切；用「子虛烏有」這件事，比成烏有先生這個人，充滿趣味，而後兩句相對，自然天成，如果不是技巧純熟，很難做到。方回說：「青州、烏有一聯，既切題，左手、東籬一聯，下『空煩』、『漫遶』四字，

〔註24〕參見《歷代詩話·後山詩話》，藝文印書館，頁189。

見得酒不至也，善戲如此。」〔註25〕可以說切中詩旨。我認為這首詩有東坡人格的體現，充滿機趣、幽默，是一首好詩，尤其對仗工整，用典精確，可做為這期詩的代表。

縱筆（紹聖三年八月）

白頭蕭散滿霜風，小閣藤床寄病容。報道先生春睡美，
道人輕打五更鐘。〔註26〕

東坡的愛妾朝雲剛病逝在廣州，他將她安葬在棲禪寺松林中，而睡美堂就在朝雲祠旁。這首詩有感年老多病，道士惠愛他，輕敲著鐘，他深受感動。據說章惇讀了這首詩，認為他太優閒了，所以又把他貶到海南島，小人的行徑永遠是不許君子安閒的。

這首詩是東坡用白描手法，勾勒出飽經風霜、憂患纏身的自畫像。前兩句東坡寫自已滿頭白髮，稀稀疏疏的，像被霜風洗禮過一般，在這小閣樓裡，滿臉的病容是這樣明顯。這時的東坡已經是六十一歲的老人了，加上朝雲的病逝，內心的傷痛可想而知，加上身體不適，心境的蕭索是可以想見的。

後兩句東坡說有僕人去告訴道觀裡的道士，說他正睡得香甜，道士就輕敲著鐘，深怕他睡不穩。從這裡看得出來：僕人對東坡的愛護，以及道士對他的尊重。在貶居的生活裡，能得到大家這樣的愛戴，是他心中最感寬慰的。

這首絕句雖然只有短短的四句，但在意義上卻具有深遠的作用。東坡隨遇而安，不因困窮而輾轉難眠，這種樂易的天性，從這首詩中表露無遺，所以這首詩是他這時期心境的反應，可以做為詩作的代表。

和陶歲暮作和張常侍（紹聖三年十二月）

我生有天祿，玄膺流玉泉。何事陶彭澤，乏酒每形言？

〔註25〕參見《瀛奎律髓》，卷一九。
〔註26〕參見《蘇軾詩集》，卷四〇，頁2203。

　　仙人與道士，自養豈在繁。但使荊棘除，不憂梨棗愁。

　　我年六十一，頹景薄西山。歲暮似有得，稍覺散亡還。

　　有如千丈松，常苦弱蔓纏。養我歲寒枝，會有解脫年。

　　米盡初不知，但怪飢鼠遷。二子真我客，不醉亦陶然。

〔註27〕

　　東坡繼〈和陶詠貧士〉七首以後，陸續有抒寫心志的和陶詩。〈和陶己酉歲九月九日〉借菊花以寄高志；〈和陶詠二疏〉以疏廣、疏受的賢能自比，願以德性教育子孫；〈和陶詠三良〉說三良不當殉葬，憐己仕宦憂患，願隨淵明退隱田園，悠遊度日；〈和陶詠荊軻〉有感暴政必亡，荊軻是狂生，而燕太子丹謀略疏陋，實不可取；〈和陶移居〉二首懷念嘉祐寺幽靜住宅，移居合江樓一年，吵雜不堪，希望遷居白鶴觀後，能一解憂煩；〈和陶桃花源詩〉認為淵明說的桃花源，就在每個人的心中，不必實指是否真有仙境；〈和陶乞食〉以莊子、魯公、淵明的賢能，猶且乞食，勉子孫心志當如淨水，不容變質；〈和陶和胡西曹示顧賊曹〉借其韻以悼朝雲。這八首詩有的自喻，有的詠史，有的感懷，可以概括出他這時的心境。

　　這首〈和陶歲暮作和張常侍〉表達了他的道家思想，我們也可以間接得知他這時的落寞。詩前有一段序言說：「十二月二十五日酒盡，取米欲釀，米亦竭。時吳遠遊、陸道士皆客於余，因讀淵明〈歲暮和張常侍〉詩，亦以無酒而嘆，乃用其韻和二子。」〔註28〕東坡借這首詩嘆沒有酒可以喝，同時表達想養生脫離人世間的苦惱。詩分五段，採四句一段，順序敘述，層次井然。

　　首先，東坡以側筆寫沒有酒喝是一件不能理解的事。他說：自己舌下的津液充足，生來就有喝酒的命，為什麼淵明總是說他缺少酒喝？從淵明的感嘆，幽微的襯托出自己的幸運；從自己的幸運，又感嘆淵明的不幸，這是採用映襯的手法開展下一段對話。

〔註27〕參見《蘇軾詩集》，卷四〇，頁2216。

〔註28〕見同前。

接著說：仙人和道士，養生並不豐盛，重要的是去除心中雜念，不受愛、恨的牽絆。從飲食不足，聯想到仙人道士求道的方法，東坡自覺到這正是求仙學道的時刻。淵明感歎無酒，仙人道士卻依賴丹藥而活，他的心中已豁然開朗──感歎是沒有用的，何不向仙人道士們學習，借這個機會求道成仙呢！

這麼一想，由外求轉而內省，也就振作起精神來了。他說現在他已經六十一歲了，就像是西沈的太陽，只賸下餘暉，在這一年盡頭，彷彿得到了養生的方法，稍覺渙散的精神有些聚集。這是在無可奈何的情況之下，用來自我安慰的表現，同時也是他這時心境的反映。

東坡自覺身軀的銷蝕，更體悟到養生的重要。他說自己好比千丈高的松樹，常常被弱蔓糾纏，如果能靜養這寒歲的枝條，應該有解脫的一刻。自比為松樹，有自詡歲寒後凋的意思，弱蔓纏糾指的是痔疾。他在紹聖二年痔疾發作時，曾告訴程正輔「某舊苦痔疾，蓋二十一年矣。今忽大作，百藥不效，知不能為甚害，然痛楚無聊」，〈與程正輔〉書中說：「老弟凡百如昨，但痔疾不免時作，自至杜門，凡事皆廢，但曉夕默作小乘定，雖非至道，亦且休息。」〔註29〕這段期間，痔疾就像藤蔓糾纏老松一樣，所以有這樣的感慨。另外，宋丘龍說：「此旨之外，兼刺群小之纏繞，而明己高耿之心跡。」〔註30〕說他以松自比，表明高潔的心志，而弱蔓指那些小人的糾纏，說法可通，宜相參並看。

最後，東坡仍以豁達心胸，面對酒、米俱絕的窘況。他說飢鼠遷徙，才發現是米盡無糧；但是，有吳遠遊、陸道士做客在家，無酒也覺快樂。如果是一般人，一定哀天怨地，大感不平；可是，東坡想到仙人、道士們不靠物質的豐厚，一樣可以養生，也就坦然的面對窘境了，更何況淵明是無友又無酒，他有朋友相伴，哪怕沒有酒難以度

〔註29〕參見《蘇文忠公詩編註集成‧總案》，卷三九。
〔註30〕參見宋丘龍《蘇東坡和陶淵明詩之比較研究》章二，頁129。

日呢!

詩最可貴的是發自真情,用語含蓄,東坡這首和陶詩正做到這兩點。他不以自己困窘就消極閉塞;相反的,願意向仙人、道士學習養生之道,充滿了面對困境的勇氣。他將痔疾纏身,比喻成弱蔓纏樹,用飢鼠搬遷含蓄的說出米糧已盡,把切身之痛化成一種美感經驗,讓人更覺得為他難過。

這首詩是他在惠州的告白,不論在形式或內容上,都有豐富的義涵,因此可說是圓融期的代表作。

第三節　蘇詩第五期的特色——圓融

綜觀東坡從紹聖元年三月到四年三月間,創作約一百九十四首詩,其中以和陶詩居冠,有他特殊的意義。東坡這時已五十八歲,又是臺閣大員的身份,被貶到惠州,在心境上先是無助,而後轉為面對事實,進而感謝上蒼的恩德,這一連串過程中,全是因為陶淵明的淡泊,給了他極大的啟示。

事實上,他這時期物質生活並不好,身體還承受著痔疾糾纏,遯兒、朝雲的病逝,兒子分散各地,都使他精神上頗為不安;但是,豁達的他,終於在古人中找到知己,因此許多詩篇中紀錄了他的心路歷程,同時呈現了圓熟的創作技巧,這對他來說,是再一次被貶的收穫。

本文選錄了十七首他的代表詩作,仔細剖析他這一期的詩風。〈八月七日,初入贛,過惶恐灘〉表達他被貶謫的無助,但仍感謝上蒼的厚愛。〈舟行至清遠縣,見顧秀才,極談惠州風物之美〉寫惠州民風淳樸,富有特殊風物。〈十月二日初到惠州〉存著一絲希望,但願能像蘇武、管寧一樣,終有一天返回朝廷。〈十一月二十六日,松風亭下,梅花盛開〉二首、〈再用前韻〉以梅花形神自喻,表明忠真志節。〈荔支歎〉借古諷今,勸諭人君要注意民苦。〈和陶貧士〉七首寫願以淵明為師,隨遇而安。〈章質夫送酒六壺,書至而酒不達,戲

作小詩問之〉以機趣、幽默的口吻，表達酒被打翻的惋惜。〈縱筆〉用白描手法，勾勒出白髮稀疏的自畫像。〈和陶歲暮作和張常侍〉對於惠州的苦況，有深刻和生動的描寫。無論在內容、題材、創作技巧上，都可以說相當圓熟。

我將這一期詩定為圓融期的理由，有以下各點：

一、這一期不曾創作題畫詩，和陶詩卻大量出現，顯示他從錦衣玉食後，面對困窘的調適能力，是十分驚人的。他歸隱的心，從年少就有；但是，每當被貶謫時，這種感覺就特別強烈。貶謫惠州的他，在心境上既趨於平靜，思慮也較前幾期來得細密，表現在詩文裡，是更精巧的造字遣詞，以及思想上的圓融超脫。

二、這期詩多半是七律、七古，七律篇幅上大多不長，有別於奔放期的大開大闔，氣勢磅礡，而且多半是對仗工整，用典貼切的好詩，七古如〈荔支歎〉，引經據典，借古諷今，卻沒有「諷諭期」的用語尖銳，正是詩風純熟的表現。

三、這一期詩的各體俱備，情思婉轉，比「沈潛期」更見達觀，也比「凝定期」更見深度；換言之，體會到養生之道，學佛求仙，這是思想圓熟的表徵。

將上述分析的詩篇仔細瀏覽，可以發現這三大特點，所以說東坡惠州詩已達圓融的地步。

這一期詩風和前幾期詩風不同的主因，在於嶺南風物、習俗，擴展東坡的視野，而五次遷居，也沒有帶給他憂鬱淒楚的心境，他平日釀酒、喝酒、品茗，不忘讀書、著述，認為這樣的日子，宜醉、宜睡，所以在詩文中表現出「寬然有餘」的境地；同時，我們必須知道的是他的內心世界。這一次的貶謫，東坡已經步入晚年，不像黃州被貶時，充滿著再度被朝廷起用的信心，於是他以淵明為依皈，求仙學道，企圖擺脫人世間的羈絆。基於他人生的體驗日豐，題材的蒐羅日多，創作技巧也日趨成熟，所以宋人魏慶之引魯直的話說：「東

坡嶺外文字，讀之使人耳目聰明，如清風自外來也。」〔註31〕看法非常的正確。

第四節　結語——開闊變化、圓融純熟

　　東坡惠州詩何以漸臻圓融？可以從兩分方面論述。物質的匱乏，使他不得不躬耕隴畝，從中體悟到陶淵明的恬淡，與他心意正相合；另一方面痔疾的疼痛，使他熱中服食養生，這都是基於現實的需要。這期間，朝雲的病逝，也使得他對人生有更超脫的看法。

　　袁中道〈次子瞻先後事〉中說「雲病且死，頌《金剛經》四句而絕。子瞻好友朋，耽賞適。自遭竄逐，塊然獨處，賞心樂事，淒然行盡，儘有朝雲相依，又死顛沛流離之中，遭此毒苦，雖死生之理，久已照破，而情慘意傷，不勝淒惻。」〔註32〕東坡在這一期詩作中，充滿求仙學道的思想，和朝雲的去世，有密切的關聯。

　　李曰剛《中國文學流變史》提到東坡詩在藝術上，有許多特點：一、東坡詩揮灑自如的才情，常常假手於奇幻想象；二、東坡詩自由奔放之風格，往往又與縝密之觀察及細緻之表現相結合；三、東坡詩之另一特點，是好以議論為詩，以才學為詩，此乃受韓愈「以文為詩」之影響而有所發展，亦為宋詩之共同特徵；四、東坡詩各體皆備，而其最高成就則為七言，無論七古、七律、七絕皆臻妙境，而七古尤出類拔萃〔註33〕。這些正足以說明東坡詩的開闊變化、圓融純熟。

　　從以上十七首代表作中，我們看到惠州時期的東坡，勇敢的面對物質的欠缺、精神的落寞，將他生活中的點點滴滴，化為圓融的詩情，呈現出高度的創作技巧，所以可讀性更高。東坡的詩學理論中，有一環是「詩窮而後工」，這一期的詩作，正是這一理論的實現，從

〔註31〕參見《詩人玉屑》，頁315，台灣商務印書館。
〔註32〕參見袁中道《珂雪齋文集》，卷二一，上海古籍出版社，頁929。
〔註33〕參見李曰剛《中國文學流變史》，編三，章田，頁326～328。

他詩中所表現出的開闔變化、圓融純熟，我們也看到了他詩風轉變的
痕跡。

第七章　蘇詩精深期作品探究

第一節　蘇詩精深期的範圍

　　東坡在惠州整整三年，本已打算在那裡度過他的晚年，沒想到紹聖四年四月，由章惇主導的訕謗之說又抬頭，重新論列他的罪狀，就在四月十七日這一天，他得知自己被責授瓊州別駕，昌化軍安置，不得簽署公事，這無疑的是一場嚴重的打擊。

　　多病的蘇東坡，為什麼會有這一次的災難呢？《艇齋詩話》說東坡在海外寫了「為報先生春睡美，道人輕打五更鐘」這兩句詩，章子厚看到了，很不高興的說：「子瞻還很快活啊！」所以再一次貶謫瓊州〔註1〕。東坡不得不變賣房子，做為盤纏。四月十九日，帶著小兒子蘇過一起啟程，並且和兒孫們在江邊痛哭訣別。

　　到了五月，抵達梧州，聽說子由在藤州，同在廣西，東坡寫了一首詩，想見子由一面，果然如願，兄弟倆相處一個多月，六月五日同到廣東雷州，十日東坡痔疾大作，子由勸他止酒，十一日兄弟倆離別，以後就再也沒見面了。船行到澄邁，分東西兩路，以五指山為界。東坡走的是西路，在宋代，只要一過五指山，就是到了化外之地，這也就無怪東坡要和子孫痛哭訣別了！

〔註1〕參見《歷代詩話續編‧艇齋詩話》，木鐸出版社，頁310。

東坡沿路寫了兩首詩，詩意清新，頗能代表他和前幾期詩不同的特色〔註2〕。七月，他抵達瓊州昌化，寫了《昌化軍謝表》，自言「孤老無託，瘴癘交攻。子孫慟哭於江邊，已為死別；魑魅逢迎於海外，寧許生還。念報德之何時，悼此心之永已」〔註3〕！對於貶謫瓊州，他已沒有生還的打算，這也可以看得出來他的心境和貶謫黃、惠州時的迥異。

到達海南島的東坡，倒是能隨遇而安，甚至對於海南島民特殊的風俗，深感興趣。他先是僦屋居住，變賣酒器以供衣食，和軍使張中過從日密，竟日坐觀，後來知道海南習俗不重視農業，任意宰殺耕牛，甚至有「坐男立女」等陋俗，他寫了〈和陶勸農〉六首，說明農業的重要性，也親抄錄柳宗元的〈牛賦〉、杜甫的〈負薪行〉教化黎族百姓。他自言海南生活「食無肉，病無藥，居無室，出無友，冬無炭，夏無寒泉，然亦未易悉數，大率皆無矣」〔註4〕，然而他毫不怨天尤人，只是安心度日。

紹聖四年十二月，東坡整理了一百零九篇和陶詩，子由為他作敘，在詩敘中言東坡：「謫居儋耳，實家羅浮之下，獨與幼子過負擔渡海，葺茅竹而居之。日啖諸芋，而華屋玉食之念，不存於胸中。平生無所嗜好，以圖史為園囿，文章為鼓吹，至是亦皆罷去，猶獨喜為詩，精深華妙，不見老人衰憊之氣。」〔註5〕可見和陶之作，是他貶謫嶺海的精神寄託。紹聖五年六月，改元符元年。接著東坡陸續完成了《易書傳》、《論語說》，《和陶集》也在這個時候完成，只有《志林》來不及完成。

元符三年五月，東坡接到量移廉州的命令，臨行時有詩說：「我

〔註2〕參見《蘇軾詩集》所錄「四州環一島」、「我少即多難」兩首詩，全然流露蒼老氣勢，將死生置於度外，卷四一，頁2246。

〔註3〕參見《經進東坡文集事略》，卷二六，頁445。

〔註4〕參見本集〈與程秀才書〉，冊中，頁1120。

〔註5〕參見《蘇文忠公詩編註集成‧總案》，卷四一，〈東坡先生和陶淵明詩引〉。

本海南民，寄生西蜀州，忽然跨海去，譬如事遠遊。」〔註6〕六月二十日渡海北返，經雷州半島，七月四日到廉州貶所，八月告下遷舒州團練副使，永州居住，抵達英州，有命令覆朝奉郎提舉成都玉局觀，可在外州居住。東坡在〈提舉玉局觀謝表〉中說：「七年遠謫，不自意全。萬里生還，適有天幸。」〔註7〕正可說出他被貶嶺海的心境。

從紹聖四年四月到徽宗靖國元年七月，將近四年的時間，東坡創作約二百二十五首詩，其中和陶詩六十八首，唱和詩五十八首，感懷詩六十二首，為數最多，其餘題畫詩二十一首，詠物詩四首，寫景詩十一首，詠史詩一首，分量較少。本文試舉各類代表作詳析，說明何以「精深」是這一期詩的特色。

第二節　精深期代表詩作論析

在東坡晚年創作的詩篇裡，「和陶詩」無疑的是他的重點。黃庭堅認為這是因為他們兩個人「出處雖不同，氣味乃相似」〔註8〕，東坡自己則認為「陶淵明詩初看若散緩，熟看有奇句」、「才高意遠，則所寓得其妙，造語精到之至，遂能如此，似大匠運斤，不見斤鑿之痕」〔註9〕。換句話說，他佩服淵明的詩意境高遠，技巧精純，而興起效法的念頭。本文選錄他的〈和陶連雨獨飲〉二首、〈和陶和劉柴桑〉、〈和陶遊斜川〉三首代表，以見他這一期詩的表現意涵。

其次，唱和詩也有他晚年創作的代表。如〈贈嶺上老人〉可以看出他北歸的心境，而〈過嶺〉二首是七年嶺外生涯的自白。感懷詩如〈吾謫南海，子由雷州，被命即行，了不相知，至梧乃聞其尚在藤也，旦夕當追及，作此詩示之〉、〈行瓊、儋間，肩輿坐睡。夢中得句

〔註6〕參見《蘇軾詩集》，卷四三，頁262，〈別海南黎民表〉。
〔註7〕參見《經進東坡文集事略》，卷二六，頁447。
〔註8〕參見《豫章黃先生文集》，卷六。
〔註9〕參見釋惠洪《冷齋夜話》，卷一。

云：千山動鱗甲，萬谷酣空笙鐘。覺而遇清風急雨，戲作此數句〉、
〈儋耳〉、〈澄邁驛通潮閣〉二首、〈六月二十夜渡海〉等，都是這一
期耳熟能詳的作品。

　　茲依據詩作先後，剖析其內容、形式，說明他這一期詩的特色。

吾謫南海，子由雷州，被命即行，了不相知，至梧乃聞其尚在藤也，旦夕當追及，作此詩示之。

（紹聖四年四月）

> 九疑聯綿屬衡湘，蒼梧獨在天一方。孤城吹角煙樹裡，
> 落日未落江蒼茫。幽人拊枕坐歎息，我行忽至舜所藏。
> 江邊父老能說子，白鬚紅頰如君長。莫嫌瓊雷隔雲海，
> 聖恩尚許遙相望。平生學道真實意，豈與窮達俱存亡。
> 天其以我為箕子，要使此意留要荒。〔註10〕

　　紹聖四年四月，東坡因作詩得罪了章惇，責授瓊州別駕，昌化
軍安置。別駕就是通判，意指州太守的佐吏，對東坡來說，貶謫的官
職是什麼並不重要，重要的是：這一次貶謫的地方，是素有「天涯海
角」之稱的昌化，以六十二歲的高齡，被貶謫到這個瘴癘之地，這種
心情，本就是令人沮喪的，恰巧他的弟弟子由被貶到雷州，而東坡取
道梧州，要前往雷州，所以他在梧州寫了這首詩給弟弟，表達他達觀
的思想。

　　這首詩是七言古詩，共十六句，分四段，四句一小段，押平聲陽
韻。正如他詩題所說的，全文主旨在於述說這一次被貶謫的心境，採
用的是倒敘法。

　　首先從東坡經過的地方說起。他說：九疑山山勢聯綿，屬於衡湘
（湖南南部）一帶，蒼梧（廣州梧州）更遠在天南的一方，他取道西
江是往北溯，經過梧州又往西南折，這一路歷經險阻，不必言說，只
要略知地理的人，都可以體會路途的遙遠，加上異鄉情景在他心裡、

〔註10〕參見《蘇軾詩集》，卷四一，頁 2244。

眼裡，是那麼陌生：孤城畫角聲迴旋在蒼煙草樹間，月夜將落，江水迷茫，惹起遊子無限的遐思。這四句頗有「獨在異鄉為異客」的情味，暗示「遍插茱萸少一人」的感慨。

接著，東坡續寫對子由的關懷。他說幽獨的自己，抱著枕頭坐在床邊歎息，這一次竟到了虞舜埋骨的地方；但是，西江邊的人家也真奇怪，竟能說出子由的長相，他們對東坡說子由長得白鬚紅臉，身材和他一般高。這麼說來，子由在梧州的消息，可說是千真萬確的了！

筆鋒一轉，東坡安慰弟弟這一次到雷州，切記要往好處想。他說：子由啊！不要埋怨瓊州和雷州一海相隔，這是聖上的恩典，准許我們遙遙相望呢！何況平日他們忠於國家的操守，是不會因為逆境而改變的。言下之意，東坡說他一點兒也不會在乎章惇的陷害，能跟弟弟近一點是一件幸福的事，他仍舊堅信忠愛國家是他們一生正確的抉擇。

最後，他認為這一切是天意，此去願意將海南當作故鄉，做一個海南島的百姓。他說上天一定是把他當作箕子，要考驗他在邊遠的蠻荒之地是不是仍然忠心，將來誰做地理誌，就把萬里之遙的海南寫做他真正的故鄉吧！對於渺不可測的前程，東坡一本他隨遇而安的個性，做好了萬全準備，又打算在海南安身立命了。從這裡我們可以看出他的胸襟和抱負，別人認為是迫害、是打擊，他並不否認；但是，更難能可貴的是：他選擇面對現實，同時也胸有成竹的認定：歷史會為他討回公道的。

根據王文誥案語說：「此一路詩，所謂不見老人衰憊之氣者，諸門人已言之矣！」〔註11〕此蓋指黃庭堅云：「東坡嶺外詩文，讀之使人耳目聰明，如清風自外來也。」〔註12〕這首詩在內容方面涵義深刻，怨而不怒；在形式上簡遠平淡，洗盡鉛華，然更見精純。宋人王

〔註11〕參見《蘇軾詩集》，卷四一，頁 2245。
〔註12〕參見《豫章黃先生文集》，卷六。

稱云：「置之朝廷之上，而不為之喜；斥之嶺海之外，而不為之慍，
邁往之氣，折而不屈，此人中龍也！」〔註13〕一語道出了東坡海南詩
的特色。

> ### 行瓊、儋間，肩輿坐睡。夢中得句云：千山動鱗
> ### 甲，萬谷酣笙鐘。覺而遇清風急雨，戲作此數句。
>
> （紹聖四年六月）
>
> 四州環一島，百洞蟠其中。我行西北隅，如度月半弓。
> 登高望中原，但見積水空。此生當安歸，四顧真途窮。
> 眇觀大瀛海，坐談詠天翁。茫茫太倉中，一米誰雌雄。
> 幽懷忽破散，永嘯來天風。千山動鱗甲，萬谷酣笙鐘。
> 安知非群仙，鈞天宴未終。喜我歸有期，舉酒屬青童。
> 急雨豈無意，催詩走群龍。夢雲忽變色，笑電亦改容。
> 應怪東坡老，顏衰語徒工。久矣此妙聲，不聞蓬萊宮。
>
> 〔註14〕

　　這首詩是東坡前往儋州所寫的。全詩寫東坡面對大海，興起寂寞
荒涼之感，期待能早日北返。他藉著異鄉奇景，發揮想像力，認為天
地有情，所以有意派遣他前來，寫下佳篇。我們可以從這首詩看出他
一貫的精神面貌，那就是：自我肯定，無往而不自得。

　　這首詩共二十八句，分五小段，採四、四、八、八、四句法寫成。
由眼前景抒發，表達不見中原的悵惘，而後從大海生出一段奇想，這
時風也來祝賀，雨也來催詩，天地融為他筆下的素材，使他從愁緒中
超脫出來，對北歸仍懷抱著一絲希望。

　　第一段寫海南島的四個州：瓊州、儋州、崖州和萬安州，環繞在
島上，數不清的洞穴盤結在五指山中。東坡從瓊州到儋州，正走在海
島的西北方，就像是一張彎弓的角度。這裡交代了他這次行走的路
線，一方面讓我們知道路途遙遠，另一方面將路線具象化，有助於我

〔註13〕參見《東都事略》，卷九三，頁 1447。
〔註14〕參見《蘇軾詩集》，卷四一，頁 2246。

們的理解。

　　第二段寫他被貶謫的悵惘。他說：登上高處，眺望中原一帶，只見茫茫一片，這一生將歸往何處，四下看看，覺得已窮途末路。中原在這裡，代表著深刻的含意。能回到中原，表示可以北返，同時再回君主身邊，運籌帷幄，畢竟東坡仍是忠君的，他的淑世濟民觀念，不曾因被貶，而有絲毫的轉移。

　　第三段描述從大海產生的聯想。他遠看著大海，不知不覺讚歎有「談天衍」之稱的鄒衍，鄒氏善於論說宇宙天地的事，認為在中國以外，還有大海環繞著，而東坡現在正看到這一幕。這不也像《莊子·秋水篇》說的，中國在海內就像稊米在太倉，是那麼微小啊！這麼一想，不愉快的情緒一掃而空，只覺天風不斷從遠處飛來，群山就像鱗甲一般翻動，萬谷風聲像笙鐘熱鬧的鳴奏著。到這個時候，東坡的「達觀」又興起了。從窄化的視界跳脫出來，他自覺到人只不過是天地間的過客，實在沒有必要自怨自艾，而能從一個審美的眼光，來欣賞美好的事物，這正是美感經驗的呈現。

　　第四段進一步的聯想。東坡說這一切難道不是九重天外，群仙還在進行宴會嗎？看來他們是為東坡能北歸而高興，所以讓「青童」仙人舉杯為他慶祝啊！這麼說來，驟雨也是有意來催他作詩，所以群龍飛舞，灑下雨水，如夢的雲朵變了顏色，似笑的閃電也改了容顏啦！這一轉化，將所有境遇都歸結於「天意」，既是天意，又哪裡是人力所能抗衡的？這時候，心中有一種平靜的感覺，將天地奇幻的色彩，當作是人間瑰麗的奇遇。

　　最後他寫道：天仙們一定會驚訝東坡翁，容貌雖然衰老；可是，詩寫得那麼工整，甚至於他們會說，蓬萊宮中，已經很久沒有聽到這麼美的詩篇了！這純粹是自我安慰的一段話。奇景苦境，如果東坡不能自我解脫，豈不是要鬱悶成病？所幸他能自我肯定，將自己看作是神仙們的知己。這麼一來，凡間俗事也就干擾不了他的心了！

　　這首詩無論在內容、形式、想像各方面，都有可觀的地方。首先

是思想層面，他展現了超脫的人生觀。莊子的一生死、齊物我，使他能反思「人」在天地間的地位，因而擺脫窄化的視界，從本體來反觀自我；同時，鄒衍的「中國在大瀛海之中」的說法，使他與眼前所見，得到印證。這麼一來，他不把自己列入凡夫俗子當中，作繭自縛，而昇華為智者、神仙，能看清事物的本質。無疑的，這是需要人生閱歷到達某一個境界，然後才可能說得出來的。東坡晚年的詩，正是洞達人生的精妙之作。

其次是形式上，不僅東坡自覺這首詩寫得好，而且讀者只要用心，可以發現他的五古結構嚴謹，用語看似平淡，卻經千錘百鍊，以口語敘述，而字字精妙。王文誥在詩後說：「於中一節言風，此一節言雨，點清『夢』字及戲之之意，題境已完。其後直下作結，『妙聲』句，雖為找足群仙諸語，實乃自為評賞，讚歎欲絕也。」而紀昀也說：「結處兀傲得好，一路來勢既大，非如此，收裏不住。」〔註15〕可以看出，這首詩的用字，將題旨發揮得淋漓盡致，不是大詩人，很難有這樣的手筆。

最後談到這首詩的想像。詩中從「茫茫太倉中，一米誰雌雄」，發出一段奇想。誠如東坡所說，他先有「千山動鱗甲，萬谷酣笙鐘」的夢中句，然後才寫成這首詩，竟然能從「鈞天宴未終」形容，這不是一般詩人可以想得到的。東坡在創作這首詩前，曾經學道，冀望成仙，日有所思，夜有所夢，很自然的從夢境中聯想到神仙世界，這是他多年醞釀的理念成型，展現出來的成果。這首詩所以成為「精深期」的代表作，「想像」是不可或缺的因素。

和陶連雨獨飲二首（紹聖四年七月）

其一

平生我與爾，舉意輒相然。豈止磁石針，雖合猶有間。
此外一子由，出處同遍僊。晚景最可惜，分飛南海天。

〔註15〕以上兩段評語，俱見《蘇軾詩集》卷四一，頁2248。

糾纏不吾欺，寧此憂患先。顧引一杯酒，誰謂無往還。

寄語北海人，今日為何年？醉裡有獨覺，夢中無雜言。

〔註16〕

　　東坡在這首詩前，有一段敘言，說他貶謫海南，盡賣酒器，以供衣食。獨有一荷葉杯，工製精妙，留以自娛，乃和陶淵明〈連雨獨飲〉，說出他寫詩的動機，同時表達對喝酒的看法。

　　這首詩共十六句，分四小段，四句一段。首先寫荷葉杯和自己的關係，而後寫子由和自己的遙隔，然後說雖然比較之下，令人慨嘆；但是，沒有什麼憂患可以使他們不相親的。最後一反子由勸他止酒的事，他勸子由何妨遁入醉鄉，得一個精神上的大自在。

　　第一段東坡從荷葉杯寫起。他說這一生和荷葉杯關係親密，只要他舉杯喝酒，酒杯總是同聲相應，好比是磁石和南針的契合，甚至磁石南針還有空際，而他們的關係是合作無間。人與物之間的相伴相隨，有時比人與人間的緣分還深，這也無怪乎東坡要從這一層，來襯托他和子由遙隔的無奈了！

　　第二小段東坡說，除了荷葉杯與他心意相合以外，還有弟弟子由也是一樣相親，可惜不能常相聚。他說弟弟子由和他命運差不多，他們一起作官，也一起被貶，沒想到晚景堪憐，都來到海南一帶。荷葉杯和他形影不離，弟弟卻和他遠遠隔離，代表的是什麼意義？這時的東坡體悟到的，是人生的無常。在無常的人生裡，往往是令人無奈的，人生並沒有什麼道理可說；但是，在沒有道理之中，是不是也代表著自然化成的道理在呢？

　　第三小段從人與人、人與物的關係中，他體認到「精神相契」的微妙。他說人與人、人與物的糾纏不清，是不能使我混淆的，因為無論什麼憂患，都不能阻隔彼此心神感應的契合，只要藉著一杯酒，那麼醉夢之中，魂魄可以相接，又哪裡可以遙隔彼此的心意呢？換句話說，有一種無形的精神力量，是不被時空限制的，那就是「真

〔註16〕參見《蘇軾詩集》，卷四一，頁2252。

誠的心」。

第四段藉酒勸喻子由，何妨醉夢中互訴委屈，醉鄉中可以忘憂。他說他要告訴正在海北的子由啊！管他今天是哪一天呢？喝醉酒後，也就可以忘卻人事的紛擾，達到與子由魂魄相親的境地了！獨自喝著酒的東坡，試圖從醉夢中得到解脫，忘記人間的風波險惡，只要瞭解他的人，都可以洞察出他心中對於小人種種迫害，其實仍有深沈的痛楚，只是痛苦無濟於事，倒不如順其自然，學習遺忘，來得無挂無礙，所以他藉言飲酒，學老子的「知止不辱」，期盼與淵明一樣可以遠離是非。

這首詩借題發揮，從荷葉杯的形影不離，體悟到人世無常，再從人世無常中，引發出對於世事的看法，這正是「筆隨年老」的最佳體現。大凡古今詩人，創作詩文往往有幾個階段，王國維《人間詞話》說到：「古今之成大事業、大學問者，必經過三種之境界。昨夜西風凋碧樹，獨上高樓，望盡天涯路，此第一境也。衣帶漸寬終不悔，為伊消得人憔悴，此第二境也。眾裏尋他千百度，驀然回首，那人正在燈火闌珊處，此第三境也。」〔註17〕經歷了仕宦升沈，東坡已從第一境進入到第三境，對人生的本質看得很清楚，也想得更透徹了。

其二

  阿堵不解醉，誰歟此頹然。誤入無功鄉，掉臂嵇阮間。
  飲中八仙人，與我俱得仙。淵明豈知道，醉語忽談天。
  偶見此物真，遂超天地先。醉醒可還酒，此覺無所還。
  清風洗徂暑，連雨催豐年。床頭博雅君，此子可與言。

這首詩承前一首而來，言飲酒可以得事物真相。全詩共十六句，分三小段，採六、六、四句法寫成。首寫自己頹然而醉的情形，次寫淵明醉中悟得事物本真，後段扣準「連雨獨飲」四個字，繳還詩題。連篇醉語；但是，層次井然，說理也非常透闢，可以看出東坡晚

───────────────

〔註17〕參見《詞話叢編‧人間詞話》、卷上，廣文書局，頁4248。

年詩的格調。

　　第一段從「醉」字破題。他說「這個人」不瞭解醉的好處，為什麼頹然大醉呢？錯誤的進入王無功的醉鄉中，而和嵇康、阮籍攘臂而行，和李白等「酒中八仙」一起化成仙人。前六句引俗語、用典故，來表達幽遠的情思。「阿堵」在唐人的語詞中，指的是「這個人」，在這裡指東坡本人。王無功指的是唐人「王績」，有「斗酒學士」之稱，在這裡用來暗喻醉鄉。根據《唐書》記載，王績嗜酒不任事，遇世亂，遂還鄉。武德初，待詔門下省，給酒日三升。有人問待詔有什麼快樂？他說「良醞可戀耳！」東坡在這裡引用王績的典故，無非是表明酒的可戀，歷史上的嵇康、阮籍、李白等人，哪一個不是以詩酒聞名，而自己竟也不慎的與他們同列啊！

　　第二段提到陶淵明的任酒天真。他說淵明哪裡是真正知「道」的人？只不過是醉語流露出天然本真的面目啊！淵明能「任真忘天，形化心在」，所以能超乎物表，抵達「道」的本體，因此醉醒之後，一樣能體認物的真實本性。這裡說到酒的功效可以讓人超脫物我，達到回復本真的面貌，而淵明就是能瞭解個中妙處，所以能體認事物的本質。這是東坡對醉酒的體悟。

　　最後四句回歸題旨。他說連日來天氣燠熱，清風吹拂，吹散了酷熱的感覺，又加上多日下雨，彷彿是豐年的兆頭，這時也只有床頭的博雅杯，可以聽聽他的傾訴了！知音難尋，以至於引物解愁，這是人們常有的舉動；但是，像東坡這樣的詩人，是絕說不出來的。東坡從連雨獨飲中體悟出飲酒的功能，同時為古今詩人發出慨嘆，正可說明自己的無助。不得已遁入醉鄉，無非是尋找人類最自然的本真，而藉此安慰海南獨處的孤寂罷了！

　　上述兩首詩，是東坡對生命本體的追尋，有他真實的情感、豐富的才學在其中，所以用來作為他「精深期」的代表，應不容置疑。

和陶和劉柴桑（紹聖五年四月）

萬勢復起滅，百年一踟躕。漂流四十年，今乃言卜居。
且喜天壤間，一席亦吾廬。稍理蘭桂叢，盡平狐兔墟。
黃樣出舊桑，紫茗抽新畬。我本早衰人，不謂老更劬。
邦君助畚鍤，鄰里通有無。竹屋從低深，山窗自明疏。
一飽便終日，高眠忘百須。自笑四壁空，無妻老相如。

〔註18〕

　　東坡在寫這一首和陶詩以前，曾有〈和陶勸農〉，勸海南百姓，要勤於耕種，以求自足，又有〈和陶田舍始春懷古〉二首，言日後卜居，願與黎子雲兄弟為鄰。接著他寫了這首詩。這首詩起因於章惇、蔡京兩個小人，聽說東坡和子由在海南受到很好的款待，就派遣董必追究他們占用官舍的情形。後來董必派遣小吏，把東坡逐出官舍，東坡無屋可住，只好在桄榔林下，就地築屋。海南百姓聽說東坡沒有地方住，竟自動的幫他運甓畚土，幫他蓋房子，同時送他器物，展現了他們純樸的一面。東坡在感動之餘，寫下了這首和陶詩。

　　這首詩分三段，採六、八、六句法寫成。首先，他從村民熱情的協助築屋，感覺到人生如寄，幸喜有一席之地，可以安身。其次，寫鄰人幫忙整治新屋的經過，最後提到新居生活，深覺滿意。整首詩不帶絲毫怨怒之意，表現出襟度的開闊，讓人不覺他的不平，真正是東坡老年的心境。

　　第一小段就時空寫起，點出卜居。這時的東坡，體認到人生是不盡的災難，百年之間，只是天地逆旅、萬物過客。沒想到四十年中，四處遊宦，現在還在尋覓居住的地方。幸好天地就像一張卷席，哪裡不是他可住之處呢？這六句寫出東坡被放逐後卜居城南的感想。一個有功於國家的臺閣大臣，照理說是不應該有這樣的窘境的；可是，現在的他面對的，正是這樣的處境。他想起李白的「夫萬物者，天地之逆旅；光陰者，百代之過客」，不就是要後人看清人世的短暫嘛！所

〔註18〕參見《蘇軾詩集》，卷四二，頁2311。

以，這個念頭一掠過腦中，自然生出欣喜之情：只要有地方棲身，也就心滿意足了。

第二小段描寫鄰人幫助它整治新居的概況。這裡的鄰人，指的是符林、黎子雲等人，他們都住在城南。整治的過程是將四周的蘭花、桂樹稍加整理，當然這也包括了所有的花木，然後剷除兔穴狐蹤，好便於居住。眼看著昔日被砍的黃櫨，又再抽芽生長，新種的茶樹，也已經發芽，心中也有一絲安慰。他想起自己身體早衰，到了老年還不免要辛勤耕種，不禁啞然失笑，幸好昌化軍使張中借給他畚箕、鐵鍬，符林、黎子雲等鄰居，也給他一些日常用品。這一整段是東坡自我安慰的話。從無到有，中間當然是花費了一番心力，尤其是鄰里鄉人的鼎力相助，帶給他無比溫馨的感覺，所以境遇的不順，正突顯出友誼的可貴，有什麼值得怨恨的呢！

第三小段寫新居生活的舒適。東坡提到他順著地勢築起了竹屋，從山窗看出去，是那麼明亮舒朗，每當飯後，睡一個舒服的午覺，所有的欲望已拋在腦後，看著家中四壁徒立，常自比是沒有卓文君的司馬相如。東坡一生中令人佩服的，就是這種隨遇而安的精神。儘管地勢低、竹屋陋；但是，他總是懂得往好處想，不讓自己陷入死胡同裡，甚至偶然想起朝雲已死，無人相伴，他也能以司馬相如自比，絲毫沒有怨恨之情，從這裡可以看出他的精神面貌。

根據紀昀在《蘇文忠公詩集》的評點，說這首詩「真樸似陶」〔註19〕，蓋指淵明〈和劉柴桑〉寫歸耕田園的樂趣，而東坡寫山居幽閒的情趣，有異曲同工之妙，最重要的是，東坡不役於物的精神，和淵明的真樸是一樣的。

和陶游斜川（元符二年元月）

謫居澹無事，何異老且休。雖過靖節年，未失斜川游。
春江淥未波，人臥船自流。我本無所適，泛梵隨鳴鷗。

〔註19〕參見紀昀評點本《蘇文忠公詩集》，卷四二。

　　中流遇洑洄，捨舟步層丘。有口可以飲，何必逢我儔。

　　過子詩似翁，我唱而輒酬。未知陶彭澤，頗有此樂不。

　　問點爾何如，不與聖同憂。問翁何所笑，不為由與求。

〔註20〕

　　這首和陶詩是東坡和蘇過游斜川而寫的。由於是和陶詩，所以整首詩的韻腳依照陶淵明〈遊斜川〉，而詩意略有不同。詩分四小段，採四、八、四、四句布局。第一小段寫行樂可以忘憂，第二段寫隨興遊賞的快樂，第三段寫蘇過能作詩，勝過淵明的兒子，最後寫他願意像曾點一樣，自由自在，毫無所求。

　　第一段東坡寫到：謫居的日子裡，沒有案牘勞形，就像是退隱一般，雖然他已超過淵明寫這首詩的歲數；但是，並沒有失去游斜川的機會。淵明寫〈遊斜川〉是五十歲，東坡這時候是六十四歲，所以他說「已過靖節年」，不僅止如此，他還有意的縮合淵明寫詩的日子，在詩前注明「正月五日，與兒子過出游作」，因為淵明在〈遊斜川〉序上說詩寫於「辛丑正月五日」，從這裡可以得知：東坡有意以淵明自比，寫這首詩也正是「與子攜手遊」的意思。

　　第二段寫隨遇而安。他說：這時春江水平如鏡，波瀾不興，臥在船中，任由水流漂遊，聽著鷗鳥的鳴叫。中流遇到了逆流，於是捨棄了小船，在山丘中行走，口渴了，自然有水可喝，何必在乎是否有朋友同遊？這八句說明東坡隨遇而安，無往而不自得的心境。

　　第三段點出同行的不是朋友，而是兒子蘇過，因而引以自豪。蘇過對東坡的服侍極為周到，根據《宋史》記載，說他侍奉東坡：「凡生理、晝夜、寒暑所需者，一身百為，不知其難。」〔註21〕而且蘇過的好學能文，東坡也屢次提起。這裡他提到蘇過的詩和自己相當，能和他唱和；但是，不知道陶淵明是不是也曾經有過這樣的快樂。這四句詩是明知故問，淵明曾自言：「阿舒已二八，懶散故無匹。阿宣行

〔註20〕參見《蘇軾詩集》，卷四二。

〔註21〕參見《宋史・蘇過傳》。

志學，而不愛文術。雍端年十三，不識六與七。通子垂九齡，但覓梨與栗。」〔註22〕可見淵明沒能有這樣的福氣。東坡所以這樣寫，目的在自我安慰，表達心中的欣喜，同時也同情淵明的遭遇。

最後一段東坡採用《論語》中的典故，表達悠遊自在的心志。東坡說曾點願意「歌乎雩，風乎舞雩」，他也願意笑遊山水間，而不願學子由、子貢的熱衷政事。經歷了官場的恩怨，東坡彷彿也體悟到：除了政治，還有某些事情是值得追求的，像父子間的悠然自得，不也是人間勝境嗎？

淵明的〈遊斜川〉，寫他年已半百，不由心動想作斜川之游，於是飲酒忘憂，陶然在山水間，而東坡從這一層立意，寫自己與兒子遊賞的自得。紀昀說這首詩有自然之樂，形神俱似陶公〔註23〕，對東坡詩可說讚譽有加。

儋耳（元符三年六月）

霹靂收威暮雨開，獨憑闌檻倚崔嵬。垂天雌霓雲端下，
快意雄風海上來。野老已歌豐歲語，除書欲放逐臣回。
殘年老飯東坡老，一壑能專萬事灰。〔註24〕

元符三年正月，哲宗崩逝，徽宗即位。四月東坡曾卜北歸，欣喜異常〔註25〕；同時《和陶集》也在這個時候完成，詔下以瓊州別駕廉州安置，不得簽書公事，這對東坡來說，已無疑是一種恩典。東坡在〈量移廉州謝表〉中說：「使命遠臨，初聞喪膽。詔辭溫眷，乃返驚

〔註22〕參見《陶靖節集・責子》。原文為：「白髮被兩鬢，肌膚不復實。雖有五男兒，總不好紙筆。阿舒已二八，懶惰故無匹。阿宣行志學，而不愛文術。雍端年十三，不識六與七。通子垂九齡，但覓梨與栗。天運苟如此，且進杯中物。」

〔註23〕參見《經進東坡文集事略》，卷二六，頁446。

〔註24〕參見《蘇軾詩集》，卷四三，頁2362。

〔註25〕《曲洧舊聞》：「東坡在儋耳，謂子過曰：『吾嘗告汝，我決不為外人，近日頗覺有還中州氣象，乃滌研索紙筆，焚香曰：「果如吾言，寫吾平生所作八賦，當不脫誤一字。」既寫畢，讀之大喜曰：「吾歸無疑矣！」後數日，而廉州之命至。』」

魂……荷先朝之厚德，寬蕭律之重誅。投畀遐荒，幸逃鼎鑊。風波萬里，顧衰病何以堪。煙瘴五年，賴喘息之猶在。憐之者嗟其已甚，嫉之者謂其太輕。考圖經正繫海隅，以風土疑非人世。食有併日，衣無禦冬。淒涼一身，顛躓萬狀。恍若醉夢，已無意於生還……此生豈敢求榮，處己但知緘口。」〔註26〕將貶謫嶺海五年的感想，詳盡敘述一番。同年六月，寫下了這首詩。

這首詩以七律寫成，和杜甫〈聞官兵收河南河北〉有神似之處。杜甫一得知自己可以回返洛陽的時候，高興的說「白日放歌須縱酒，青春作伴好還鄉。即從巴峽穿巫峽，便下襄陽向洛陽。」〔註27〕而東坡從這一層意思出發，更見雄渾的氣魄。

首聯寫朝局更新，心中充滿了感慨。頷聯借寫景喻小人的失勢，他即將有北返的跡象。頸聯寫朝廷將有新命，他也將否極泰來。尾聯寫此生將寄託在丘壑間，以此終老。由於東坡在首聯、頷聯採取寓情於景的手法，很容易讓人誤以為這是一首單純的寫實詩；但是，如果仔細玩味頸聯和尾聯的深意，就可以知道東坡晚年「筆隨年老」，信手拈來，都是精深華妙的好詩。

首聯兩句，他說暮雨放晴，憑欄遠望，剎那間雷霆息怒，朝政已經更新。對於哲宗，東坡是同情的。哲宗十八歲登基，將所有朝中元老貶的貶、放的放，甚至對自己的老師也不放過，這在一般人看來，簡直罪無可逭；但是，我們在東坡的詩文中，看不到半點怨恨之意，因為東坡明白，問題是出在章惇、蔡京這些權臣身上，哲宗只是一個傀儡，又有什麼可恨他的呢！然而，五年流放的生活，東坡已經是六十五歲的老人了，他一心一意要回中原，安度晚年，因此聽說有量移的命令，當然難掩他欣喜之情了。

頷聯兩句，他續寫道：遮蔽天空的雲霓，從天而降，而朝廷的新命也隨著海上雄風吹送過來。這兩句是暗用《埤雅》：「虹常雙見，鮮

〔註26〕參見《經進東坡文集事略》，卷二六，頁446。
〔註27〕參見《杜工部集》卷一二，學生書局印行，頁12。

盛者雄，其闇者雌」以及宋玉〈風賦〉：「此大王之雄風也」，來說明章惇那些小人已遭罷黜，而朝廷也有讓他北返的旨意，對他來說，當然是天大的好消息，所以他用雄風來譬喻他心中的快意，可說是十分傳神的。

　　頸聯兩句，說村中野老歌頌豐收，詔書也有意要讓被貶的官，一一內遷。換言之，多年等待著北返的消息，一直是杳無音訊，這時候已有跡象，正好和他日前下筆疾書，沒有一字訛誤，自認為應當能回中原的臆測，不謀而合，這也就難怪他心中有無限感慨了！

　　尾聯兩句，表明自己心志。東坡說他已是風中殘燭，只要能吃得飽，悠遊在丘壑間，就已心滿意足了，至於政事，早已不放在心上了！他會這麼說，很顯然的是安於平淡的日子，因為這時他已經六十五歲了，能看清事物的本質，也能體會人情的冷暖，又有什麼心思去與人爭鬥呢？

　　這首詩是東坡七律中寫得很好的一首，也是他晚年詩精深華妙的代表作。簡單的二十八個字，蘊含著豐富的想像，真摯的情感，以及精鍊的文字，無論用典或直敘，都不見鍛鍊的痕跡，但都擲地有聲，確實是精工之作。

澄邁驛通潮閣二首（元符三年六月）

其一

　　倦客愁聞歸路遙，眼明飛閣俯長橋。貪看白鷺橫秋浦，

　　不覺青林沒晚潮。〔註28〕

　　這首七絕是東坡離開海南島前寫的。澄邁是海南島的縣名，通潮閣，又叫作通明閣，在澄邁縣西邊。東坡希望能早些回到中原；但是，路途遙遠，不覺神思睏倦，寫下當時的心情。

　　詩的第一、二句，語意應是一貫，寫他在北歸途中的心境。東坡用「倦」、「愁」、「遙」三個字眼，說明他聽到離中原路途還遠時，感

〔註28〕參見《蘇軾詩集》，卷四三，頁 2364。

到身體的疲憊，不覺升起愁緒。愁緒只因思鄉心切，恨不能早日回鄉，心情的落寞可想而知。就在那時，抬頭看見通潮閣凌空而起，俯視著跨水的長橋，不禁眼前一亮。在這一刻，陰霾的情緒也一掃而空，彷彿　這座亭臺樓閣，又為他帶來了活力。東坡一直是樂觀的，他很能從事物中獲得啟發，擺脫哀傷，在這裡他看到通潮閣的宏偉、壯闊，有了超脫的感覺。

詩的三、四句寫出他自得其樂的方法。他從樓閣的高聳，潮水的壯闊，發現歸途也有可觀的地方，於是轉為欣賞的角度。看著白鷺在秋浦上飛翔，橫跨在水天之上，視線也隨著起伏，不知不覺時間悄悄的逍逝，晚潮緩緩的退了，只有青蔥的樹林還映襯著最後一抹斜暉。東坡在這裡營造了一個極美的景致；白鷺「橫」秋浦，青林「沒」晚潮。這兩句動靜相生，勾勒出一幅絕美的風景圖，尤其是「貪看」、「不覺」一脈相貫，更覺傳神。

這首詩短短四句，卻情景交融，動靜相生。其中心境的由悲而喜，由喜而悅，描述得委婉有致，確實是不可多得的佳作。

其二

　　餘生欲老海南村，帝遣巫陽招我魂。杳杳天低鶻沒處，
　　青山一髮是中原。

這首詩和上一首一樣，都是描寫思鄉之情，只是上一首是由悲轉喜，由喜而悅，這一首卻由落寞轉熱切，由熱切而趨平靜。兩首詩如果合起來看，那麼他北歸時心情的複雜也就一目了然了！

詩的一、二句，寫他本不敢想北歸的事，因此晚年打算在海南島度過，沒想到朝廷有詔命讓他回到中原。這裡用了《楚辭·招魂》的典故：「帝告巫陽曰：『有人在下，我欲輔之，魂魄離散，汝筮與之。』巫陽乃下招曰：『魂兮歸來！』」東坡借這個典故，說朝廷就像上帝，招魂就是奉旨內遷。這麼一來，將貶謫與內遷看作是天意，落寞之情也就淡了。

詩的三、四句歸結眼前景，寫出對中原綿綿的思念。他說放眼看

去，廣漠的天空與蒼莽原野相連，鶻鳥正高飛遠去，地平線上連綿起伏的青山，就像一絲纖細的髮絲，撩起他無限的嚮往。這兩句妙在意境高遠，「天低鶻沒」是大小對比，靜中有動；「一髮中原」是小大對比，縮小式的誇張。紀昀說這首詩的三、四兩句是「神來之筆」，說得一點兒都不錯。

　　兩首思鄉的作品，寫法雖然不同，但都是東坡晚年的名篇。從他鍊字的精確，對句的貼切，以及譬喻的高妙，就可以想見：只有像杜甫那樣的高才，才有可能寫得出。東坡晚年詩作，得到黃庭堅等人的讚賞，絕不是浪得虛名。

六月二十夜渡海（元符三年六月）

> 參橫斗轉欲三更，苦雨終風也解晴。雲散月明誰點綴？
> 天容海色本澄清。空餘魯叟乘桴意，粗識軒轅奏樂聲。
> 九死南荒吾不恨，茲游奇絕冠平生。〔註29〕

　　這首詩是東坡晚年的代表作之一。整首詩用「比」體寫成，是它的一大特色。這種寫法，幽微而有深意，並不單指寫景，所以耐人尋味；同時，須瞭解作者的身世背景，才能明白他所蘊含的意旨。

　　東坡寫這首詩，是元符三年六月二十日，這一天他渡海北歸，要到廉州。在經歷了長久的貶謫以後，能被放還，心情當然是複雜的。夜晚，他回想七年中，從李清臣、鄧潤甫激怒哲宗，他自臺閣大員謫守汝州，到三改詔命，責知英州、惠州、儋州，朝局的更迭，真是讓人意想不到，現在哲宗已死，他九死一生，又能夠回中原，怎能不心生感慨呢！

　　這首七律可以分成四小段。第一小段點明寫作時間，並暗指朝政已清。第二小段寫出他如朗月般的心境。第三小段敘述可以回到中原，心中無限喜悅。第四小段總結海外生活，只覺海南別有勝景，他並不後悔來到這蠻荒地區。全詩結構緊密，用典深刻，有他對生命的

〔註29〕參見《蘇軾詩集》，卷四三，頁2366。

禮贊。

首聯以參星橫在空中，北斗轉移位子，點出大概是三更時分，一切政治上的恩怨，就像淒風苦雨之後，歸於平靜。前句是東坡精密觀察後所得的結果，後句是採《詩經・終風》，比喻朝政由昏暗轉清明。這兩句用字精確，除了都用實字，還用了「欲」、「也」兩虛字，一未定、一肯定，散句裡對得這樣工整，可說已到了爐火純青的地步了。

頷聯以雲散月明寫他的遷謫已成過去，放眼看去，有誰能夠來與他爭輝的？他的心就像是天的容貌、海的顏色那麼蔚藍，那麼澄清。換言之，那些小人就像雲翳，他就像明月，一旦雲翳散去，自然發出清輝，人見人愛，至於他會不會對貶謫耿耿於懷呢？他說：這些小人的陷害，朝廷的貶謫，他是不會放在心上的。王文誥進一步說：「雲散月明」指章惇被黜，「天容海色」是東坡自喻，這是很有見地的，因為章惇想置東坡於死地是顯而易見的。

頸聯用典，說明他這次到海南島，得以領略不同的風俗民情，可說是快意平生。《論語・公冶長》中有孔子的話說：「道不行，乘桴浮於海」，本是指若道術不行，有意放身江湖，終此一生；東坡反用其意說：「空餘魯叟乘桴意」，指詔歸中原，雖有意寄身江海，學孔子終此一生已不可能。這麼一來，就耐人尋思了！尤其後句說耳聽海濤洶湧，彷彿黃帝奏樂聲，這是暗用《莊子・天運》：「黃帝張咸池之樂於洞庭之野。」讓人雖未親聆樂聲，卻能感受到他心中的喜悅。

尾聯總結海南之行，使他大開眼界。他說這一次到海南島，九死一生，但他並不憾恨，因為這一次旅遊，可以說是這一生最奇特的一次。這些話不禁使我們想起他在《昌化軍謝表》提到：「並鬼門而青鶯，浮瘴海以南遷。生無還期，死有餘責。……而臣孤老無託，瘴癘交攻。子孫慟哭於江邊，已為死別。魑魅逢迎於海外，寧許生還。」〔註30〕渡過重重困境，再回想起來，這難道不是天意的安排，讓他能

〔註30〕參見《經進東坡文集事略》，卷二六，頁 446。

來到這孤島，看到瑰麗美景嗎？

　　王文誥說：「此詩，人人皆知為北歸作者。」從這首詩的布局，看東坡寫詩的心境，的確可以看出他貶謫七年的軌跡。重要的是：這首詩用典無痕，寓有深意。如果不了解他的一生，就無法洞悉他「雲散月明誰點綴，天容海色本澄清」的寓意，所以這首詩是他晚年精深華妙的代表作，應毋庸置疑。

贈嶺上老人（徽宗靖國元年正月）

　　鶴骨霜髯心已灰，青松合抱手親栽。問翁大庾嶺頭住，

　　曾見南遷幾個回〔註31〕？

　　這首七言絕句是東坡在靖國元年所寫的。當時他正從大庾嶺要到虔州的路上，碰到了一個村翁，寫下了這首詩，題壁相贈。

　　根據《獨醒雜志》記載：「東坡還至庾嶺上，少憩村店，有一老翁出，問從者曰：『官為誰？』曰：『蘇尚書。』翁曰：『是蘇子瞻歟？』曰：『是也。』乃前揖坡，曰：『我聞人害公者百端，今日北歸，是天祐善人也。』東坡笑而謝之，因題一詩於壁間。」〔註32〕說明了這首詩的由來。

　　東坡這首七絕，勾著出一個歷經官場浮沈的自畫像，生動而感人。首言年老心灰，無意政事；次言種松已成，德業已圓；三、四句借反問老翁的話，慶幸他能夠北返。雖是短短四句，其中卻有無限慨歎。

　　首句的「鶴骨」、「霜髯」，將東坡外在的容顏與內在的志節，一併形容。使我們從字句中，已看出這個被貶謫的人，人雖瘦臞，志節毫不稍屈。加上「心已灰」三字，道盡了官場生涯已成夢境。這時候的東坡，也正是回顧一生的時候了，所以七個字勾勒出晚年的形貌，相當逼真。

〔註31〕參見《蘇軾詩集》，卷四五，頁2424。
〔註32〕參見《獨醒雜志》，卷一。

　　第二句談到「青松」，除了實寫松的蒼翠外，東坡曾有詩云：「松如遷客老，酒似使君醇。」〔註33〕可見東坡曾親手栽種松樹。如今松可合抱，可見貶謫多年，令人不勝唏噓！

　　第三、四句採反問法，問老翁逐臣能北歸的有幾個人，事實上是說像他這樣能回到中原的，恐怕不多！其中有一層深意，是特指秦觀遽逝而發的。元符三年九月，東坡奉命改舒州（今安徽安慶）團練副使，永州（今湖南零陵）安置。就在前往湖南途中，聽到秦觀的死訊，他大傷慟，而後在〈與蘇伯固書〉中，他提到：「某全軀得還，非天幸而何？但益痛少游無窮已也。」〔註34〕所以就算曾被人陷害，而今得以保全性命，已經是不幸中的大幸了。至於老翁說是「天祐善人」，東坡雖沒有正面的答覆他，但心裡應是默許的。

　　七言絕句寫得這麼有真情，這麼含蓄的不多，東坡能從形貌寫到情韻盎然，實在是不可多得的佳作。

過嶺二首（靖國元年正月）

其一

　　暫著南冠不到頭，卻隨北雁與歸休。平生不作兔三窟，
　　今古何殊貉一丘。當日無人送臨賀，至今有廟祀潮州。
　　劍關西望七千里，乘興真為玉局游。〔註35〕

　　這首七律是東坡在徽宗建中靖國元年，自韶州度大庾嶺，經江西虔州北歸所寫的。首聯表達北歸的欣喜，頷聯寫君子與小人出處的不同，頸聯寫被貶謫前後的感懷，尾聯寫沿路風光，正好乘興遊賞。東坡凡發自真心的作品，常是信手拈來，自成格局，其中用典、論史，又有點石成金之效，確實高明。

　　首聯寫與黎族人同一裝扮，早習以為常，想不到能像雁群一樣北歸，回到中原地帶。這兩句是化柳宗元〈六字〉詩：「一生判卻

〔註33〕參見《蘇軾詩集》，卷四四，頁2387。
〔註34〕參見《本集》。徽宗靖國元年二月條。
〔註35〕同註33，卷四五，頁2426。

歸休，為著南冠到頭」，反用其意，說他是暫戴南冠，所以能夠返回中原。

頷聯寫他從來沒有狡兔三窟的打算，然而古往今來，任賢則興、用小人則敗的道理是一樣的。這兩句也各用典故，前一句用《戰國策》：「馮諼謂孟嘗君曰：『狡兔有三窟，僅得免其死耳。』」東坡用來說明自己能免於一死，是意想不到的事。後一句用《前漢書》：「楊惲曰：『秦時但任小臣，竟以滅亡。今親任大臣，即至今耳。古與今如一丘之貉。』」東坡用「一丘之貉」感歎朝廷不能用賢，以至於賢人見黜。

頸聯寫他當年被貶時，朝中閣員人人自危，不敢相送，現在結束貶謫的日子，他相信死後一定有百姓會為他立廟奉祀。這兩句以唐人的典故，說明貶謫前後的心情。前一句用《唐書》「楊憑貶臨賀尉，姻友無往候者」，說明他被貶時，朝中官員也一樣不敢相送。後一句用他為韓愈寫〈潮州韓文公廟碑〉這篇文章，說明他在黎族人心中的地位。東坡相信：百年以後，他一定也會像韓愈一樣，廟食百世的。

尾聯回到「過嶺」這個主題，東坡說向西遠望，劍閣道約七千里之遙，這一路好像是為他而設，希望他盡興而歸。這兩句他用的典是《天師二十四化記》：「漢桓帝永壽元年正月七他而設，希望他盡興而歸。這兩句他用的典是《天師二十四化記》：「漢桓帝永壽元年正月七日，天師與老君自鶴鳴山來息此化時，地上忽湧出玉局玉床，方廣一丈，老君升座，重述道要，卻自升天，玉局陷入地中，因成洞宮，其徑莫窮。」東坡學道頗有心得，這一次北歸，他的心情愉快，自然面對名山勝景，發出遨遊八荒的大志了。

像這樣的詩，幾乎從頭到尾全用典，如果不知道他引用什麼典故，很難知道他所要表達的深意。東坡晚年詩爐火純青，已經到了隨處用典，化典於無形的地步了，所以我們說他晚年貶謫以及北歸的詩，可說是深微之至，應不是溢美之詞啊！

其二

　　七年來往我何堪？又試曹溪一勺甘。夢裡似曾遷海外，
醉中不覺到江南。波生濯足鳴空澗，霧繞征衣滴翠嵐。
誰遣山雞忽驚起，半巖花雨落毿毿。

　　這首詩和上一首一樣，寫他北歸的心情。前四句寫遷謫的生活彷彿是夢境一般，後四句寫眼前景好像為他洗去征塵。這是一種美感經驗的傳達，當我們置身在事物當中，只覺被環境侷限，無法跳脫，一旦事過境遷，又覺那是一種特殊經歷，感到美不勝收。東坡不愧是個美學家，所以能留下千古傳誦的詩篇。

　　首聯寫被貶謫前後達七年，而今得以再喝到中原的水，水的味道是這麼清甜。這裡的七年，是指東坡從紹聖元年貶惠州，再貶儋州，元符三年量移廉州，建中靖國元年過大庾嶺北歸，前後共七年。七年的貶謫生活，不是一般人可以受得了的，然而他是走過來了，所以當他喝到曹溪（在今廣東曲江東南）的水以後，特別強調水的甘甜。事實上，這一口甘甜的水，也代表他內心的感動，此後，他再也不會將得失放在心上了，因為他從蠻荒地區生還，已是大幸，何況年事已高，哪裡還在乎作不作官呢！

　　頷聯寫回想海外生活，彷彿是夢境一樣，醉昏昏的，忽然又回到了江南。眼前景物，在東坡看來，和海南大不相同，這也就難怪他要發出這樣的疑問：是不是作夢曾被貶到海南島呢？其實一個人經歷這麼特別的事情，是很難忘記的；但是，人生可以如夢，那麼，海外生活自然也可以是夢境了！東坡說醉夢之中，好像來到江南，這裡的「江南」，泛指長江以南，東坡這時過嶺進入江西虔州，所以稱江南。

　　頸聯寫景，渲染「江南」一帶的美好。東坡說在溪水中濯足，聽到了水鳴澗中的天籟，山中嵐氣環繞著他，好像要為他洗淨征衣。這一幅美景，幾乎是人人共有的體驗，然而對一個嚮往江南的人來說，眼前的景固然美好，賞景時候心情的舒暢，更是溢於言表。他用「波生濯足」對「霧繞征衣」，虛中帶實，動靜相生，既工整又有情味。

又「鳴空潤」對「滴翠嵐」，以實為虛，弄假成真，也是巧奪天工，這都是技巧已到出神入化的人，才有可能做得到。

　　尾聯寫山雞驚起，才知是一陣落花，以景作結，饒富餘味。東坡在欣賞美景當時，恰巧一陣落花如雨，紛紛飄落，驚動了山雞飛起，於是他捕捉這片刻的美感經驗，反問是誰驚起山雞，這麼一來，也含蓄的表達他受到驚嚇，幸好仔細一看，只是一陣花雨，這才定下一顆心來。

　　這首詩一反常理，先說理再寫景，可說是別出心裁。一般詩在前四句先寫景，後四句抒情，而這首詩採先抒情，再寫景，可以說是匠心獨運。東坡不用典的時候，特別注重字句的鍛鍊，這首詩的頷聯、頸聯，可說是語如貫珠，圓轉自如，歷來選東坡詩的人，無不將這首詩列入代表作中，可見它廣受歡迎的程度。

第三節　蘇詩第六期的特色──精深

　　綜觀紹聖四年四月到徽宗靖國元年七月，東坡創作約二百二十五首詩，其中和陶、感懷詩合起來約佔二分之一，可以知道貶謫到海南島的他，企圖以淵明為他認同的對象，因此努力創作以求避世的心情。

　　本文選錄的代表作，都是東坡晚年精深華妙的作品。在體裁上，有一首七古、五首五古、四首七絕、三首七律，無論是那一種體裁，東坡都能寫到高妙的境地，這是精深的理由之一。其次，東坡在詩裡時常出現警句，如「平生學道真實意，豈與窮達俱存亡」、「萬勢復起滅，百年一踟躕」、「垂天雌霓雲端下，快意雄風海上來」、「雲散月明誰點綴，天容海色本澄清」，足以發人深省。又詩中常有秀句，如「千山動鱗甲，萬谷酣笙鐘」、「波生濯足鳴空潤，霧繞征衣滴翠嵐」，可以說千錘百鍊，精妙已極。這也是他晚年詩精深的理由之一，尤其是詩中的用典，真令人歎為觀止。他的〈過嶺〉二首其一，通篇用典，卻又恰到好處。他的〈六月二十夜渡海〉，用「比體」寫成，因物喻

志，也是句句用典，如果不是創作技巧極高的人，是寫不出這樣的好作品啊！

　　然而，將這一期詩風和圓融期做個比較，究竟有什麼不同呢？我認為海南詩比惠州詩，除了用典、譬喻、對偶方面更加精密之外，最大的不同在於取材。東坡貶謫惠州的時候，詩文的取材大半圍繞著惠州的風土民情，以及特別的物產，而貶謫到海南已改觀，所以詩文的取材也大異其趣。若論這一期的特色，可大別如下：

一、　這一期和陶詩仍為他的重點，只是在心境上與淵明神似，不再侷限於用詞、用韻的形似。

二、　這期詩體裁的多樣化，以及描述海南風物的篇章增多，源於環境的改變，特色自是不同。

三、　對於生命的體認，他已有了全面的省思，因此北歸前後情緒的變化，常常顯露在詩篇中。

　　從以上我們可以得知：同是貶謫，貶謫到不同的地方，心境是大不相同的，也因此風格面貌各自不同。東坡嶺外文字，如果是讀了讓人耳目聰明，那麼，東坡被貶謫到海南島所作的詩，讀了就可以開啟人生的智慧。我們從以上代表作的分析中，看到了一個君子「孤月此心明」〔註36〕的告白，也洞達了東坡樂天知命的祕訣，這對我們的人生，無疑指出向上的一條路！

第四節　結語──超邁絕倫、精深華妙

　　為什麼我們要將東坡晚年的詩，分成惠州時期的「圓融」和儋州期的「精深」呢？根據魏慶之《詩人玉屑》提到：「呂丞相跋子美年譜云：『考其辭力，少而銳，壯而肆，老而嚴，非妙於文章，不足以至此。』余觀東坡自南遷以後詩，全類子美夔州以後詩，正所謂老而嚴者也。子由云：『東坡謫居儋耳，獨善為詩，精深華妙，不見老人

〔註36〕參見《蘇軾詩集》，卷四五，頁2445。

衰憊之氣。』魯直亦云：『東坡嶺外文字，讀之使人耳目聰明，如清風自外來也。』觀二公之言如此，則余非過論矣！」〔註37〕從這一段話綜論出：東坡自貶謫到惠州以後，詩文有了轉變，尤其是被貶謫到海南島，所寫的詩更是精妙。筆者將紹聖四年一直到北歸的詩，統稱為「精深」期，應也是合理的。

　　在這一期詩裡，東坡詩無論是內容或形式上，和前幾期都不相同。內容上既偏向海南的風土民情，嚮往淵明的躬耕隴畝，形式創作更進一步運用典故、成語，講究對偶工整、動靜相生，使詩文的美感經驗，更明確的傳達給我們。加上豐富的想像力，傳神的譬喻，使得他詩中的張力，更令人難忘。

　　經由以上的分析，我們知道許顗《彥周詩話》說：「東坡海南詩、荊公鍾山詩，超邁絕倫，能追逐李、杜、陶、謝。」〔註38〕並不是溢美之詞。同時，筆者在《蘇軾詩學理論及其實踐》一書中，歸納東坡實踐的「詩窮後工」、「詩有寄托」、「詩貴真情」、「詩應設譬」、「詩宜使事」五個理論〔註39〕，在他這一期作品中，更得到了印證。

　　最後，東坡在徽宗靖國元年從嶺南北歸，要回常州時，經過鎮江，在金山寺作〈自題金山畫像〉：「心似已灰之木，身如不繫之舟。問汝平生功業，黃州惠州儋州。」〔註40〕將惠州和海南島的貶謫分開來，正是他對生命體認的更上層樓啊！

〔註37〕參見宋‧魏慶之《詩人玉屑》，臺灣商務印書館，頁315。
〔註38〕參見清‧何文煥輯許顗《彥周詩話》，藝文印書館，頁383。
〔註39〕參見拙著《蘇軾詩學理論及其實踐》，第二章，東吳大學中文研究所博士論文。
〔註40〕參見《蘇軾詩集》，卷四八，頁2641。

結　論

　　東坡詩的分期，已如上述。綜觀他的代表作，確實是他政治生涯
的紀實，也是平日情思的反應。大陸洪亮說：「放逐與回歸，共振著
東坡及其同時代人的命運琴弦。他們從京城外放，回歸現實，體察民
情，恢復自己身上的人性。他們嚮往事功，卻在官場處處碰壁，這反
倒成就了藝術上的萬幸，使他們找到自己的位置，在精神的王國裡建
立了豐功偉績，成為一代文宗與英才。」〔註1〕東坡詩正是宋詩精神
面貌的呈現。

　　從仁宗嘉祐四年（西元一〇五九年），二十四歲考上進士，到神
宗熙寧二年（西元一〇六九年）他三十四歲回朝任官，十年之中，創
作出議論滔滔的詩歌風貌，無論五古、七古，都是揮灑自如，氣勢奔
放，我將這期詩定為「奔放期」。這一期創作約二百二十四首詩，代
表作有〈入峽〉、〈出峽〉、〈渚宮〉、〈鳳翔八觀之一──石鼓歌〉、〈王
維吳道子畫〉、〈謝蘇自之惠酒〉、〈石蒼舒醉墨堂〉，共七首。這些詩
都是長篇鉅製，可以看出東坡年輕時「豪邁不羈」的個性，以及「行
雲流水」的詩筆。

　　神宗熙寧二年（西元一〇六九年），他因政治理念與王安石不
合，出知杭、密、徐、湖四州。他效法杜甫的詩歌創作精神，想藉詩

〔註1〕參見大陸洪亮著《放逐與回歸──蘇東坡及其同時代人》，封面引言，
　　　　百花洲文藝出版社。

筆勸諭執政者體恤民苦，所以寫下了大量的社會詩，我將這期詩定為「諷諭期」。這一期創作約七百八十八首詩，代表作有〈送劉攽倅海陵〉、〈送劉道原歸覲南康〉、〈廣陵會三同舍〉、〈戲子由〉、〈遊徑山〉、〈湯村開運鹽河雨中督役〉、〈吳中田婦歎〉、〈寄劉孝叔〉，共十首。這些詩仍以五、七古為主，其中用典影射，語多諷諭；同時，創作了許多社會寫實的「史詩」，表達對新法人士強烈的不滿。

神宗元豐二年（西元一〇七九年），東坡因「烏臺詩案」被貶謫到黃州，這是他政治上一次嚴重的打擊，他絕口不提政事，在黃州躬耕隴畝，自號「東坡居士」，寫了許多田園詩，他也藉詠物詩寄托高潔的心志，期盼有生之年，再為朝廷效力，我將這期詩定為「沈潛期」。這一期創作約三百四十三首詩，代表作有〈寓居定惠院之東，雜花滿山，有海棠一株，土人不知貴也〉、〈東坡〉八首、〈紅梅〉三首、〈寄周安孺茶〉、〈東坡〉、〈海棠〉、〈題西林壁〉、〈春日〉，共十七首。這期詩各體俱備，形式多樣，特色是描繪田園景觀，以詩明志。

神宗元豐八年（西元一〇八五年），神宗崩逝，宣仁太后垂簾聽政，起用舊黨人士，東坡被召還為禮部郎中，得以一展長才；但是，朝廷黨爭不已，甚至誣告他詆毀神宗，於是東坡自請外任，出知杭、潁、揚、定州，東坡忙於政事，題畫詩成了親友酬酢的主軸，我將這期詩定為「凝定期」。這一期創作約五百九十一首詩，代表作有〈惠崇春江晚景〉二首、〈送顧子敦奉使河朔〉、〈郭熙畫秋山平遠〉、〈書晁補之所藏與可畫竹〉三首、〈書鄢陵王主簿所畫折枝〉二首、〈書王定國所藏煙江疊嶂圖〉、〈送子由使契丹〉、〈贈劉景文〉、〈泛潁〉、〈東府雨中別子由〉，共十四首。這期詩也是各體俱佳，特色是詩中表現成熟的藝術理念，由創作者變成了鑑賞家。

哲宗元祐九年（即紹聖元年，西元一〇九三年），朝局大亂，哲宗聽信小人的讒言，將東坡貶到英州，旋即改謫惠州。這是東坡政治生涯中第二次被貶，從一個貴為皇帝老師、在朝中掌詔命的臺閣大員，被遠謫到嶺南，在心境上，比起貶謫黃州當然是不同的。幸好他

能隨遇而安，到了惠州，體驗當地風物之美，寫了許多和陶詩，試圖從絢爛中歸於平淡，這期詩在技巧上漸趨圓熟，我將它命為「圓融期」。這一期創作約一百九十四首詩，代表作有〈八月七日，初入贛，過惶恐灘〉、〈舟行至清遠縣，見顧秀才，極談惠州風物之美〉、〈十月二日初到惠州〉、〈十一月二十六日，松風亭下，梅花盛開〉二首、〈再用前韻〉、〈荔支歎〉、〈和陶貧士〉七首、〈章質夫送酒六壺，書至而酒不達，戲作小詩問之〉、〈縱筆〉、〈和陶歲暮作和張常侍〉，共十六首。這期詩七古、七律有許多佳作，等色是和陶詩大量出現，顯示他對歸隱的嚮往。

　　哲宗紹聖四年（西元一〇九七年），章惇等小人又重提東坡訕謗之罪，東坡被貶謫到瓊州。當時，瓊州仍是化外之地，對東坡來說，無疑是宣判他的死刑。他帶著絕望的心情，到有「天涯海角」之稱的海南島，準備度過他的晚年。海南島的人民熱情，使他一改先前的沮喪，寫了許多教化百姓的詩文，他的和陶詩，寫得不慍不火，回顧一生經歷的點滴，他將自己比喻成天上的孤月，永遠是心地光明，人格高尚的。這一期的詩可說是清雄絕俗，超妙入神，我將它定為「精深期」。這一期創作約二百二十五首，代表作有〈吾謫南海，子由雷州，被命即行，了不相知，至梧乃聞其尚在藤也，旦夕當追及，作此詩示之〉、〈行瓊、儋間，肩輿坐睡。夢中得句云：千山動鱗甲，萬谷酣空笙鐘。覺而遇清風急雨，戲作此數句〉、〈和陶連雨獨飲〉、〈和陶和劉柴桑〉、〈和陶遊斜川〉、〈儋耳〉、〈澄邁驛通潮閣〉二首、〈六月二十夜渡海〉、〈贈嶺上老人〉、〈過嶺〉二首，共十二首。這期詩精深華妙，無論形式、內容、想像，都達到爐火純青的境界，堪稱宋詩第一人。

　　以上說明，針對本文研究蘇詩各期代表作，總結出他的詩風特色。當然，詩的分期很難有一定的標準，我們不能說蘇詩的第一期全是「奔放」的，第二期全是「諷諭」的，而其他各期都沒有諷諭之作。我們只能就大部份作品所呈現出來的內容，加以賞析，得出他大致的

輪廓；同時，分期的命名也是一樣的道理。這裡所命的「奔放期」、「諷諭期」、「沈潛期」、「凝定期」、「圓融期」和「精深期」，也就是他大部份作品──特別是他的代表作而言，嘗試著給他們一個最能代表各期詩風的名稱。

　　這裡所列舉出來的代表作，和拙著〈東坡詩分期初探〉一文略有出入，那是幾經思量，反復選擇所得的結果。東坡才情橫溢，所寫的詩有一定的水準，要從近人研究得出的二千七百多首詩中〔註2〕，挑選足以代表的詩篇，不是一件容易的事，因此，我將王文誥《蘇文忠公詩編註集成‧總案》校讀數次，從中摘取最具代表性的作品加以分析，俾便得其全貌。

　　以下列表說明蘇詩各期代表作共七十六首，以及它所呈現的特色，做為本篇的總結：

蘇詩分期及其代表作

期 別	分期名稱	起迄年	年歲	分期代表作品
第一期	奔放期 初歷仕宦	仁宗嘉祐四年 （西元一〇五九年） ↓ 神宗熙寧二年 （西元一〇六九年）	24歲 ↓ 34歲	〈入峽〉、〈出峽〉、〈渚宮〉、〈鳳翔八觀之一──石鼓歌〉、〈王維吳道子畫〉、〈謝蘇自之惠酒〉、〈石蒼舒醉墨堂〉，共七首。
第二期	諷諭期 烏臺詩禍	神宗熙寧二年 （西元一〇六九年） ↓ 神宗元豐二年 （西元一〇七九年）	34歲 ↓ 44歲	〈送劉攽倅海陵〉、〈送劉道原歸覲南康〉、〈廣陵會三同舍〉、〈戲子由〉、〈遊徑山〉、〈湯村開運鹽河雨中督役〉、〈吳中田婦歎〉、〈寄劉孝叔〉，共十首。
第三期	沈潛期 黃州貶謫	神宗元豐二年 （西元一〇七九年） ↓ 神宗元豐八年 （西元一〇八五年）	44歲 ↓ 51歲	〈寓居定惠院之東，雜花滿山，有海棠一株，土人不知貴也〉、〈東坡〉八首、〈紅梅〉三首、〈寄周安孺茶〉、〈東坡〉、〈海棠〉、〈題西林壁〉、〈春日〉，共十七首。

〔註2〕參見大陸王水照著《蘇軾論稿‧蘇軾創作的發展階段》頁3所引，然依王文誥《蘇文忠公詩編註集成‧總案》，應約為二三〇七首，萬卷樓。

第四期	凝定期 元祐回朝	神宗元豐八年 （西元一〇八五年） ↓ 哲宗紹聖元年 （西元一〇九四年）	51歲 ↓ 59歲	〈惠崇春江晚景〉二首、〈送顧子敦奉使河朔〉、〈郭熙畫秋山平遠〉、〈書晁補之所藏與可畫竹〉三首、〈書鄢陵王主簿所畫折枝〉二首、〈書王定國所藏煙江疊嶂圖〉、〈送子由使契丹〉、〈贈劉景文〉、〈泛潁〉、〈東府雨中別子由〉，共十四首。
第五期	圓融期 復貶惠州	哲宗紹聖元年 （西元一〇九四年） ↓ 哲宗紹聖四年 （西元一〇九七年）	59歲 ↓ 62歲	〈八月七日，初入贛，過惶恐灘〉、〈舟行至清遠縣，見顧秀才，極談惠州風物之美〉、〈十月二日初到惠州〉、〈十一月二十六日，松風亭下，梅花盛開〉二首、〈再用前韻〉、〈荔支歎〉、〈和陶貧士〉七首、〈章質夫送酒六壺，書至而酒不達，戲作小詩問之〉、〈縱筆〉、〈和陶歲暮作和張常侍〉，共十六首。
第六期	精深期 遠謫海南	哲宗紹聖四年 （西元一〇九七年） ↓ 徽宗靖國元年 （西元一一〇一年）	62歲 ↓ 66歲	〈吾謫南海，子由雷州，被命即行，了不相知，至梧乃聞其尚在藤也，旦夕當追及，作此詩示之〉、〈行瓊、儋間，肩輿坐睡。夢中得句云：千山動鱗甲，萬谷酣空笙鐘。覺而遇清風急雨，戲作此數句〉、〈和陶連雨獨飲〉、〈和陶和劉柴桑〉、〈和陶遊斜川〉、〈儋耳〉、〈澄邁驛通潮閣〉二首、〈六月二十夜渡海〉、〈贈嶺上老人〉、〈過嶺〉二首，共十二首。

　　蘇詩分期及其代表作已如上表，而他所呈現出來的特色，是第一期的刻意鍛鍊、氣勢奔放；第二期的不滿新法、以詩諷諭；第三期的藉物起興、寄托微恉；第四期的詩畫一律、天工清新；第五期的開闊變化、圓融純熟；第六期的超邁絕倫、精深華妙。綜言之：受政治升沈影響，東坡在每個階段有不同的創作題材，表現出各異的特色，然而整體的詩風，仍以「清雄」為主，他所強調的「大凡為文，當使氣象崢嶸，五色燦爛，漸老漸熟，乃造平淡」〔註3〕，正是他一生詩篇創作所呈現出來的面貌。

〔註3〕參見《歷代詩話・竹坡詩話》，頁202。

主要參考書目

1. 《詩經》，唐・孔穎達注疏，藝文印書館影印十三經注疏本。

2. 《左傳》，晉・杜預等注疏，同前。

3. 《論語》，魏・何晏集解、宋・邢昺疏，同前。

4. 《孟子》，漢・趙岐注、宋・孫奭疏，同前。

5. 《史記》，漢・司馬遷撰，藝文印書館影印二十五史。

6. 《漢書》，漢・班固，同前。

7. 《後漢書》，漢・班固撰，同前。

8. 《三國志》，晉・陳壽撰，宋・裴松之注，同前。

9. 《舊唐書》，晉・劉昫撰，同前。

10. 《新唐書》，宋・歐陽修撰，同前。

11. 《宋史》，元・脫脫撰，同前。

12. 《資治通鑑》，宋・司馬光撰，文化圖書公司。

13. 《續資治通鑑長編》，宋・李燾撰，世界書局影印本。

14. 《東都事略》，宋・王稱撰，文海出版社影印本。

15. 《宋史紀事本末》，明・陳邦瞻撰，三民書局印行。

16. 《莊子註》，晉・郭象注，世界書局影印本。

17. 《東坡七集》，宋・蘇軾撰，臺灣中華書局四部叢刊正編。

18. 《東坡志林》，宋・蘇軾撰，新興書局景印筆記小說大觀。

19. 《東坡題跋》，宋・蘇軾撰，廣文書局。

20. 《經進東坡文集事略》，宋・郎曄撰，世界書局。

21.《東坡烏臺詩案》，宋・朋九萬撰，藝文印書館影印本。

22.《蘇文忠公詩編注集成總案》，清・王文誥撰，巴蜀書社。

23.《蘇文忠公詩編註集成》，清・王文誥撰，學生書局。

24.《蘇文忠公詩合註》，清・馮應榴輯訂，中文出版社。

25.《蘇軾詩集》，清・王文誥、馮應榴輯訂，學海書局。

26.《蘇詩評註彙鈔》，清・趙克宜撰，新興書局。

27.《宋詩鑑賞辭典》，民國・繆鉞等撰，上海辭書出版社。

28.《詩詞吟唱與賞析》，民國・陳師伯元撰，東大圖書公司。

29.《三蘇年譜彙刊》，民國・王水照編，上海古籍出版社。

30.《蘇軾資料彙編》，四川中文系唐宋文學研究室編，大陸中華書局。

31.《增補蘇東坡年譜會證》，民國・王保珍撰，國立台灣大學文史哲叢刊。

32.《蘇軾論書畫史料》，民國・李福順編撰，上海人民美術出版社。

33.《宋詩之傳承與開拓》，民國・張高評撰，文史哲出版社。

34.《放逐與回歸──蘇東坡及其同時代人》，民國・洪亮撰，百花洲文藝出版社。

35.《東坡詩論叢》，民國・項楚等撰，四川人民出版社。

36.《東坡研究論叢》，民國・胡有瑞等撰，蘇軾研究學會。

37.《蘇軾論稿》，民國・王水照撰，萬卷樓。

38.《蘇軾新評》，民國・朱靖華撰，中華文學出版社。

39.《蘇軾評傳》，民國・曾棗莊撰，四川人民出版社。

40.《浪跡東坡路》，民國・史良昭撰，大陸江蘇古籍出版社。

41.《東坡樂府箋》，民國・龍沐勛撰，華正書局。

42.《東坡樂府研究》，民國・唐玲玲撰，巴蜀書局。

43.《東坡詞研究》，民國・王保珍撰，長安出版社。

44.《宋詩縱橫》，民國・趙仁珪撰，中華書局。

45.《三蘇選集》，民國・曾棗莊撰・曾濤選注，黑龍江人民出版社。

46.《三蘇文選》，民國・牛寶彤選注，四川人民出版社。

47.《千古風流人物》，民國・吳子厚選集，開今文化。

48.《蘇東坡傳》，民國‧林語堂撰，遠景出版事業公司。

49.《蘇東坡外傳》，民國‧楊濤撰，世界文物出版社。

50.《蘇軾禪詩研究》，民國‧朴永煥撰，大陸中國社會科學出版社。

51.《烏臺詩案研究》，民國‧江惜美撰，東吳大學碩士論文。

52.《蘇軾詩學理論及其實踐》，民國‧江惜美撰，東吳大學博士論文。

53.《蘇軾文學批評研究》，民國‧江惜美撰，南宏圖書公司。

54.《陶淵明集》，晉‧陶淵明撰，臺灣商務印書本。

55.《李太白全集》，唐‧李白撰，同前。

56.《杜工部集》，唐‧杜甫撰，同前。

57.《柳柳州集》，唐‧柳宗元撰，同前。

58.《韓昌黎集》，唐‧韓愈撰，同前。

59.《歐陽文忠公文集》，宋‧歐陽修撰，同前。

60.《司馬溫公集》，宋‧司馬光撰，同前。

61.《嘉祐集》，宋‧蘇洵撰，同前。

62.《丹淵集》，宋‧文同撰，同前。

63.《欒城集》，宋‧蘇轍撰，同前。

64.《豫章黃先生文集》，宋‧黃庭堅撰，同前。

65.《袁中郎全集》，明‧袁宏道撰，世界書局影印本。

66.《蘇詩補注》，清‧查慎行撰，清乾隆辛巳香雨齋刻本。

67.《六一詩話》，宋‧歐陽修撰，藝文印書館‧歷代詩話本。

68.《後山詩話》，宋‧陳師道撰，津逮秘書本。

69.《冷齋夜話》，宋‧釋惠洪撰，商務印書館。

70.《彥周詩話》，宋‧許顗撰，歷代詩話本。

71.《竹坡詩話》，宋‧周紫芝撰，同前。

72.《苕溪漁隱叢話》，宋‧胡仔撰，廣文書局。

73.《曲洧舊聞》，宋‧朱弁撰，知不足齋叢書本。

74.《捫蝨新話》，宋‧陳善撰，津逮祕書本。

75.《韻語陽秋》，宋‧葛立方撰，歷代詩話本。

76.《艇齋詩話》，宋‧曾季貍撰，同前。

77.《獨醒雜志》，宋・曾敏行撰，知不足齋叢書本。

78.《梁谿漫志》，宋・費袞撰，同前。

79.《詩人玉屑》，宋・魏慶之撰，臺灣商務印書館。

80.《滹南遺老集》，金・王若虛撰，四部叢刊本。

81.《詩法家數》，元・楊載撰，藝文印書館。

82.《瀛奎律髓》，元・方回撰，臺灣商務印書館。

83.《藝苑卮言》，明・王世貞撰，歷代詞話續編本。

84.《升庵詩話》，明・楊慎撰，歷代詩話本。

85.《四溟詩話》，明・謝榛撰，歷代詩話本。

86.《說詩晬語》，清・沈德潛撰，清詩話本。

87.《人間詞話》，清・王國維撰，詞話叢編本。

88.〈蘇軾詩論〉，民國・王士博撰，一九八一年第一期《吉林大學社會科學學報》。

89.〈宋詩的分期及其標準〉，民國・陳植鍔撰，一九八六年第四期《文學遺產》。

90.〈蘇軾詩歌風格發展的三個階段〉，民國・孫民撰，一九八六年第十二期《高等學校文科學校文摘》。

91.〈蘇軾的文藝創新精神〉，民國・吳枝培撰，一九八八年第一期《南京大學學報》。

92.〈東坡的詩畫心聲〉，民國・陳師伯元撰，一九九一年二月《中央日報・長河版》。

93.〈東坡海棠詩的寄托〉，民國・陳師伯元撰，同前。

94.〈蘇軾的創作個性、文化品格及審美取向〉，民國・張毅撰，一九九二年六月《南開大學學報》。

95.〈東坡詩分期初探〉，民國・江惜美撰，一九九三年《臺北市立師院學報》。

96.〈蘇東坡突圍〉，民國・余秋雨撰，一九九五年七月《中國時報》。